Norbert Sahrhage · Blutiges Zeitspiel

Der Drittligist TuS Spenge ist auf dem besten Wege, in der Handball-Bundesliga wieder in die Zweite Liga aufzusteigen. Doch dann wird der gerade neu verpflichtete Spielmacher Dragan Jugović tot in seiner Wohnung aufgefunden. Gefesselt und geknebelt wurde er vor seinem Tod von seinen Peinigern grausam gefoltert. Wer hatte ein Interesse daran, den erfolgreichen Sportler aus dem Weg zu räumen? Jemand aus dem Verein? Bald stellt sich heraus, dass Jugović nicht nur in finanziellen Schwierigkeiten steckte, sondern auch Verbindungen zur Berliner Halbwelt und einem zwielichtigen Sicherheitsunternehmen unterhielt. Und welche Rolle spielt der dubiose Mäzen des TuS Spenge, dem eine Verbindung zur rechten Szene nachgesagt wird?
Hauptkommissar Klaus Korff hat es mit vielen Spuren zu tun, die jedoch alle im Sande verlaufen. Als ein weiterer brutaler Mord geschieht, beschleicht ihn ein furchtbarer Verdacht …

Norbert Sahrhage wurde 1951 geboren. Er studierte Sozialwissenschaften, Geschichte und Sport auf Lehramt und unterrichtet seit 1981 an einem Gymnasium in Bünde. 2004 schloss er seine Promotion ab und veröffentlichte seither diverse Bücher und Beiträge zur Regionalgeschichte. Sein Krimi-Debüt gab er 2010 mit »Der tote Hitlerjunge«. 2011 erschien seine Krimi-Kurzgeschichte „Tod am Hücker Moor“ in der Anthologie „Schöner Morden in Ostwestfalen-Lippe“.

Die Handlung ist frei erfunden. Jede Ähnlichkeit mit lebenden oder verstorbenen Personen ist rein zufällig.

Norbert Sahrhage

Blutiges Zeitspiel

Korffs zweiter Fall

PENDRAGON

Pendragon Verlag
gegründet 1981
www.pendragon.de

Gedruckt auf holz- und säurefreiem Naturpapier

Originalausgabe
Veröffentlicht im Pendragon Verlag
Günther Butkus, Bielefeld 2012

ISBN 978-3-86532-304-0
Umschlag & Herstellung: Uta Zeißler (www.muito.de)
Umschlagfoto: Jörg Fokuhl
Lektorat: Eike Birck, Vanessa Vogt
Gesetzt aus der Adobe Garamond
Druck: Aalexx Buchproduktion, Großburgwedel
Printed in Germany

Die Hauptpersonen

Klaus Korff	Kriminalhauptkommissar
Rolf Grohner	Kriminalhauptkommissar
Jörg Zeinitz	Kriminalkommissar
Peter Kruppke	Spielervermittler
Joachim Kettering	Mäzen
Arnd Küppers	Handballspieler
Britta Fahlberg	Freundin von Arnd Küppers
Dragan Jugović	Handballspieler
Cheline Keller	Freundin von Dragan Jugović
Dieter Kurschatz	Zuhälter
„Godzilla“ Kant	Mitarbeiter von Kurschatz
„Bosko“ Berger	Mitarbeiter von Kurschatz
Bojan Pasić	Inhaber eines Security-Unternehmens
Gavrilo Grabež	Mitarbeiter in dem Security-Unternehmen
Marko Petrović	Mitarbeiter in dem Security-Unternehmen

1. Kapitel

Er trottete mit seinen Brüdern und seinem Vater die unbefestigte Straße hinunter. Vor und hinter ihnen gingen andere Männer und halbwüchsige Jungen aus dem Dorf. Ihre Bewacher hielten Maschinenpistolen in den Händen, die sie von Zeit zu Zeit drohend auf die Männer und die Jungen richteten.

Die Soldaten schienen in guter Stimmung zu sein. Sie machten Bemerkungen, die die Jungen nicht verstehen konnten, und lachten dann. Einige hatten Zigaretten lässig in ihren Mundwinkeln hängen und die Militärmützen nach hinten geschoben.

Er verstand nicht, was da vor sich ging. Vor weniger als zwei Stunden waren die Soldaten in ihr Dorf gekommen, hatten willkürlich einige Leute erschossen und die übrigen Männer und die älteren Jungen auf dem kleinen Dorfplatz zusammengetrieben. Dann hatten sie losmarschieren müssen.

Die Märzsonne stand im Zenit und besaß bereits einige Kraft. Keine Wolke war zu sehen. Lediglich die Düsen zweier Flugzeuge ritzten weiße Linien in den hellblauen Himmel.

Ziel des Marsches schien das Wäldchen unten am Fluss zu sein, der um diese Jahreszeit wenig Wasser führte. Als sich die ersten Bäume nur noch ein paar Meter vor ihnen befanden, waren aus dem Nachbardorf, das nur etwa zwei Kilometer entfernt auf der anderen Seite des Flusses lag, plötzlich Schüsse zu hören.

Einer der Soldaten, ein junger, groß gewachsener Mann, der neben ihnen die Straße hinuntermarschierte, wies in die Richtung, aus der Schüsse zu hören waren. Er lachte und richtete dabei die Waffe auf den Vater. Der rechte Daumen des Soldaten machte eine Halbkreisbewegung unterhalb des eigenen Kinns von links nach rechts.

Der Junge sah, dass sein Vater erschrak, und plötzlich spürte er, dass auch seine eigene Angst wuchs. Wenn da drüben geschossen wurde, konnte das nur bedeuten, dass Menschen starben. Mussten auch er, seine Brüder und sein Vater gleich sterben? Als er zu seinem Vater hinüberblickte, sah er, dass ihm Tränen die bärtigen Wangen hinunterliefen. Sein Vater schien jetzt die Ausweglosigkeit ihrer Situation begriffen zu haben.

Auch seine eigenen Augen füllten sich mit Tränen. Er sah das vor ihm liegende Wäldchen wie durch einen Schleier. Dann waren auch seine Wangen nass. Er weinte hemmungslos. Furcht, Wut und die Gewissheit bald tot zu sein, vermischten sich bei ihm zu einem Gefühl unendlicher Traurigkeit.

Plötzlich war da ein leises Summen, das er nicht zu identifizieren vermochte. Das Summen wurde lauter. Er versuchte das Weinen zu unterdrücken und wischte mit der Hand über seine Augen. Der Wecker summte jetzt deutlich, sein Kopf wurde langsam klar. Nun merkte er, dass das Kissen, auf dem sein Kopf lag, feucht war, feucht von seinen Tränen, die er im Traum vergossen hatte.

Ein Traum? Ein Albtraum? Erinnerung? Ja, die Vergangenheit hatte ihn wieder einmal eingeholt.

Freitag, den 14. August 2009

Auf der Straße zwischen Bünde und Herford fuhren nur noch wenige Autos; der Feierabendverkehr flaute langsam ab. Es war ein milder Abend. Im Westen hatte sich der nahezu wolkenlose Himmel rot verfärbt, ein außergewöhnlich prächtiger Sonnenuntergang zeichnete sich ab.

Der untere Teil des Parkplatzes war vollkommen leer. Die beiden Mannschaftswagen der Bielefelder Polizei fuhren den leicht ansteigenden Platz hinauf und parkten dann neben einem Bus kurz vor dem Schlagbaum, der den Gebäudekomplex der Brauerei vom Parkplatz abgrenzte. Die Mitglieder der Bielefelder Polizeisportgemeinschaft, allesamt Männer, stiegen aus. Sie blieben noch einen kurzen Augenblick vor ihren Fahrzeugen stehen und unterhielten sich. Dann setzten sie sich langsam in Bewegung, wobei sie Jörg Zeinitz folgten, der die Brauereibesichtigung organisiert hatte. Die Stimmung war gut, die Polizeibeamten freuten sich auf den bevorstehenden feucht-fröhlichen Abend.

Am Eingang eines Nebengebäudes wurden sie von einem Mitarbeiter der Brauerei begrüßt, der sie dann in einen saalartigen Kellerraum führte, in dem sich bereits zwei weitere Besuchergruppen aufhielten. Ihr Begleiter wies den Polizisten zwei große Tische an der rechten Wandseite zu.

Ein Mann in einem etwas auffälligen schwarz-weiß karierten Jackett löste sich von der Theke, die sich nahe der Eingangstür befand, und stellte sich in die Mitte des Raumes. Er war mittelgroß, schlank und trug seine dunklen Haare etwas länger. Der Mann hob die Hände, um die Aufmerksamkeit der Anwesenden auf sich zu lenken. Es dauerte einen Augenblick bis es still wurde.

„Liebe Gäste, die Brauerei freut sich sehr, dass Sie sich über unsere Produkte informieren möchten. Gestatten

Sie mir, dass ich uns zunächst miteinander bekannt mache." Der Mann blickte von links nach rechts. „Mein Name ist Franz Lutter, ich moderiere die heutige Veranstaltung und ich verspreche Ihnen, dass wir eine Menge Spaß haben werden."

Die Gäste honorierten diese Ankündigung mit einem lauten Applaus. Als sich der Lärm gelegt hatte, ließ Lutter den Blick durch den großen Raum schweifen und wies dann mit seinem rechten Arm nach links: „Hier zu meiner Linken sehen Sie die Regionalligamannschaft des TuS Spenge, die in der letzten Saison sogar noch in der 2. Bundesliga gespielt hat. Die Jungs haben mir eben gesagt, dass sie in der kommenden Saison den Wiederaufstieg fest im Visier haben. Und was kann dabei helfen?" Er machte eine kurze Pause und deutete auf ein großes Werbeplakat der Brauerei, das an der Wand im Schankbereich befestigt war. „Natürlich unsere Brauerei, die den Leistungssport in der Region unterstützt, aber auch unser herrliches Pils, das nicht nur gut schmeckt, sondern auch Kraft gibt." Die Anwesenden lachten. Die Handballspieler standen auf und applaudierten.

„Und hier", Lutter wies auf die Tische in der Hallenmitte, „begrüßen wir wieder einmal die Frauenkompanie der hiesigen Schützengesellschaft. Meine Herren, ich darf Ihnen versichern, das sind Damen, die die Feste so feiern, wie sie fallen. Wenn Sie mit diesen Damen mithalten wollen, müssen Sie sich anstrengen."

Die Frauen klatschten, während ihre männlichen Begleiter, die aber in der Minderzahl waren, grinsten.

„Und damit heute Abend alles glattgeht, sitzen hier zu meiner Rechten Polizeisportler aus Bielefeld."

Aus der Gruppe der Handballspieler ertönten vereinzelte Pfiffe.

Franz Lutter hob beschwichtigend die Hände: „Ich darf Sie beruhigen, meine Herren, es handelt sich – soweit ich weiß – nicht um Verkehrspolizisten. Außerdem sind Sie ja mit dem Bus da, sodass Sie die Gegenwart der Ordnungshüter nicht stören sollte. Es ist ja auch fraglich, ob die Kollegen von der Polizei am Ende der Veranstaltung überhaupt noch in der Lage sind, Promillekontrollen durchzuführen."

„Jederzeit", rief einer der Polizeisportler, „jederzeit – wollen wir wetten?" Sein Zuruf vermochte die allgemeine Heiterkeit allerdings nicht zu übertönen.

„Meine Damen und Herren", Lutter hatte wieder das Wort ergriffen, „ich möchte noch ein paar Informationen zum weiteren Verlauf des heutigen Abends geben." Er machte eine kurze Pause und blickte abermals in die Runde. „Wir werden gleich in drei Gruppen zur Brauereibesichtigung aufbrechen. Diese Besichtigung wird etwa 40 bis 50 Minuten dauern. Danach treffen wir uns wieder hier, um unser herrliches Pils zu probieren."

Einer der Handballer stand auf und hob eine Gehhilfe in die Luft. „Ich bin verletzt. Ist es möglich, dass ich während der Besichtigung hier bleibe?"

Ein Mitspieler rief: „Der tut nur so, der hat sich die Krücken von seinem Opa ausgeliehen."

Seine Mannschaftskameraden lachten. Lutter schüttelte den Kopf: „Wer heute nicht gut zu Fuß ist, kann natürlich sitzen bleiben und schon einmal das herrliche Pils genießen. Das gilt für alle Anwesenden."

Dieser Hinweis wurde mit Beifall quittiert.

Wenig später formierten sich die Handballspieler zu einer Gruppe, die dann, von einer Mitarbeiterin der Brauerei angeführt, den Raum verließ. Der verletzte Spieler und zwei ältere Männer, vermutlich Mannschaftsbetreuer, blieben an ihrem Tisch sitzen und wurden umgehend von einer Kellnerin mit Bier versorgt.

Nachdem auch die Frauenkompanie zur Besichtigungstour aufgebrochen war, erschien eine weitere Mitarbeiterin der Brauerei und scharte die Polizeibeamten um sich. Die etwa vierzigjährige Frau wirkte sportlich und besaß eine natürliche Autorität. Es gelang ihr sehr rasch, die Aufmerksamkeit der Polizeibeamten auf sich zu konzentrieren. Sie stellte sich namentlich vor und ergänzte dann: „Ich bin seit mehr als zehn Jahren bei der Brauerei beschäftigt, anfangs in der Buchhaltung, jetzt betreue ich Besuchergruppen." Sie machte eine kurze Pause, in der sie die Mitglieder der Gruppe freundlich lächelnd musterte. „Wir fangen mit unserem Rundgang in der Produktionsanlage unserer Brauerei an, danach werde ich Ihnen unsere moderne Abfüllanlage zeigen …"

***

Nach der Brauereibesichtigung fanden sich alle wieder im Kellerraum ein, wo jetzt das „köstliche Pils", wie Franz Lutter, den die Brauerei als Entertainer engagiert hatte, immer wieder betonte, „in ausreichender Menge" probiert werden sollte.

Mehrere Kellnerinnen brachten frisch gezapfte Biere an die Tische und verteilten die Gläser. Franz Lutter erzählte dazu eine kurze Anekdote, dann lief vom Band das Lied „Ein Stern, der deinen Namen trägt" von DJ Ötzi.

Bei den Schützenschwestern, die sich eben noch normal unterhalten hatten, setzte ein bedingter Reflex ein. Nach den ersten Takten der Musik hatten sie sich bei ihren Sitznachbarinnen eingehakt und begannen zu schunkeln. Korff lächelte den Frauen zu. Seine Augen blieben kurz an einer gutaussehenden dunkelhaarigen Frau hängen. Sie bemerkte seinen Blick und lächelte.

„Die schaffen es, sich in weniger als zehn Sekunden in Stimmung zu bringen", dachte Korff halb amüsiert, halb bewundernd. Der alte Pawlow hätte bei dieser prompten Reaktion der Schützenschwestern seine wahre Freude gehabt und sich in seinen Forschungen bestätigt gefühlt. Die Frauen schienen durch zahlreiche Feiern konditioniert und gestählt zu sein.

„Einen Stern, der deinen Namen trägt,
alle Zeiten überlebt
und über uns're Liebe wacht."

Die Schützenschwestern waren begeistert. Sie sangen laut mit und ihre Augen glänzten. Nachdem Korff, Grohner und Zeinitz bereits mehrere Gläser Bier konsumiert hatten, stand plötzlich die dunkelhaarige Frau neben Korff und zog ihn auf einen leeren Stuhl an den Nachbartisch. Zwei Schützenschwestern hakten sich bei Korff ein und schunkelten weiter.

„Mein Mann ist eine trübe Tasse, mit dem war heute nichts anzufangen. Er ist zuhause geblieben." Die Dunkelhaarige hatte sich zu Korff herübergebeugt und flüsterte ihm ins Ohr. Korff roch dabei ihr herbes Parfüm. Dann lächelte sie Korff an. Sie war dezent geschminkt und trug ein dunkles Kostüm, dazu hochhackige Schuhe. Korff schätzte sie auf etwa vierzig.

„Ich heiße Klaus", stellte sich Korff vor und hob sein Glas.

„Ich Eva. Solche Feiern darf man sich nicht entgehen lassen. Sie sind immer sehr lustig."

Die Frau hatte eine angenehme, dunkle Stimme, aus

der Korff einen leichten rheinischen Akzent herauszuhören glaubte.

„Waren Sie schon häufiger hier?“, fragte Korff etwas lauter, um den Lärm zu übertönen.

„Unsere Kompanie fährt jedes Jahr einmal zu einer Besichtigung. Ich kenne die Brauerei schon in- und auswendig.“

Korff lachte ihr zu. „Ich bin das erste Mal hier und ich muss sagen, es gefällt mir gut.“ Er blinzelte seiner Nachbarin zu: „Man trifft hier so nette Leute.“

Jetzt wurde das Lied *„Cowboy und Indianer“* von Olaf Henning gespielt. Auf ein geheimes Kommando hin standen die Schützenschwestern auf und imitierten die kreisenden Bewegungen des Lassoschwingens. Korff wurde von Eva ebenfalls mit hochgezogen und bemühte sich, beim Lassokreisen nicht zu hölzern zu wirken. Die Schützenschwestern kannten auch diesen Text und sangen wieder laut mit:

„Komm hol das Lasso raus, wir spielen Cowboy und Indianer!
Wir reiten um die Wette, ohne Rast und ohne Ziel;
hast Du mich umzingelt, werd' ich mich ergeben,
stell' mich an den Marterpfahl,
komm hol das Lasso raus, so wie beim ersten Mal.“

Korff sah sich unauffällig um. Rolf Grohner hielt ein Bierglas in der Hand und prostete Korff mit einem halb verschwörerischen, halb spöttischen Grinsen zu. Eva hatte sich inzwischen bei Korff eingehakt. Er suchte ihre Hand, Eva erwiderte seine Berührung.

Die nächsten Getränke kamen. Franz Lutter tönte: „Liebe Gäste, um zweiundzwanzig Uhr ist hier Schluss. Nutzen Sie die Zeit. Die Brauerei möchte sich nicht nachsagen lassen, dass jemand um zehn Uhr durstig ihr Gelände verlassen musste. Das wäre eine schlechte Reklame für uns." Die Gäste lachten. Die Kellnerinnen kamen erneut und brachten mehrere große Gläser, die – so schätzte Korff – mit mindestens drei Litern Bier gefüllt waren. Die Gäste nahmen große Schlucke und gaben die Gläser dann weiter.

Eva führte das Glas zum Mund. Sie trank nur wenig, während sie Korff mit ihren Augen und durch ein kurzes Anheben und leichtes Drehen des Kopfes bedeutete, ihr zu folgen. Sie reichte das Glas weiter. Korff ergriff das ihm dargebotene Glas und nahm einen tiefen Zug. Eva war bereits aufgestanden und Richtung Toilette gegangen. Korff setzte sich wieder zu Grohner und Zeinitz und prostete ihnen zu. Nachdem er einige spöttische Bemerkungen kommentarlos und überlegen lächelnd über sich hatte ergehen lassen, stand er auf und bewegte sich ebenfalls auf den Saalausgang zu. Zeinitz schien noch eine weitere Bemerkung zu machen, denn Grohner lachte plötzlich laut auf. Korff drehte sich aber nicht mehr um und schritt durch die Tür.

Die Dämmerung hatte bereits eingesetzt. Eva stand vor dem Gebäude in der Nähe der Eingangstür und rauchte.

„Da bist du ja", sagte sie, „ist doch schön hier, oder?"

Sie hatte jetzt das vertrauliche „Du" benutzt. Ohne auf seine Antwort zu warten, drückte sie die Zigarette in einem Blumenkübel aus und hakte sich bei Korff ein. Beide gingen ein paar Schritte.

Links von ihnen stand der Mannschaftsbus des TuS Spenge auf dem von mehreren großen Bäumen umsäumten Parkplatz, deren Blätter sich leicht im Wind bewegten. Die beiden gingen an dem Bus vorbei und blieben dann im Schatten einer großen Kastanie stehen. Korff zog Eva näher an sich heran. Sie kam ihm bereitwillig entgegen. Sie hatte ihre Augen geschlossen, ihre halb geöffneten

Lippen suchten seinen Mund. Korff genoss diese intime Berührung, denn seit der Trennung von Conny vor etwa zwei Jahren hatte er keine Frau mehr geküsst. Plötzlich musste er leise lachen. „Wir benehmen uns wie zwei pubertierende Jugendliche, knutschen hier heimlich in einer verborgenen Ecke." Auch Eva lachte leise. Nach einer kurzen Pause sagte sie: „Dabei muss es ja nicht bleiben. Wir können uns ja mal woanders treffen."

In diesem Augenblick wurde ihre Aufmerksamkeit von einer erregten Stimme beansprucht, die in gedämpfter Lautstärke von der anderen Seite des Busses kam.

„Wir sollen dich warnen. Wir setzen dir einen letzten Termin ..." Den dann folgenden Teil des Satzes konnte Korff nicht verstehen, denn der Sprecher hatte seine Stimme gesenkt. Dennoch glaubte Korff, einen Berliner Akzent zu erkennen.

Nach einer kurzen Pause, in der der Angesprochene offenbar geantwortet hatte, drangen weitere Bruchstücke des Gespräches an sein Ohr: „Vertrag ... Geduld ... Konsequenzen ... Handballspielen ..."

Als Korff vorsichtig um das Heck des Busses blickte, sah er am vorderen Eingang des Fahrzeugs drei Männer stehen. Ein großer Mann wandte ihm seine rechte Seite zu, die beiden anderen Männer standen dicht vor ihm. Einer der beiden, ein kräftiger, untersetzter Typ, der vermutlich aus einem südeuropäischen Land stammte, holte blitzschnell aus und schlug zu. Er traf den Großen in der Bauchregion. Der Getroffene krümmte sich kurz und schüttelte sich dann. Die beiden Männer drehten sich um und gingen langsam nach rechts zum unteren Teil des Parkplatzes.

Korff eilte auf den Mann zu, der beide Hände auf seine Bauchdecke presste. Eva war hinter dem Bus stehen geblieben.

„Was ist passiert? Sind Sie angegriffen worden?"

Der Große – Korff schätzte ihn auf gut zwei Meter – schüttelte den Kopf. Er stand noch immer leicht gekrümmt und atmete einige Male etwas lauter ein. Er hatte einen dunklen Teint, dunkle Haare mit einer silberfarbenen Strähne und trug einen Dreitagebart.

„Nur eine kleine Meinungsverschiedenheit, nichts Ernstes …", presste er hervor.

Er richtete sich nun auf und blickte Korff an. Er schien den Schlag verdaut zu haben.

„Ich bin Polizeibeamter. Wenn …"

„Es war nichts, es ging um eine Frau. Die Sache ist geklärt."

Der Blick des großen Mannes war nun völlig klar, seine Sprechweise kontrolliert. Korff bemerkte jetzt, dass sein Gegenüber eine auffällige Narbe am Kinn hatte. Korff meinte, ihn vorhin am Tisch des TuS Spenge gesehen zu haben. Er schien zur Spenger Regionalligamannschaft zu gehören.

Unten auf dem Parkplatz fuhr ein Auto los.

„Na gut." Korff zuckte mit den Achseln und wandte sich ab. Er war etwas irritiert. Manche Leute schienen Faustschläge als gebräuchliche Mittel der Kommunikation zu akzeptieren. Er ging zu Eva zurück.

„Da scheint der Haussegen aber etwas schief zu hängen." Eva blickte auf ihre Armbanduhr. „Ich muss wieder zurück. Ruf mich mal an, am besten vormittags." Sie küsste Korff leicht auf den Mund und steckte ihm dabei etwas in die Tasche seines Jacketts. Dann ging sie zum Eingang der Brauerei. Kurze Zeit später folgte ihr der Angegriffene.

Korff wartete noch einige Minuten, dann betrat auch er wieder den Kellerraum, in dem die Feier nun ihrem Höhepunkt entgegenstrebte.

Die Gäste der Brauerei hatten sich inzwischen am kalten Büffet bedient, das in einem Nebenraum aufgebaut worden war, und dazu weitere Biere genossen.

Rolf Grohner hielt Korff ein gefülltes Bierglas entgegen.

„Hier, das brauchst du jetzt." Er lachte. „Erfolg gehabt?"

„Vielleicht. Jedenfalls soll ich in den nächsten Tagen mal anrufen. Die Dame ist allerdings verheiratet." Korff griff in die Tasche seines Jacketts und fühlte eine Zigarettenschachtel. Sicher hatte ihm Eva darauf ihre Telefonnummer notiert.

„Na dann, Prost!" Grohner hob sein Glas. Halblaut sagte er: „Ob das die Richtige für dich ist? Wird Zeit, dass du mal wieder etwas fürs Herz findest."

Korff nickte und nahm einen großen Schluck, dann wandte er sich an Jörg Zeinitz. Er deutete auf den großen Handballspieler, den er draußen beobachtet hatte. Der Mann saß wieder an einem der Tische, die vom TuS Spenge belegt worden waren.

„Sieh doch mal zu, ob du etwas über den Typen da drüben herausfinden kannst. Ich erkläre dir später, weshalb ich das wissen will."

Zeinitz entfernte sich und setzte sich an einen der Tische des TuS Spenge, wo er mit dem kleineren der beiden Betreuer ein Gespräch begann. Nach einer knappen Viertelstunde und zwei Bieren kehrte er zu seinen beiden Kollegen zurück.

„Das ist Dragan Jugović, ein Neueinkauf des TuS Spenge. Der hat früher in Berlin und in Süddeutschland in der 1. Bundesliga gespielt."

„Oha! Der Star der Spenger Mannschaft also." Korff war beeindruckt.

„Kann man sagen. Warum interessiert dich das eigentlich? Du bist doch Fußballfan."

„Ich habe ihn eben draußen getroffen. Da wurde er von zwei Männern bedroht. Einer der beiden hat ihm sogar einen Faustschlag in den Magen verpasst. Mir gegenüber hat Jugović die Aktion heruntergespielt.“

Grohner beugte sich interessiert nach vorn, da der Lärm zugenommen hatte. „Warum spielt einer wie der in der Dritten Liga?“

Zeinitz zuckte mit den Schultern. Er spürte, dass der Alkohol erste Wirkungen zeigte. Deshalb bemühte er sich um eine genaue Artikulation seiner Worte. „Er ist jetzt Mitte dreißig, für die 1. Bundesliga reicht es offenbar nicht mehr. Ein Mäzen hat ihn für eine Saison nach Spenge geholt, damit er die Truppe wieder in die 2. Liga wirft.“

„Das wird er sich sicherlich fürstlich bezahlen lassen, oder?“

Zeinitz setzte das Glas ab, wischte sich über den Mund und nickte. „Anzunehmen. Über die Tarife für Spitzenspieler der Regionalliga im Hallenhandball bin ich nicht im Bilde, drei- bis viertausend Euro pro Monat muss der Mäzen aber für Jugović sicherlich hinblättern, vielleicht sogar noch mehr.“

In diesem Moment machte sich Franz Lutter ein weiteres Mal bemerkbar, indem er sich vor die Theke stellte und die Arme hob. „Liebe Gäste, ich darf Sie darauf aufmerksam machen, dass es kurz vor zehn ist. Nutzen Sie die verbleibenden Minuten. Unsere Mitarbeiterinnen gehen jetzt noch einmal von Tisch zu Tisch. Greifen Sie also ruhig zu.“

Drei Kellnerinnen mit gefüllten Tabletts machten ihre Runde. Der Durst der Gäste schien aber weitgehend gestillt zu sein, denn die Frauen mussten mit etwa der Hälfte der gezapften Biere den Rückweg zur Theke antreten.

Dann war es 22 Uhr und Franz Lutter gab das Signal

zum Aufbruch. Er forderte die Anwesenden dazu auf, „gelegentlich mal wiederzukommen". Dazu lief im Hintergrund das alte Seemannslied „Junge, komm bald wieder" von Freddy Quinn. Franz Lutter verabschiedete sich: „Wenn es Ihnen bei uns gefallen hat, erzählen Sie es ruhig weiter."

Die drei Gästegruppen standen auf und bewegten sich in guter Stimmung langsam auf die Ausgangstür zu. Korff bemerkte, dass Eva zu ihm herübersah und – als sie sicher war, dass er ihren Blick erwiderte – ihre rechte, zur Faust geballten Hand mit abgespreiztem Daumen und kleinem Finger wie zufällig zum rechten Ohr führte und damit offensichtlich ein Handy imitieren wollte. Korff nickte. Er würde sie anrufen.

2. Kapitel

Montag, den 24. August 2009

Die beiden Männer sprachen nicht miteinander. Sie saßen im Auto und hatten weit genug von der nächsten Straßenlaterne entfernt geparkt, um nicht erkannt zu werden. Die nur schwach ausgeleuchtete Straße am Wildhagen war menschenleer; im Verlaufe der letzten Stunde hatten weder Fußgänger noch Autos die Ruhe gestört.

Der Himmel war wolkenverhangen. Nur ab und zu wurde der sichelförmige Mond sichtbar. Die beiden Männer hatten die Seitenscheiben ihres Fahrzeugs halb geöffnet. Der leichte Wind trug gelegentlich Geräusche vorbeifahrender Autos von der Babenhauser Straße heran.

Die von den beiden Männern beobachtete Wohnung in der ersten Etage des Mehrfamilienhauses war dunkel. Nach und nach erloschen auch die Lichter in den meisten der übrigen Wohnungen. Nur noch aus wenigen Fenstern schien das bläuliche Licht eingeschalteter Fernsehapparate.

Der Mann auf dem Fahrersitz blickte von Zeit zu Zeit auf seine Armbanduhr. Plötzlich erhielt er einen leichten Stoß. Sein Beifahrer, der ihm damit ein Zeichen geben wollte, deutete nach vorn. Ein älterer Mann hatte eines der Häuser verlassen, ging mit seinem Hund quer über die Straße und verschwand in einem Nebenweg. Es dauerte etwa zehn Minuten, bis Herr und Hund wieder auftauchten. Sie näherten sich dem Auto jetzt von hinten. Die beiden Insassen rutschten tiefer in ihre Sitze, der Mann hatte aber nur Augen für seinen Hund. Er kniete nieder und tätschelte das Tier, bevor er einen der Hauseingänge ansteuerte und mit dem Hund im Hausflur verschwand.

Es war kurz nach Mitternacht, als die Scheinwerfer eines Autos sichtbar wurden, das in den Wildhagen einbog.

Als der dunkle BMW den Wagen der Wartenden passierte, duckten sie sich, um nicht gesehen zu werden. Der BMW fuhr auf den Parkplatz, der sich vor dem Mehrfamilienhaus befand. Der Motor wurde ausgestellt.

Dem Wagen entstieg ein größerer Mann, der zum Heck des Autos ging, den Kofferraum öffnete und ihm eine Sporttasche entnahm, die er über seine rechte Schulter warf.

Als er das Auto verschloss und sich dem Haus zuwandte, blickten sich die beiden Männer an und nickten. Der Mann auf dem Beifahrersitz öffnete rasch die Tür. Die Entscheidung war gefallen. Mit wenigen Schritten würden sie Jugović erreichen. In diesem Augenblick bog ein weiteres Auto in die Straße ein.

***

„Ich habe vor ein paar Tagen von Jörg Zeinitz gehört, dass du dich für Dragan Jugović interessierst?"

Kriminaloberrat Paul-Heinrich Pott, von seinen Mitarbeitern gelegentlich in Anlehnung an den kambodschanischen Diktator und Führer der Roten Khmer etwas despektierlich „Pol Pot" genannt, war am Telefon. Der Satz war halb als Frage, halb als Feststellung formuliert. Noch ehe Korff antworten konnte, fuhr Pott fort: „Jugović ist tot. Seine Freundin hat ihn vor wenigen Minuten in der gemeinsamen Wohnung in Babenhausen gefunden. Jugović ist allem Anschein nach erschossen worden." Er machte eine kurze Pause. „Grohner und du, ihr beide übernehmt den Fall. Wildhagen 13 oder 15, das soll in der Nähe einer großen Gärtnerei sein."

Korff schluckte. Mehrere Gedanken kreisten in seinem Kopf. Er erinnerte sich sofort an die kurze Begegnung mit Jugović auf dem Parkplatz der Brauerei.

„In Ordnung, wir fahren los."

Er legte auf und informierte Grohner, der ihm gegenübersaß und gerade an seinem nachmittäglichen Sandwich kaute. Auch Grohner reagierte sofort. Er legte das Sandwich beiseite und erhob sich.

„Das ist doch der Handballspieler?" Er blickte Korff fragend an. „Den haben wir vor ein paar Tagen noch sehr lebendig erlebt." Korff nickte.

Die beiden eilten zu Korffs altem Golf. Grohner setzte sich ans Steuer. Sie fuhren die Wertherstraße nach Westen und bogen in Dornberg in die Babenhauser Straße ab. Die Sonne stand jetzt hinter ihnen. Kurze Zeit später waren sie am Wildhagen angekommen. Der Kleintransporter der Spurensicherung parkte vor einem weißen Mehrfamilienhaus. Hermann Dreyer und seine Mitarbeiter waren offenbar bereits bei der Arbeit. Korff und Grohner betraten das Treppenhaus, wo ihnen ein uniformierter Kollege den Weg in die erste Etage wies.

Die Wohnungstür war nur angelehnt. Über einen kleinen Korridor gelangten die beiden Kriminalbeamten in das Wohnzimmer. Jugović hatte seine Wohnung sehr spartanisch eingerichtet. Das integrierte Wohn-Esszimmer enthielt nur wenig Mobiliar. Hierzu gehörten ein Fernsehgerät, ein nahezu leeres Bücherregal, in dem einige Pokale abgestellt worden waren, ein großes Sofa mit einem ovalen Tisch sowie in Fensternähe zwei Stühle und ein kleiner Tisch, an dem vermutlich gegessen wurde. Bilder oder Zimmerpflanzen waren nicht zu entdecken. Die Einrichtung deutete nicht auf eine dauerhafte Bleibe hin, sie erweckte bei Korff eher den Eindruck eines Provisoriums.

Im Zimmer war es still. Die in weiße Overalls gekleideten Mitarbeiter der Spurensicherung nickten Korff und Grohner wortlos zu, als diese den Raum betraten. Dragan Jugović lag auf dem Fußboden neben dem Sofa. Seine Augen waren weit aufgerissen und blickten ins Leere. Korff erkannte den Toten sofort. Jugovićs Hände waren mit Isolierband zusammengebunden. Das helle T-Shirt war blutverschmiert. Weiteres Blut hatte sich neben der Leiche in einer großen Lache auf dem Boden gesammelt. Hermann Dreyer kniete neben dem Toten und untersuchte die Fesselung. Die gesamte Szenerie erinnerte Korff an eine Hinrichtung.

Ulrich Willmsen, der Polizeifotograf, stand neben Dreyer und machte einige Aufnahmen vom Tatort. Hermann Dreyer schaute hoch und nickte den beiden Kriminalbeamten zu: „Ein Arzt ist verständigt, er wird gleich hier sein."

„Wer hat den Toten gefunden?"

„Seine Freundin." Dreyer deutete mit dem Daumen nach hinten auf eine Tür. Dort schien sich das Schlafzimmer zu befinden.

Korff kniete sich ebenfalls nieder. Jugović sah übel aus. Er war mit Isolierband geknebelt worden. In seinem Gesicht waren Blutergüsse zu erkennen. Ganz offensichtlich war er vor seinem Tod misshandelt worden. Er schien von zwei Kugeln in der Brust getroffen worden zu sein. Korff wandte sich ab. Obgleich er solche Szenarien kannte, wollte er die hier manifest gewordene Gewalt nicht als Routine akzeptieren.

Während Grohner am Tatort zurückblieb und sich weiter mit Dreyer unterhielt, ging Korff zur Schlafzimmertür, die nur angelehnt war. Eine junge Frau lag auf dem großen französischen Bett, das in der Mitte des Raumes stand, und weinte. Die Polizeibeamtin, die ihr Gesellschaft leistete, blickte hoch, als Korff den Raum betrat.

Korff grüßte die Kollegin stumm und wandte sich dann an die auf dem Bett liegende Frau.

„Können wir uns unterhalten?", fragte er vorsichtig.

Die junge Frau nickte. Sie blickte Korff mit geröteten Augen an. Ihr Make-up war verschmiert. Dennoch konnte man erkennen, dass die Frau sehr hübsch war.

„Mein Name ist Korff, ich leite die Ermittlungen. Frau ..." Korff zögerte.

„Keller ... Cheline Keller." Die Stimme der Frau war leise und ohne große Betonung, dennoch hörte Korff den Berliner Tonfall heraus.

„Frau Keller, Sie haben Ihren Freund vorhin gefunden?"

„Ja, ich ... als ich vorhin nach Hause kam und die Wohnungstür öffnete, sah ich Dragan. Er war tot, sein Hemd war voll Blut." Sie schloss die Augen und legte die Hände vors Gesicht, so als ob sie den Anblick des Toten damit aus ihrem Gedächtnis verdrängen könnte.

„Gab es Anzeichen für diese Tat?"

Cheline Keller schüttelte den Kopf, sie weinte wieder. Korff wartete geduldig. „Ich habe gestern Abend noch mit Dragan telefoniert", sagte sie. „Da war nichts. Er hätte sicherlich darüber gesprochen, obwohl ... Dragan war kein ängstlicher Mensch."

„Wie lange kennen Sie Ihren Freund?"

„Wir sind seit etwa einem Jahr zusammen."

„Dragan Jugović hat zuvor in Berlin Handball gespielt. Haben Sie ihn dort kennen gelernt?"

Sie nickte.

„Ihr Freund ist vermutlich in der letzten Nacht erschossen worden. Weshalb waren Sie nicht in der Wohnung?"

„Dragan musste gestern Abend in Minden spielen, ein Freundschaftsspiel ... Ich habe meine Mutter besucht. Sie hatte im letzten Jahr einen Schlaganfall und lebt in einem Pflegeheim in der Nähe von Berlin. Ihr Zustand hatte sich in den letzten Tagen verschlechtert. Ich war bis heute

Morgen bei ihr. Ich habe in einer Pension in der Nähe des Heimes übernachtet, weil ich mit der Heimleitung noch etwas besprechen musste."

„Wo ist das Pflegeheim?"

Cheline Keller nannte Korff die Adressen des Heimes und der Pension, die er sich notierte.

„Wie sind Sie nach Berlin gefahren?"

„Mit dem ICE." Sie wies auf eine schwarze Reisetasche, die vor dem Kleiderschrank stand. „Ich habe noch nicht ausgepackt."

„Frau Keller, Sie können heute Nacht nicht hier bleiben. Sie sollten für ein paar Tage zu Freunden ziehen oder sich ein Hotelzimmer nehmen. Meine Kollegin wird Ihnen dabei behilflich sein."

„Ja." Cheline Keller hatte sich inzwischen wieder gefasst. Sie stand auf und öffnete den Kleiderschrank, entnahm ihm einige Kleidungsstücke und packte sie mit in die Reisetasche. Plötzlich weinte sie wieder.

„Dragan müsste jetzt eigentlich losfahren zum Training …" Sie brach ab und wischte mit den Handrücken über ihre Wangen, an denen neue Tränen hinunterliefen. Sie zog eine dunkle Tasche aus dem Schrank und legte weitere Kleidungsstücke hinein. Dann setzte sie sich wieder auf das Bett.

Korff blickte sie freundlich an: „Meine Kollegin wird Sie in ein Hotel bringen, da können Sie vorerst bleiben. Ich komme morgen Vormittag vorbei, dann können wir uns etwas ausführlicher unterhalten."

Cheline Keller nickte.

Bevor Korff das Zimmer verließ, drehte er sich noch einmal um: „Ach, noch eins: Hat Ihr Freund weitere Angehörige?"

„Ja, aber nicht hier in Deutschland. Seine Eltern sind

vor ein paar Jahren wieder zurück nach Serbien. Auch seine beiden Schwestern sind in Serbien verheiratet."

Korff bat seine Kollegin ins Wohnzimmer und wies sie an, Cheline Keller in einem Hotel in der Innenstadt unterzubringen, das von der Polizei gelegentlich für Fälle wie diesem genutzt wurde.

Dann wandte er sich an Rolf Grohner, der immer noch mit Hermann Dreyer sprach. „Jugović hätte jetzt Training. Ich fahre nach Spenge und unterhalte mich mit seinen Mannschaftskameraden, Trainer und so weiter. Fang du doch schon mal an, die Nachbarn zu befragen."

Grohner war einverstanden: „Ist gut. Ich fahre dann mit der Spurensicherung zurück. Wir sehen uns morgen."

***

Als Korff die Spenger Sporthalle betrat, liefen sich die Spieler gerade warm. Sie passten sich dabei jeweils zu zweit einen Ball zu. Zwei Männer standen am Seitenrand und unterhielten sich. Der jüngere der beiden, vermutlich der Trainer, gab gelegentlich einzelnen Spielern kurze Hinweise oder kommentierte ihre Bewegungsabläufe.

„Jetzt von der Mitte aus lockeres Kreuzen, leichte Würfe gegen Latte oder Torpfosten." Nach dieser Anweisung ihres Trainers formierten sich die Spielerpaare an der Mittellinie, liefen auf das Tor zu, passten sich dabei den Ball zu und kreuzten dann kurz vor dem Strafraum ihre Laufwege. Nach dem letzten Pass warf der Angespielte mit einem Sprungwurf auf das Tor und versuchte dabei Pfosten oder Latte treffen, was in der Regel auch gelang. Nach dem Wurf nahm einer der beiden Spieler den Ball wieder auf und beide trabten zurück zur Mittellinie.

Korff blickte etwas sehnsüchtig auf das Spielfeld. Er

hatte in seiner Jugendzeit selbst Handball gespielt, mit sehr viel Freude – jedenfalls juckte es ihn auch heute noch gelegentlich in den Fingern, wenn er ein Spiel sah.

„Darf ich Sie fragen, was Sie hier suchen?“ Der ältere Mann, Korff schätzte ihn auf etwa sechzig Jahre, hatte den Polizeibeamten bemerkt und sprach ihn mit etwas heiserer Stimme an.

„Mein Name ist Korff. Ich bin Beamter der Kripo Bielefeld.“

Dem Mann war seine Verwunderung deutlich anzumerken. Auch der Trainer, der das Gespräch mitverfolgt hatte, blickte neugierig zu Korff herüber. Er war etwa vierzig Jahre alt und trug Sportkleidung wie seine Spieler. Seine kurzgeschnittenen blonden Haare waren im Stirnbereich schon leicht ausgedünnt.

Der ältere Mann, leger in Jeans und einem blau-weiß gestreiften Polo-Shirt gekleidet, hatte seine Überraschung überwunden und fragte: „Können wir etwas für Sie tun?“

„Wundern Sie sich nicht, wo Dragan Jugović heute bleibt?“

Der Mann zögerte kurz und blickte Korff unsicher an. „In der Tat. Wir haben uns eben darüber unterhalten. Dragan ist eigentlich sehr zuverlässig. Es ist ungewöhnlich, dass er beim Training fehlt. Er hat sich für heute auch nicht abgemeldet. Wir hatten gerade überlegt ihn anzurufen.“

Korff schüttelte leicht den Kopf. „Das können Sie sich sparen. Dragan Jugović ist tot. Seine Freundin hat ihn heute Nachmittag gefunden.“

Er sah, dass sein Gegenüber sichtlich schockiert war. Der Trainer, der das Gespräch mitverfolgt hatte, schien ebenfalls fassungslos zu sein. Sein Gesicht sprach jedenfalls Bände. Er atmete tief durch und wandte sich dann an

Korff: „Wie ist das passiert? Weiß man schon Genaueres über die Todesursache?"

Korff überhörte die Zwischenfrage. Er erkundigte sich stattdessen: „Wann haben Sie Dragan Jugović zuletzt gesehen?"

„Gestern Abend. Wir hatten ein Freundschaftsspiel in Minden."

„Und – ist Ihnen bei Jugović gestern etwas aufgefallen?"

Der Trainer schüttelte den Kopf. „Nein. Er hat sehr gut gespielt, acht Tore geworfen und dafür gesorgt, dass wir das Spiel sicher gewonnen haben. … Unfassbar, dass er jetzt tot sein soll."

„Woran ist Dragan denn nun gestorben?", mischte sich der ältere Mann wieder ein.

Korff sah sich demonstrativ um und fragte dann. „Können wir hier irgendwo ungestört miteinander reden?"

„Sicher." Der Trainer nickte. Er rief die Spieler zusammen und gab einem älteren, groß gewachsenen Spieler einige Anweisungen: „Jan, du leitest das weitere Programm, lockeres Spiel 6:6 mit einem neutralen Spieler, der immer zu der Mannschaft gehört, die gerade in Ballbesitz ist. Ohne Torwürfe, der Ball soll einfach nur hinter der Torauslinie abgelegt werden. Wir sind gleich zurück." Die Spieler nickten.

Der Trainer wandte sich an Korff: „Kommen Sie, wir haben hier einen Besprechungsraum. Da können wir uns unterhalten."

Korff folgte den beiden Männern, die nun die Halle verließen, sich nach links wandten und eine Tür am Ende eines langen Ganges ansteuerten, die der Trainer aufschloss. Er betrat den Raum als Erster und knipste die Beleuchtung an. Der Raum beherbergte mehrere Tische und zahlreiche Stühle. An der Stirnseite des Raumes stand eine fahrbare Tafel, die offenbar zur Taktikschulung genutzt wurde.

Als die drei Männer sich gesetzt hatten, forderte Korff seine beiden Gesprächspartner auf, ihm ihre Namen zu nennen.

Der Ältere stellte sich als „Herbert Bunermann, Leiter der Handballabteilung“ vor. Der Jüngere schloss sich mit: „Ich bin Holger Harms. Ich trainiere die Mannschaft“ an.

Korff nickte. „Sie können mir glauben, dass es mir leid tut, Ihnen eine solche Nachricht zu überbringen. Dragan Jugović ist ermordet worden, vermutlich letzte Nacht. Genaueres wird erst die Obduktion ergeben.“

„Unfassbar.“ Holger Harms war der Schock deutlich anzumerken. „Weiß man schon, wer das getan hat?“

„Nein.“ Korff machte eine kurze Pause und blickte Harms an. „Was wissen Sie über Dragan Jugović?“

„Nicht sehr viel. Dragan trainiert erst seit Mitte Juni bei uns. Davor hat er in Berlin in der 1.Bundesliga gespielt. Wir waren froh, dass er sich uns angeschlossen hat, weil …“ Er ließ den Satz unvollendet und machte eine kurze Pause. „Wir sind in der letzten Saison aus der 2. Liga abgestiegen und wollen dieses Jahr den Wiederaufstieg schaffen. Mit Dragan hätten wir sicherlich gute Chancen gehabt.“

„Und jetzt?“

Harms hob die Schultern. „Ich weiß es nicht. Wir haben eine gute Mannschaft, aber das haben andere Vereine auch. Die Situation ist jetzt sehr offen. Nachdem Dragan bei uns unterschrieben hatte, sind wir überall als Favorit gehandelt worden. Davon kann jetzt keine Rede mehr sein.“

„Was veranlasst einen Spieler wie Dragan Jugović aus der 1. Liga in die Regionalliga zu wechseln?“

Herbert Bunermann fühlte sich für diese Frage zuständig. Er räusperte sich. Seine Stimme klang wieder etwas heiser. „Dragan hat seine Jugend in Bielefeld verbracht. Er wollte wieder in seine alte Heimat zurück. Spenge ist keine schlechte Adresse. Vielleicht hätte es noch für ein weiteres Jahr Bundesliga in Berlin gereicht, aber danach hätte sich Dragan leistungsmäßig ohnehin etwas weiter nach unten orientieren müssen."

Holger Harms schaltete sich ein: „Dragan ist … er war ein absoluter Führungsspieler. Ein Aufstieg ist immer eine tolle Sache. Er wollte es noch einmal wissen und mit unserer verjüngten Mannschaft in die 2. Liga aufsteigen."

„Welche Rolle haben finanzielle Argumente bei dem Vereinswechsel gespielt?"

Bunermann hob die Schultern: „Ohne Geld lässt sich auch im Handball nichts bewegen. Dragan ist von einem Mäzen des Vereins angesprochen und dann nach Spenge geholt worden. Er hat einen Vertrag für eine Saison unterzeichnet, mit einer Option des Vereins auf ein zweites Jahr. Peter Kruppke, ein Spielervermittler aus Bielefeld, hat den Wechsel in die Wege geleitet. Über die genauen finanziellen Vereinbarungen bin ich nur grob informiert." Harms nickte bestätigend. Auch ihm schienen die Modalitäten des Wechsels nur ansatzweise bekannt zu sein.

„Was wissen Sie sonst noch über Jugović?"

„Wenig. So lange ist er ja noch nicht bei uns." Bunermann zögerte, dann ergänzte er: „Seine Freundin macht einen etwas …" – er suchte nach einem passenden Wort – „sagen wir mal: schillernden Eindruck." Harms blickte etwas missbilligend zu seinem Abteilungsleiter hinüber.

„Was meinen Sie damit?"

„Nun ja, sie unterscheidet sich schon von den übrigen Spielerfrauen. Sie ist etwas … mondäner, ich meine: ihre Kleidung ist freizügiger, eben eine Berlinerin."

Korff hatte Cheline Keller gesehen und glaubte zu wissen, was Bunermann meinte. Auf alteingesessene Spenger musste Cheline Keller in der Tat etwas exotisch wirken.

Korff hatte sich die wichtigsten Informationen notiert. Er wandte sich an Harms: „Können Sie jetzt einmal die Mannschaftskameraden von Dragan Jugović hereinbitten? Ich würde sie gerne fragen, ob ihnen gestern oder auch früher etwas aufgefallen ist."

Harms erhob sich. Er wirkte noch immer konsterniert. „Natürlich. Ich hätte die Mannschaft jetzt ohnehin informiert und dann das Training abgebrochen. Wir machen heute nur regeneratives Training. Diese Nachricht müssen wir erstmal verdauen."

Er verließ den Raum und kehrte kurze Zeit später mit dreizehn leicht schwitzenden Spielern zurück, die aufgeregt miteinander sprachen.

Korff stellte sich kurz vor, blickte in die Runde und sagte dann: „Wie Sie bereits von Ihrem Trainer erfahren haben, ist Ihr Mitspieler Dragan Jugović in der vergangenen Nacht ermordet worden. Ich habe Sie hergebeten, weil ich mir von Ihnen Hinweise erhoffe, durch die sich die Tat aufklären lässt."

Unter den Spielern nahm das Gemurmel wieder zu. Korff hob die Hand und es wurde langsam leiser. „Wer hat gestern nach dem Spiel in Minden neben Jugović im Bus gesessen? … Sie sind doch mit dem Bus gefahren?"

Harms nickte.

Ein hünenhafter blonder Spieler meldete sich. Er räusperte sich, seine Stimme war belegt: „Ich habe auf der Rückfahrt neben Dragan gesessen." Er blickte Korff an. „Mir ist aber nichts Ungewöhnliches aufgefallen. Wir haben die meiste Zeit Musik mit unseren MP3-Playern gehört. Wir haben nur wenig miteinander gesprochen."

„Wie heißen Sie?"

„Christian Müller." Korff notierte sich den Namen.

„Worüber haben Sie sich unterhalten?"

„Über das gestrige Spiel und über unsere Aussichten für das erste Saisonspiel am kommenden Wochenende. Dragan war sehr ehrgeizig. Er konnte sich über einen Sieg immer nur ganz kurz freuen, dann dachte er schon wieder an das nächste Spiel …"

„Hat sich Dragan Jugović über seine privaten Verhältnisse geäußert?", unterbrach ihn Korff.

Müller schüttelte den Kopf. „Nein, er wurde während der Rückfahrt von seiner Freundin angerufen, aus Berlin, glaube ich. Ich hab das zumindest aus seinen Antworten geschlossen."

„Hat Jugović noch weitere Anrufe erhalten?"

„Nein, aber Dragan hat selbst einmal telefoniert."

„Mit wem?"

„Keine Ahnung. Ich bin aufgestanden und habe mich zu Dennis gesetzt, um mich mit ihm zu unterhalten."

Der mit „Dennis" angesprochene Spieler nickte.

„Wann waren Sie gestern Abend aus Minden zurück?"

„Der Bus war etwa um 22.30 Uhr wieder in Spenge. Wir haben dann noch etwa eine Stunde zusammen im ‚Gasthaus zur Ziege' gesessen. Dragan müsste so etwa kurz vor Mitternacht nach Hause gefahren sein."

Korff ließ seinen Blick zu den übrigen Spielern wandern. „War jemand von Ihnen mit Jugović befreundet oder näher bekannt?"

Die Spieler schüttelten nahezu uniform die Köpfe.

„Dragan hatte noch nicht viel Kontakt zu seinen Mitspielern", erklärte Harms. „Nach seiner Rückkehr nach Ostwestfalen hat er sich vor allem an seine Bielefelder Freunde aus der Jugendzeit gehalten. Die kamen auch zu den Vorbereitungsspielen. Dragan ist dann mit ihnen losgezogen."

Korff wollte sich verabschieden, da fiel ihm noch eine Frage ein: „Wen hat Jugović eigentlich ersetzt oder verdrängt? … Er hat doch in der Mannschaft einen Stammplatz erhalten, der in der letzten Saison von einem anderen Spieler eingenommen worden ist, oder?"

Harms schüttelte den Kopf. Nach einem kurzen Zögern erklärte er: „Ganz so ist das nicht. In der letzten Saison hat Arnd Küppers auf der halbrechten Position gespielt. Arnd ist aber auch ein guter Rechtsaußen. Wir haben durch Dragan lediglich weitere Variationsmöglichkeiten bekommen."

Korff merkte an der Reaktion der Spieler, dass sie diese Einschätzung nicht ganz teilten. Christian Müller widersprach dann auch: „Na ja, Arnd und Dragan mochten sich nicht sonderlich, es gab schon eine gewisse Rivalität. Gestern in der Halbzeitpause sind die beiden jedenfalls heftig aneinander geraten."

„Worum ging es?" Korff blickte sich suchend um.

Harms bemerkte den Blick und informierte ihn: „Arnd Küppers ist heute nicht zum Training erschienen."

„Ist er verletzt?"

„Nein, ich habe keine Ahnung, wo er heute ist. Er hat sich nicht abgemeldet."

„Kommt es häufig vor, dass Spieler unentschuldigt beim Training fehlen?"

Herbert Bunermann schaltete sich ein: „Natürlich nicht, wir sind ja keine Thekenmannschaft. Unsere Spieler haben einen Vertrag und bekommen eine Aufwandsentschädigung. Teilnahme am Training ist damit Pflicht."

Korff wandte sich erneut an Christian Müller: „Worum ging es in der Auseinandersetzung?"

„Soweit ich weiß, hat Dragan Arnd vorgeworfen, schlecht gespielt zu haben. – Die von Dragan benutzten Worte waren aber etwas drastischer …“

„Wie hat Küppers auf die Vorwürfe reagiert?“

„Wir mussten ihn festhalten. Er wollte Dragan angreifen. Das wäre ihm aber vermutlich schlecht bekommen. Dragan ist ein harter Hund.“ In Müllers Stimme schwang Bewunderung mit.

„Arnd hat sich geweigert, in der zweiten Halbzeit noch einmal aufs Spielfeld zu gehen“, ergänzte Harms, „obwohl ich ihn wieder einsetzen wollte. Als wir in Spenge ankamen, ist er sofort nach Hause gefahren.“

„Wo finde ich Küppers?“

„Er wohnt hier in Spenge, in der Südstraße.“

Korff erhob sich. „Ich danke Ihnen für die Auskünfte. Falls sich weitere Fragen ergeben, komme ich noch einmal vorbei.“

***

Korff fand die Südstraße auf Anhieb. Er parkte seinen in die Jahre gekommenen Golf hinter einem noch älteren Fahrzeug, das bereits Oldtimerstatus für sich beanspruchen konnte.

„Britta Fahlberg & Arnd Küppers“ stand auf der unteren Klingel des Zweifamilienhauses. Nachdem Korff die Klingel betätigt hatte, dauerte es nur wenige Augenblicke, bis die Haustür geöffnet wurde.

Vor Korff stand ein junger Mann, der den Kriminalbeamten um fast einen Kopf überragte. Der dunkelhaarige Handballspieler trug eine Trainingshose und Badelatschen. Seinen gut trainierten Oberkörper verbarg ein T-Shirt mit der Aufschrift „Hard Rock Cafe Amsterdam“. Neben dem

Hünen schob sich ein großer, zotteliger Hund nach vorn, der Korff leise knurrend anblickte.

Korff hielt dem Hünen seinen Dienstausweis entgegen und ergänzte: „Kriminalpolizei Bielefeld.“

„Ja … was …?“ Arnd Küppers suchte nach den richtigen Worten. Er wirkte überrascht.

Korff trat einen Schritt nach vorn, um zu zeigen, dass er hereingebeten werden wollte. „Es handelt sich um Ihren Mitspieler Dragan Jugović. Ich würde mich gern mit Ihnen über Jugović unterhalten.“

Küppers zögerte immer noch, gab dann aber den Weg in seine Wohnung frei. „Kommen Sie herein.“ Er führte Korff direkt in ein mit Ikea-Möbeln ausgestattetes Wohnzimmer, wo Korff von Küppers’ Freundin, einer zierlichen Frau mit dunklen, kurzgeschnittenen Haaren, begrüßt wurde. Sie trug einen bequemen Hausanzug und hatte auf dem Sofa gelegen und in einem Buch gelesen, das sie nun beiseite schob. Der Kriminalbeamte konnte den Titel nicht erkennen.

Korff setzte sich in den ihm zugewiesenen Sessel. Der Hund, Korff vermutete, dass es sich um einen Bobtail handelte, legte sich auf eine Decke neben dem Sofa und blickte den Kriminalbeamten weiterhin aufmerksam an.

Ohne Vorrede informierte Korff Küppers und seine Freundin darüber, dass Dragan Jugović in der letzten Nacht ermordet worden war. Er beobachtete seine beiden Gastgeber dabei genau. Küppers und seine Freundin schwiegen ungläubig. Sie schienen von der Mitteilung überrascht worden zu sein.

Dann wandte er sich an Küppers: „Wie sind Sie mit Dragan Jugović ausgekommen?“

Korff merkte sofort, dass der Hüne ein schlechter Schauspieler war. Seine Antwort: „Gut. Dragan war ein erfahrener Spieler, von dem wir alle noch eine Menge gelernt haben" war ohne Überzeugungskraft.

Korff entschloss sich dazu, sofort mit offenen Karten zu spielen. „Herr Küppers, ich habe andere Informationen. Sie sollen am vergangenen Sonntag mit Dragan Jugović massiven Streit gehabt haben, der beinahe in einer Handgreiflichkeit geendet hätte."

Küppers blickte Korff an. Er nickte. „Wenn Sie's denn genau wissen wollen ... Wir haben uns nicht gut verstanden. Wir haben beide um dieselbe Position in der Mannschaft gekämpft. Ich hatte aber von Anfang an schlechte Karten, da ich in der Abstiegssaison die in mich gesetzten Erwartungen nicht ganz erfüllt habe. Dragan konnte sich besser verkaufen, schließlich hatte er auch mehr Erfahrung mit solchen Konfliktsituationen." Er machte eine kurze Pause. „Dragan ist als Führungsspieler eingekauft worden. Er hat von Anfang an versucht, die Führung in der Mannschaft zu übernehmen. In einer Mannschaft gibt es auch so etwas wie eine Hackordnung ... Ich bin zwar noch immer Mannschaftskapitän, seit Beginn der jetzigen Saison bin ich sportlich aber nur noch zweite Wahl."

Korff nickte. Er konnte verstehen, dass Küppers' Selbstvertrauen angeschlagen war. Zunächst der Abstieg, für den Küppers mitverantwortlich gemacht worden war, dann wurde ein neuer Führungsspieler verpflichtet. Küppers musste das als fehlendes Vertrauen des Trainers und des Vereinsvorstands ihm gegenüber interpretiert haben. Jugović schien gewusst zu haben, dass er zunächst einmal Küppers demontieren musste, um unangefochten die Mannschaft führen zu können.

„Wie ist das Klima in der Mannschaft?"

„Trotz des Abstiegs war die Kameradschaft zunächst weiterhin gut. Zwei andere Spieler, die neu zu uns gekommen sind, haben sich gut eingefügt. Seitdem Dragan spielt, ist das Klima allerdings deutlich schlechter geworden."

„Was ist die Ursache dafür?"

Küppers lachte bitter. „Dragan hat dafür gesorgt, dass jeder Fehler ausgiebig kritisiert wurde. Es wird gemunkelt, dass er im Falle des Aufstiegs eine fünfstellige Erfolgsprämie erhalten würde. Er übte deshalb von Anfang an einen unglaublichen Druck auf uns Mitspieler aus. Wer einen Fehler machte, wurde sofort mit Kritik überschüttet. Das Handballspielen macht mir seitdem keinen Spaß mehr. Ich habe …"

Korff unterbrach ihn: „Was sagt Ihr Trainer dazu?"

„Holger ist sehr erfolgsorientiert. Solange wir gewinnen, wird er Dragan nicht … Ich meine, solange wir mit Dragan unsere Vorbereitungsspiele gewonnen haben, hat er Dragans Position in der Mannschaft gestützt."

Korff nickte. „Was genau ist am Sonntag in der Halbzeitpause in Minden geschehen?"

„Dragan hat mich massiv beschimpft, weil ich kurz vor der Halbzeit aufs gegnerische Tor geworfen habe, aus einer nicht unbedingt zwingenden Situation. Minden ist dadurch noch einmal in Ballbesitz gekommen und konnte in sozusagen letzter Sekunde noch ein Tor erzielen. Unser Pausenvorsprung ist dadurch auf einen Treffer zusammengeschmolzen. Dragan hat mir im Umkleideraum heftige Vorwürfe gemacht und ist dabei sogar handgreiflich geworden. Nach dem Spiel hat er sich allerdings dafür entschuldigt."

„Haben Sie die Entschuldigung angenommen?"

Küppers schüttelte heftig den Kopf. „Nein. Wir haben ein Freundschaftsspiel ausgetragen, ich habe mich gefragt, wie er erst bei Meisterschaftsspielen reagieren würde."

„Hat Jugović Sie am Sonntag so verletzt, dass Sie …?" Korff ließ den Satz unvollendet.

Küppers lachte. „Habe ich den Eindruck erweckt, dass Dragan mein Todfeind ist … beziehungsweise war?“ Er lachte erneut. „Nein, dazu kenne ich das Geschäft zu gut. Ich weiß, was sich in einer Mannschaft abspielt, wenn Geld verdient wird.“

„Weshalb waren Sie heute Abend nicht beim Training?“

„Ich brauchte etwas Zeit, ich habe sogar überlegt, ob ich nicht den Verein wechseln soll.“ Er blickte seine Freundin an, die zustimmend nickte. „Mit Dragan wollte ich nicht mehr zusammenspielen. Ich habe mich darüber gewundert, wie sich alle dem … ‚Starspieler‘ Jugović untergeordnet haben. Er wird inzwischen von vielen Mitspielern und von der Vereinsführung als so eine Art Messias gesehen. Die entscheidende Motivation für ihn ist aber nur das Geld. … Ich dagegen bin in Spenge aufgewachsen, da geht man nicht so leicht zu einem anderen Verein.“ Küppers hatte vor dem Wort ‚Starspieler‘ eine unmerkliche Pause gemacht, um die Fragwürdigkeit dieses Wortes zu betonen.

Korff nickte. Er konnte Küppers’ Gefühlslage gut nachvollziehen. Der Hüne war enttäuscht. Ein wichtiger Bereich seines Lebens war in Unordnung geraten, war fragwürdig geworden. Werte schienen plötzlich keinen Bestand mehr zu haben.

„Herr Küppers, was haben Sie am Sonntagabend nach Ankunft des Busses in Spenge gemacht?“

„Ich habe auf den obligatorischen Ausklang in der Kneipe verzichtet und bin sofort nach Hause gefahren. Ich wollte Jugović nicht mehr sehen. Wir haben noch etwas ferngesehen und sind dann kurz nach Mitternacht ins Bett gegangen.“

Britta Fahlberg blickte ihren Freund an und nickte bestätigend.

„Hm, haben Sie in der letzten Zeit irgendwelche Beobachtungen gemacht, die mit dem Mord an Dragan Jugović in Verbindung stehen könnten?“

Küppers zögerte, jetzt blickte er seine Freundin an und sagte dann langsam: „Ich weiß nicht, nach ostwestfälischen Maßstäben war Dragan sicher nicht ganz seriös. Ein Bekannter hat ihn vor kurzem mal in einem Bielefelder Spielsalon gesehen, wo er vormittags über einen längeren Zeitraum Automaten bearbeitet und dabei wohl ziemlich viel Geld verloren hat. Mein Bekannter meinte, Dragan sei spielsüchtig.“

Korff sah sich in der Wohnung um. „Herr Küppers, was machen Sie beruflich?“

„Ich studiere, Britta ist Referendarin.“

„Und mit dem Handball finanzieren Sie Ihren Lebensunterhalt?“

Küppers und seine Freundin sahen sich an und grinsten. „In der dritten Liga geht das nicht mehr, aber ein bisschen Geld kommt dadurch schon rein, außerdem trainiere ich noch eine Jugendmannschaft.“

„Und woher kommt der Rest?“

Britta Fahlberg ergriff das Wort: „Na ja, meine Eltern unterstützen uns und Arnd hat noch einen Job als studentische Hilfskraft an der Uni.“

Korff verabschiedete sich. Dabei gelang es ihm, einen Blick auf das Buch zu werfen, das Britta Fahlberg gelesen hatte. Jürgen Todenhöfer hatte es geschrieben, der Titel des Buches lautete: „Warum tötest du, Zaid?“

3. Kapitel

Dienstag, den 25. August 2009

Korff war schon früh im Büro. Er sah seine Aufzeichnungen durch und begann damit, die ersten Berichte anzufertigen.

Wenig später traf Grohner ein. Korff informierte ihn über seine Gespräche vom Vorabend mit dem Trainer und den Mitspielern Jugovićs.

„Mit der Befragung der Anwohner bin ich noch lange nicht durch. Bislang hat sich nichts ergeben. Wir sollten Pott bitten, dass er Jörg Zeinitz abstellt, um uns zu unterstützen."

Korff nickte. „Gut. Ich spreche mit ihm."

„Wir müssen uns zunächst weiter mit Dragan Jugović beschäftigen. Es geht zunächst mal um die üblichen Fragen: Wo kam er her? Weshalb ist er aus Berlin weg und weshalb spielte er zuletzt unterklassig? Was war er für ein Mensch? Welche Kontakte hatte er?"

In diesem Augenblick betrat Paul-Heinrich Pott das Büro. Er begrüßte seine beiden Kollegen. Pott war ein hochgewachsener Mann mit leichtem Bauchansatz und hoher Stirn. Er setzte sich auf den Besucherstuhl und streckte seine Beine weit von sich.

„Wie sieht es aus? Habt ihr schon einen Ansatz?"

Korff schüttelte den Kopf. „Dazu ist es zu früh." Er zögerte kurz. „Wir müssen übrigens noch zahlreiche Nachbarn des Ermordeten befragen. Wäre schön, wenn uns Zeinitz dabei unterstützen könnte."

Pott nickte. „Sicher. Er kann für ein paar Tage zu euch stoßen. Was ist mit den Obduktionsergebnissen?"

„Liegen noch nicht vor, werden aber sicher bald kommen."

Grohner ergänzte: „Soweit ich das gestern richtig gesehen habe, ist Jugović von zwei Kugeln getroffen worden. Der Notarzt glaubt, dass er sofort tot war. Interessant ist allerdings, dass ihn sein Mörder vorher gefesselt hat, bevor er ihn erschoss. Er war jedenfalls an Füßen und Händen mit Klebeband gefesselt und auch geknebelt."

Pott schnaufte und stand dann auf: „Hm, das ist in der Tat ungewöhnlich. Auf diesen Mord an einem leidlich bekannten Sportler wird sich die Presse stürzen, und wenn sie dann noch interessante Einzelheiten über den Ablauf des Mordes erfährt, hat sie tagelang Futter." Seine Gesichtszüge strafften sich. „Seht zu, dass wir Ermittlungsfehler vermeiden und den Mörder so schnell wie möglich präsentieren können."

Er nickte Korff und Grohner zu und verließ dann den Raum. Korff blickte Grohner vielsagend an und grinste dann. „Der Herr sprach in seiner großen Weisheit und verschwand."

„Hier", Grohner schob Korff ein Foto zu. „Das haben wir in Jugovićs Wohnung gefunden."

Das Foto zeigte zwei junge Männer im Alter von etwa zwanzig Jahren. Einer der beiden war Dragan Jugović, erkennbar an seiner damals schon grauen Haarsträhne. Er hatte seinen linken Arm um die Schulter des anderen Mannes gelegt. Beide lachten in die Kamera. Dragans rechter Arm war erhoben. Seine Finger formten das Victory-Zeichen.

Korff drehte das Foto um. Auf der Rückseite standen einige Wörter in einer ihm unbekannten Sprache, darunter ein Name: „Bojan". Korff vermutete, dass es sich um einen Text in serbisch oder kroatisch handelte.

„Wichtig?"

„Keine Ahnung. Wohl eher eine Jugenderinnerung. Wo hast du das Foto gefunden?"

„Es stand in dem Bücherregal, in einem durchaus geschmackvollen Rahmen, so als ob Jugović dem Foto eine gewisse Bedeutung beigemessen hat."

„Na gut, dann sollten wir herausfinden, was auf der Rückseite des Fotos steht."

Jörg Zeinitz kam herein. Er hatte die letzten Sätze des Gespräches mitbekommen. Er wies auf das Foto: „Gib mal her. In meiner Fußballmannschaft spielt auch ein Kroate, der nebenberuflich für ein Übersetzungsbüro arbeitet. Ivica kann uns da bestimmt weiterhelfen."

Als er in die überraschten Gesichter seiner beiden Kollegen blickte, ergänzte er: „Pol Pot hat mich auf dem Flur abgefangen und mich zu euch geschickt. Ich soll euch in den nächsten Tagen unterstützen."

Grohner grinste Korff an: „Du scheinst Pott ja richtig beeindruckt zu haben."

„Wohl kaum. Ich kenne Pott seit vielen Jahren. Er fürchtet lediglich eine negative Presse. So etwas ist seiner weiteren Karriere nicht förderlich. Der will doch bestimmt mal Polizeipräsident werden. Wartet nur ab, nach der Kommunalwahl wird er bestimmt der SPD oder der CDU beitreten – je nachdem, wer die Wahl gewinnt."

Grohner lachte leise. Dann wandte er sich an Korff: „Ich schlage vor, dass ich zusammen mit Jörg zum Wildhagen fahre und die Befragung der Nachbarn fortsetze. Du wirst dich doch sicher weiter mit Jugovićs Freundin unterhalten wollen?"

Korff nickte. „Ja, ich habe mich für heute Morgen angekündigt." Er deutete auf Zeinitz: „Wir sollten Jörg einmal kurz den gegenwärtigen Stand der Ermittlungen darlegen."

Grohner nickte zustimmend. Die beiden gaben Zeinitz eine knappe Zusammenfassung der bisherigen Beobachtungen und Gespräche.

Korff beendete den Lagebericht mit den Worten: „Obduktionsbericht und Ergebnisse der Spurensicherung stehen noch aus."

„Wie stellt sich für euch der Ablauf der Tat dar?" Zeinitz blickte seine Kollegen fragend an.

„Nach Jugovićs Rückkehr aus Minden, das müsste am Montagmorgen zwischen Mitternacht und 0.30 Uhr gewesen sein, könnte der Mörder vor dem Haus auf ihn gewartet haben. Er hat dann Jugović mit vorgehaltener Pistole in die Wohnung begleitet oder er hat noch eine Zeitlang abgewartet und erst dann geklingelt und sich, als die Tür geöffnet wurde, mit der Pistole Zugang zur Wohnung verschafft."

Korff hatte Grohners Ausführungen mit einem Nicken begleitet, dann aber unterbrach er seinen Kollegen: „Vielleicht waren es auch zwei Täter, denn Jugović wurde vor seiner Ermordung gefesselt. Das ist für einen einzelnen Täter etwas schwer zu bewerkstelligen, wenngleich nicht unmöglich. Nach der Fesselung wurde Jugović massiv misshandelt."

„Na ja, für die Annahme, dass es sich um zwei Täter handelt, gibt es noch keine Beweise."

„Vielleicht wollten der oder die Täter von Jugović irgendwelche Informationen haben?" Zeinitz zog eine mögliche Schlussfolgerung aus dem beschriebenen Szenario.

„Vermutlich. Irgendwann war die Tortur dann beendet und Jugović wurde erschossen."

„Hier." Grohner reichte Zeinitz das Foto. „Mach dir eine Kopie von der Rückseite. Vielleicht kann uns dein Mitspieler ja wirklich weiterhelfen. Wann siehst du ihn?"

„Heute Abend, beim Training."

***

Es war kurz nach 10 Uhr. Der schmächtige Mann an der Rezeption wies Korff in den zweiten Stock. Korff nahm den etwas beengten Fahrstuhl und klopfte kurze Zeit später an die Zimmertür mit der Nummer 26.

Cheline Keller öffnete die Tür und bat Korff herein. Sie trug eine schwarze Hose und eine weiße Bluse; sie hatte ein dezentes Make-up aufgetragen und wirkte ruhig. Trotz des wenigen Schlafes, den sie vermutlich bekommen hatte, sah sie blendend aus. Cheline Keller wies auf die beiden Sessel, die zum üblichen Inventar eines Hotelzimmers gehörten. Sie setzten sich. Die Sessel waren nicht sonderlich bequem.

Korff lächelte der jungen Frau zu. „Wie geht es Ihnen?"

Cheline Keller zuckte mit den Achseln.

„Woher stammen Sie?"

„Aus Berlin."

„Ost oder West?"

„Ost."

„Welchen Beruf üben Sie aus?"

„In Berlin habe ich als Fotomodell und als Hostess bei Messen und so weiter gearbeitet. Hier in Bielefeld habe ich noch nichts Passendes gefunden. Ich jobbe im Augenblick als Kellnerin."

„Haben Sie noch einmal darüber nachgedacht, wer Ihren Freund ermordet haben könnte?"

Cheline Keller schüttelte den Kopf. „Ja, aber ich komme zu keinem Ergebnis."

Korff sah seine Gesprächspartnerin eindringlich an: „Ich habe Ihren Freund vor etwa zwei Wochen zufällig bei einer Brauereibesichtigung in Herford gesehen. Da wurde er von zwei Männern bedroht. Einer der beiden hat ihm sogar einen Faustschlag verpasst. Hat er Ihnen davon berichtet?"

„Ja, Dragan hat mir von der Begegnung erzählt. Das waren zwei alte Bekannte aus Berlin. Die bringen aber niemanden um."

„Worum ging es?"

Cheline Keller zögerte. Sie suchte offenbar nach passenden Worten. „Na ja, es ging um mich. Es gibt jemanden in Berlin, der erhebt noch Besitzansprüche auf mich. Ich will mit ihm aber nichts mehr zu tun haben. Dragan hat das den beiden deutlich zu verstehen gegeben."

Korff hakte nach: „Was meinen Sie mit ‚Besitzansprüchen'?"

„Ich war mit einem Mann in Berlin zusammen und habe das Verhältnis wegen Dragan beendet. Mein früherer Freund will das immer noch nicht akzeptieren."

Cheline Keller schien das Thema unangenehm zu sein. Sie griff nach der Zigarettenschachtel, die neben ihr auf dem kleinen Tisch lag und zog eine Zigarette heraus.

„Können Sie mir den Namen des betreffenden Mannes nennen?"

„Nein. Mit dem will ich nichts mehr zu tun haben." Cheline Keller wandte ihren Blick ab, zündete sich die Zigarette an und nahm einen tiefen Zug.

Korff verdrehte innerlich seine Augen. Freundlich lächelnd sagte er: „Ich kann auf diesen Namen leider nicht verzichten, weil der Betreffende für mich zum Kreis der Verdächtigen gehört. Wenn Sie mir den Namen nicht sagen, werde ich andere Wege finden, ihn zu erfahren."

Cheline Keller zögerte. Nach einer ganzen Weile und weiteren tiefen Zügen sagte sie: „Nun gut, der Mann heißt Dieter Kurschatz und wohnt in Berlin-Mitte in der Chausseestraße 131."

Korff notierte sich den Namen.

„Hatte Dragan Jugović Freunde?"

„Ja, sicher. Wir waren abends häufig gemeinsam unterwegs."

„Was sind das für Leute?"

„Die meisten sind Landsleute von Dragan, die ebenfalls hier in Bielefeld wohnen und die er aus seiner Jugendzeit kennt. Dragan ist ja in Bielefeld geboren, seine Eltern stammen aber aus Serbien."

„Kennen Sie seine Eltern?"

„Nein."

In diesem Augenblick klingelte Cheline Kellers rosafarbenes Handy, das auf dem kleinen Tisch lag. Sie blickte Korff entschuldigend an und griff nach dem Telefon.

„Ja, Cheline Keller." Der unbekannte Gesprächspartner am anderen Ende schien zu einer längeren Erklärung anzusetzen.

„Hm. Wie viel zahlen Sie?" Wieder eine Pause.

„Bar?" Erneute Pause.

„Gerne. Sie können heute Nachmittag vorbeikommen, passt Ihnen 13 Uhr?" Ihr Gesprächspartner schien jetzt wieder längere Ausführungen zu machen. Cheline Keller gab mehrere „Mmhs" von sich.

Korff war inzwischen zum Fenster gegangen und blickte hinaus. Unten auf dem Jahnplatz floss der Verkehr. In den Grünphasen der Fußgängerampel überquerten die Menschen die Alfred-Bozi-Straße und drängten von der Niedernstraße in die Bahnhofstraße und umgekehrt. Aufmerksam lauschte Korff dem weiteren Verlauf des Gesprächs.

„Fotos von Dragan? Ja, habe ich." Pause.

„Ja, im ‚Hotel am Jahnplatz' Zimmer 26. Gut, dann bis 13 Uhr." Sie drückte auf die Aus-Taste des Handys und legte es zurück auf den Tisch.

Auf Korffs fragenden Blick erklärte sie: „Ein Reporter

von der Bild-Zeitung möchte sich mit mir unterhalten. Er kommt heute um 13 Uhr vorbei."

Korff schüttelte den Kopf. „Ich weiß nicht, ob das eine gute Idee ist."

„Dragan war ein bekannter Sportler. Die Journalisten wollen mehr über den Mord erfahren. Der Reporter sagte, dass die Polizei der Presse keine Informationen geben will." Sie machte eine Pause. „Außerdem erhalte ich ein Honorar. Ich kann das Geld jetzt gut gebrauchen."

Korff merkte, dass er hier keine Überzeugungsarbeit leisten konnte. Das finanzielle Motiv war zu stark. „Sorgen Sie auf alle Fälle dafür, dass Ihr gegenwärtiger Aufenthaltsort nicht in der Presse erwähnt wird."

Cheline Keller nickte, dann zögerte sie einen Moment, so als komme ihr erst jetzt der Gedanke. „Glauben Sie, dass es der Mörder auch auf mich abgesehen hatte?"

Korff überlegte kurz, bevor er wahrheitsgemäß antwortete: „Ich glaube nicht, aber wir wissen nicht, was mit Ihnen geschehen wäre, wenn Sie zum Zeitpunkt des Mordes ebenfalls in der Wohnung gewesen wären."

Beide schwiegen einen Augenblick. Korff ergriff wieder das Wort: „Haben Sie oder Ihr Freund einen PC besessen?"

„Dragan hatte einen Laptop." Cheline Keller sagte das ohne großes Interesse. Sie schien sich mit dem Laptop wenig beschäftigt zu haben.

Korff erklärte ihr die Bedeutung der Frage: „Wir haben in Ihrer Wohnung keinen Laptop gefunden. Wir müssen wohl davon ausgehen, dass die Mörder ihn mitgenommen haben. Wissen Sie, ob es irgendwelche Sicherungskopien der auf dem Laptop vorhandenen Dateien gibt?"

„Ich glaube ja, Dragan hat gelegentlich CDs gebrannt. Die müssten sich in einem kleinen Schuhkarton im Schlafzimmerschrank befinden." Korff nickte. Das war doch etwas. Er würde Zeinitz bitten, die Sicherungskopien einmal durchzusehen.

„Sie sagten zuletzt, Dragan Jugović habe hier in Bielefeld einige Freunde gehabt. Können Sie mir Namen nennen?"

„Ja, sein bester Freund ist ... war Bojan, Bojan Pasić. Der betreibt oben an der Lortzingstraße einen Sicherheitsdienst. Bojan wird Ihnen weitere Namen nennen können. Ich kenne von den meisten Freunden nur die Vornamen."

Korff notierte sich Namen und Anschrift. „In Ihrer Wohnung befindet sich auch ein Foto, das Ihren Freund zusammen mit Bojan zeigt."

„Ja genau. Die beiden kennen sich seit ihrer Jugend und sind seit dieser Zeit unzertrennlich. Ich war manchmal sogar ein wenig eifersüchtig auf Bojan." Cheline Keller lächelte leicht.

***

Es war halb zwei. In der Kantine war der Hauptandrang vorüber. Nur wenige Polizeibeamte saßen noch an den Tischen. Gerade als Korff sich ein erstes Stück von seinem Cordon bleu abschneiden wollte, setzte sich Grohner zu ihm. Auch er hatte sich für Cordon bleu mit Salzkartoffeln und Blumenkohl entschieden.

Korff nickte seinem Kollegen zu und führte den ersten Bissen zum Mund. Kauend fragte er: „Wo ist Zeinitz?"

Grohner musterte Korff mit einem betont vorwurfsvollen Blick und sagte dann mit gespielter Strenge: „Klaus, stell dir mal vor, Kinder würden sehen, dass du mit vollem Mund sprichst – was würde das für einen Eindruck auf sie machen?"

Korff stutzte einen kurzen Augenblick, dann ließ er sich auf das Spiel ein und erklärte: „Ich habe keine Kinder. Und wenn deine Kinder mich essen sähen, dann würden sie ihre Augen nicht auf mich, sondern auf die Speisen richten, denn so etwas Leckeres kennen sie von Zuhause vermutlich nicht, vor allem nicht, wenn du kochst."

Grohner schwieg verdutzt. So schlagfertig hatte er Korff selten erlebt. Korff schien ausgesprochen guter Laune zu sein.

„Hat dich Cheline Keller zu dieser geistvollen Antwort inspiriert? Eine hübsche Frau, nicht wahr?"

„Na ja, wer auf Äußerlichkeiten Wert legt, kommt bei ihr voll auf seine Kosten. Inspirieren vermag sie einen Mann wohl nur sehr einseitig. Wie du weißt, interessieren mich bei Frauen vornehmlich die inneren Werte." Korff grinste. „Wo ist Zeinitz denn nun?"

„Er befragt noch die Anwohner am Wildhagen."

„Und? Habt ihr schon brauchbare Hinweise erhalten?"

„Bislang noch nicht. Nur sehr wenige Nachbarn haben Jugović gekannt. Er hatte – soweit wir ermitteln konnten – überhaupt keinen Kontakt zu seinen Nachbarn."

„Und sonst? Habt ihr irgendwelche Informationen bekommen, die sich auf den oder die Täter beziehen?"

„Ebenfalls noch Fehlanzeige, aber wir sind mit den Befragungen ja noch nicht durch."

Die beiden Männer schwiegen einen Augenblick und widmeten sich dem Essen, dann meinte Grohner: „Wie bist du mit dem bisherigen Saisonverlauf zufrieden?" Korff, der bei seinen Kollegen als militanter Anhänger des BVB galt, sprang sofort auf die Frage an.

„Wir haben ja schon in der letzten Saison gesehen, dass Kloppo" – gemeint war der neue Trainer des BVB, Jürgen Klopp – „gute Arbeit macht. Sicher, das Heimspiel gegen

Köln hätten wir höher gewinnen müssen und das Spiel am letzten Wochenende in Hamburg war eine Katastrophe, zumindest vom Ergebnis her, aber ich glaube an die Mannschaft."

Grohner, der sich nicht sonderlich für Fußball interessierte und Korff in der letzten Saison aus Gefälligkeit zum Freundschaftsspiel des BVB bei Arminia Bielefeld begleitet hatte, das wenig unterhaltsam gewesen und 0:0 ausgegangen war, blieb skeptisch. „Klopp ist sicherlich ein Motivationskünstler, aber ob der eine Mannschaft dauerhaft oben halten kann? Ich glaub das nicht. Das letzte Heimspiel gegen Stuttgart hätte dann doch wohl gewonnen werden müssen, oder?"

Korff schüttelte entschieden den Kopf. „Ich denke, wir werden in dieser Saison oben angreifen. Dass wir gegen Stuttgart zwei Punkte haben liegen lassen, ist nicht entscheidend. Die Punkte holen wir uns auswärts wieder. Ich glaube sogar, dass wir uns am Ende der Saison für die Europa League qualifizieren können. Wollen wir wetten?"

Grohner lehnte dankend ab. Er stand auf und brachte sein Geschirr zur Ablage. Korff folgte ihm.

***

Als die beiden Beamten nach dem Mittagessen in ihr gemeinsames Büro zurückkehrten, lag der Obduktionsbericht auf Korffs Schreibtisch. Dr. Germer hatte sich beeilt.

Grohner schnappte sich den Bericht und blätterte drin herum. Plötzlich stöhnte er auf. „Das gibt's nicht!" Auf Korffs fragenden Blick hin erklärte er: „Jugović ist von zwei Schüssen getroffen worden. Jeder für sich wäre tödlich gewesen."

„Das wussten wir bereits. Außerdem kommt so etwas häufiger vor."

„Ja sicher, aber hier stammen die Kugeln ganz offenkundig aus zwei verschiedenen Waffen." Er reichte Korff den Bericht.

Korff stieß einen langgezogenen Pfiff aus. „Meine Vermutung, dass es sich sehr wahrscheinlich um zwei Täter gehandelt hat, war also richtig." Er machte eine kleine Pause. „Es hat demnach eine regelrechte Hinrichtung stattgefunden, möglicherweise die Arbeit bezahlter Killer."

Grohner nickte. „Es sieht so aus."

Er las weiter. „Dr. Germer legt den Todeszeitpunkt auf den Zeitraum zwischen 24 Uhr und 3 Uhr morgens fest. Hier, noch etwas: Jugović ist vor seiner Ermordung massiv misshandelt worden. Dr. Germer hat zahlreiche Verletzungen an den Fingern, im Brustbereich und im Gesicht festgestellt. Er schreibt: ‚Besonders die Verletzungen an den Brustwarzen müssen sehr schmerzhaft gewesen sein.'"

„Du erinnerst dich daran, dass ich Jugović bei unserer Brauereibesichtigung draußen auf dem Parkplatz gesehen habe? Er wurde vor der Brauerei von zwei Männern bedroht, die wahrscheinlich von einem gewissen Dieter Kurschatz von Berlin aus nach Bielefeld geschickt worden waren. Kurschatz war früher mit der Freundin von Jugović liiert. Wenn da kein Zusammenhang besteht …" Er ließ den Satz unvollendet.

„Du glaubst also, dass wir den Fall schnell lösen können?"

„Schön wär's. Bis die Projektile untersucht sind, wird es wohl noch zwei Tage dauern." Korff machte eine kurze Pause. „Wir haben übrigens um 15 Uhr noch einen Termin bei Peter Kruppke."

Als ihn Grohner verständnislos anblickte, fragte Korff

mit gespielter Überheblichkeit: „Du kennst Peter Kruppke nicht?"

Grohner schüttelte den Kopf.

Nach einer kurzen Pause erklärte Korff: „Kruppke ist Spielervermittler und hat im Sommer den Transfer von Dragan Jugović zum TuS Spenge eingefädelt. Er wohnt in Bielefeld. Ich habe ihn heute Morgen angerufen und ein Treffen mit ihm vereinbart."

***

Peter Kruppke residierte in einer Villa in der Grünstraße. „P. Kruppke Unternehmensberatung" stand auf dem gediegenen Schild aus Glas und Messing, das an einem Pfeiler des Eingangstores angebracht war. Korff betätigte die Klingel. Auf das „Ja, bitte" einer weiblichen Stimme, die halblaut aus einem kleinen Lautsprecher kam, nannte Korff seinen Namen.

„Sie sind angemeldet", stellte die Stimme fest. Daraufhin schwang das kleine Tor auf, und Korff und Grohner gingen über einen mit schwarzen Granitplatten belegten Weg, der durch einen gepflegten Vorgarten führte, auf das Haus zu.

An der Eingangstür klingelte Korff erneut, worauf sich die Eingangstür umgehend öffnete. Eine rothaarige Schönheit mit blasser Hautfarbe, sicherlich noch keine dreißig Jahre alt, begrüßte die beiden Kriminalbeamten, führte sie über einen Flur und öffnete dann die Tür zu einem Büro. Sie ließ die beiden Männer eintreten.

Das Büro maß mindestens 60 Quadratmeter. Kruppke saß an einem riesigen, penibel aufgeräumten Schreibtisch, der rechts und links von zwei Bildschirmen beherrscht wurde. Der Spielervermittler stand auf, kam seinen beiden Gästen entgegen und begrüßte sie per Handschlag. Er war groß, kräftig und wirkte ein wenig massig, ohne dass er übergewichtig war. Er trug seine dunklen Haare zurückgekämmt. Sein Gesicht war offen. Er blickte seine Besucher freundlich an.

„Setzen Sie sich doch." Er wies auf eine Sitzgruppe, die sich links neben der Tür befand. Korff und Grohner ließen sich in die schweren Ledersessel sinken.

„Darf ich Ihnen Kaffee oder Tee anbieten?"

Die beiden Kriminalbeamten lehnten dankend ab. Kruppke setzte sich zu ihnen. Er deutete auf den Aktenschrank, der sich hinter seinem Schreibtisch befand.

„Ich verdiene mein Geld mit der Beratung von Unternehmen. Dass ich gelegentlich noch als Spielervermittler tätig bin, ist mehr ein Hobby. Ich habe früher selbst Handball gespielt, höherklassig sogar, und habe noch immer ausgezeichnete Kontakte zur Szene."

Korff nickte. Dann kam er zum Thema. „Uns interessiert der Vereinswechsel von Dragan Jugović zum TuS Spenge, den Sie vor ein paar Monaten eingefädelt haben."

Der Unternehmensberater betrachtete seine gepflegten Fingernägel. Dann blickte er auf und sah seine beiden Gäste an. „Das sagten Sie bereits am Telefon. Nun ja, Holger Harms rief mich im Januar oder Februar an und erkundigte sich, ob ein preiswerter Linkshänder auf dem Markt sei, der dem TuS Spenge, der sich im Abstiegskampf befand, helfen könnte, die 2. Liga zu halten. Ich habe ihm damals zwei oder drei Namen genannt, diese Spieler waren dem Verein aber zu teuer. Dragan, den ich noch aus seiner Bielefelder Zeit kannte, war auch dabei."

„Wollte Jugović damals schon aus Berlin weg? Die Bundesligasaison lief doch noch, oder?"

Kruppke nickte bestätigend. „Dragan hatte längere Zeit

pausiert, weil er verletzt war und wäre deshalb sofort für einen anderen Verein spielberechtigt gewesen. Ich hatte ihn im Dezember hier auf dem Weihnachtsmarkt getroffen und mich mit ihm auch über seine sportlichen Perspektiven unterhalten. Dadurch wusste ich, dass er darüber nachdachte, zum Ende der Saison seine Zelte in Berlin abzubrechen. Die letzte Saison war für ihn nicht so gut gelaufen. Die Berliner standen zu diesem Zeitpunkt im sicheren Mittelfeld und hätten ihn sicherlich ziehen lassen. Für Dragans Position auf der halbrechten Angriffsseite gab es in Berlin ohnehin genug Alternativen."

„Wie kam es dann zum Vereinswechsel?"

„Nachdem Spenge abgestiegen war, rief mich Holger Harms noch einmal an und sagte, er habe einen Mäzen, der die Verpflichtung eines Linkshänders finanzieren wolle, um den sofortigen Wiederaufstieg in Angriff zu nehmen. Ich brachte Dragan erneut ins Gespräch und Harms war damit einverstanden, Dragan bei einem Probetraining in Spenge zu begutachten. Das ist dann geschehen und Harms war begeistert."

„Wie ist der weitere Transfer gelaufen?"

Der Unternehmensberater lächelte und betrachtete wieder seine Fingernägel. „Ich habe mich mit dem Mäzen zusammengesetzt und mit ihm den finanziellen Rahmen des Engagements besprochen. Er war zuerst etwas überrascht, er hatte wohl nicht an eine solche Summe gedacht, stimmte aber schließlich zu."

Grohner hakte nach: „Um welchen Betrag handelte es sich?"

Kruppke zierte sich ein wenig. Nach kurzem Zögern sagte er: „Gehen Sie mal davon aus, dass Dragan jeden Monat etwa 5.000 Euro netto hatte. Für den Aufstieg war noch eine Extraprämie ausgehandelt worden."

„Wie viel verdient ein durchschnittlicher Regionalligaspieler?“

„In Spenge?“

Grohner nickte.

„Die aktuellen Gehälter kenne ich nicht. Es ist aber allgemein bekannt, dass in Spenge das Geld nicht so locker sitzt. Ich vermute, die Spieler bekommen da deutlich weniger als 1.000 Euro im Monat.“

„Lief die monatliche Bezahlung an Jugović über Sie?“

Kruppke schüttelte den Kopf. „Nein, ich habe lediglich meine Provision erhalten und auch ordnungsgemäß versteuert. Alle weiteren geschäftlichen Transaktionen fanden danach zwischen dem Mäzen und dem Spieler statt. Ich glaube nicht, dass der TuS Spenge da finanziell involviert war. Der Verein hat Dragan höchstens noch Fahrtgeld und eine Aufwandsentschädigung für die Trainingsteilnahme gezahlt – das ist so üblich.“

Korff übernahm wieder die Gesprächsführung: „Hat Dragan Ihnen gegenüber irgendetwas geäußert, das in Verbindung mit dem Mord stehen könnte?“

Kruppke wollte zuerst verneinen, dann zögerte er. „Ich weiß nicht, vielleicht ist das unwichtig, aber er hatte mit einigen Leuten in Berlin Schwierigkeiten wegen seiner Freundin.“

„Was meinen Sie damit?“

„Nun ja, Cheline Keller hat in Berlin eine Zeitlang als Callgirl, Hostess oder so gearbeitet. Dragan hat sich in sie verliebt und sie im Sommer mit nach Bielefeld gebracht. Das hat ein paar Leuten in Berlin nicht gepasst, die dadurch finanzielle Nachteile hatten. Dragan hat mir jedenfalls gesagt, dass Cheline seine große Liebe sei und dass er sie auslösen müsse.“

„Hatte er das Geld?“

„Ich glaube nicht, zumindest nicht den vollen Betrag. Soweit ich weiß, hat er eine Anzahlung geleistet, der Restbetrag sollte später gezahlt werden."

„Um welchen Betrag handelte es sich?"

„Das weiß ich nicht, ich kenne die Tarife nicht. Ihre Kollegen von der Sitte werden Ihnen da sicher genauere Informationen liefern können."

Korff nickte. Er kannte einen ähnlichen Fall. Vor ein paar Jahren hatte sich einer seiner Klassenkameraden, der schon in seiner Jugendzeit als Eigenbrötler gegolten hatte, in eine Prostituierte aus der Ukraine verliebt und sie bei ihrem Zuhälter ausgelöst. Nachdem der Klassenkamerad das Geld gezahlt hatte, war die Frau wenige Tage später verschwunden und zu ihrem Zuhälter zurückgekehrt. Als Korffs Jugendfreund dann erfahren hatte, dass beide offenbar mit seinem Geld einige Wochen Urlaub auf Mallorca genossen, hatte er sich das Leben genommen. Zwischen Dragan Jugović und Cheline Keller schien es sich aber beiderseits um die große Liebe gehandelt zu haben.

Korff stand auf, auch Grohner erhob sich.

„Wir werden diese Angaben überprüfen. Vorerst vielen Dank für Ihre Informationen."

Kruppke erhob sich ebenfalls. Er nickte und begleitete die beiden Kriminalbeamten zur Tür.

Korff zögerte. „Sie haben uns noch nicht den Namen des Mäzens mitgeteilt, der die Verpflichtung von Jugović finanziert hat."

Kruppke lachte. „Sie haben mich nicht danach gefragt. Das ist kein Geheimnis. Der Mann heißt Joachim Kettering, ein offenbar vermögender Rentier aus Spenge, der sein Herz für den Handball entdeckt hat. Viel Ahnung vom Metier hat er allerdings nicht."

Als Korff und Grohner über den Plattenweg zum Eingangstor zurückgingen, platzte es aus Korff heraus: „Kommt dir der Name Kettering bekannt vor?"

Grohner zögerte, dann schüttelte er den Kopf.

„Kettering ist ein bekannter Neonazi, der Kontakte zur NPD-Spitze auf Bundesebene hat. Ich habe mit ihm vor etwa zwei Jahren bei dem Fall des toten Hitlerjungen zu tun gehabt. An den Fall erinnerst du dich doch? Du warst seinerzeit gesundheitlich etwas angeschlagen ..."

„Doch, jetzt erinnere ich mich. Ist Kettering nicht wegen Mitwisserschaft angeklagt worden?"

„Ja. Er hatte einen geschickten Anwalt, der für ihn einen Freispruch aus Mangel an Beweisen herausgeholt hat. Ist noch gar nicht so lange her."

Die beiden Kriminalbeamten durchschritten das Eingangstor und wandten sich dann nach rechts, wo ihr Auto parkte.

„Und so ein Typ tritt als Mäzen des TuS Spenge auf? Das ist mehr als seltsam."

Korff nickte. „In der Tat. Der Sache sollten wir einmal nachgehen. Ich kenne jemanden in Spenge, der uns die nötigen Hintergrundinformationen liefern kann." Er holte sein Handy aus dem Jackett.

***

„Schön, Sie wieder einmal zu sehen." Wolfgang Storm zeigte aufrichtige Freude, als Korff und Grohner die etwas beengten Räume der Lokalredaktion der „Neuen Westfälischen" betraten.

Korff gab das Kompliment gerne zurück: „Ganz meinerseits. ... Wie läuft's in der aufstrebenden Stadt im Grünen?"

„Na ja, wie's in einer Stadt mit abnehmender Bevölkerung, einigen Hausleerständen und ziemlicher Verschuldung so vorangeht."

„Das hört sich ja nicht gut an. Könnten Sie, als viel beschäftigter Journalist, dennoch etwas Zeit für mich opfern? Das ist übrigens mein Kollege Grohner." Korff wies nach links, wo Grohner gerade einer Kollegin Storms über die Schulter blickte, während diese versuchte, auf dem Bildschirm ein Foto in einen Text zu montieren.

Storm nickte Grohner zu, dann wandte er sich wieder an Korff: „Ich weiß sogar, was Sie hertreibt. Es handelt sich um den Mord an Dragan Jugović, dem Spenger Handballstar – habe ich Recht?"

„Das war ja nun wirklich nicht schwer."

„Stimmt. Wir sollten nach nebenan gehen und uns ein Heißgetränk gönnen. Sie zahlen?"

„Gern. Leiden Sie immer noch finanzielle Not?"

„Sie wissen ja, meine geschiedene Frau …"

„Geschenkt. Ist die hübsche Serviererin noch da?"

„Ja, sie hat aber inzwischen den Sohn des Chefs geheiratet. Jetzt ist sie Geschäftsführerin und steht nur noch hinter der Theke. Der alte Tantalo hat sich aus dem Geschäft zurückgezogen und lebt in Italien. Es sieht so aus, als ob sein Sohn nicht viel zu sagen hätte."

Die drei Männer hatten inzwischen die Redaktionsräume verlassen und waren auf die Straße getreten. Es war später Nachmittag, auf der Langen Straße bewegte sich mäßiger Autoverkehr. Die letzten Bediensteten der Stadtverwaltung verließen schnellen Schrittes das Rathaus. Als sie die Buchhandlung passierten, die neben dem Eiscafé lag, winkte Storm einem älteren Mann zu, der auf der gegenüberliegenden Straßenseite den Bürgersteig fegte. Dann betraten die Männer das Eiscafé.

Sie setzten sich an einen Tisch nahe dem Fenster.

Ein junger Kellner erschien und notierte ihre Bestellung.

Korff hielt sich nicht lange mit Vorreden auf. „Was wissen Sie über Dragan Jugović?“

Storm zog ein Päckchen mit Tabak aus der Tasche seines Jacketts und begann sich eine Zigarette zu drehen. „Wenn ich ehrlich bin, nicht viel. Sport ist nicht gerade mein Spezialgebiet. Vielleicht sollten Sie einmal mit meinen Kollegen von der Sportredaktion in Herford sprechen. Die sind da sicherlich kompetenter.“

Grohner fragte: „Wussten Sie, dass Joachim Kettering das Engagement von Jugović in Spenge finanziert?“

Storm lachte. „Das ist nun wahrlich kein Geheimnis. Kettering erzählt es jedem, der das hören will und auch allen, die es nicht interessiert.“

„Hm. Dann ist Kettering also ein alter Handballfan?“

„Soweit ich weiß, hatte Kettering bislang mit Handball nicht viel zu tun. Aber am kommenden Sonntag finden Kommunalwahlen statt.“ Storm blickte Grohner an als wollte er sagen: ‚Sie scheinen ja überhaupt keine Ahnung zu haben.‘

„Ja, und?“

„Kettering bewirbt sich als unabhängiger Kandidat für das Amt des Bürgermeisters. Haben Sie das nicht gewusst?“

„Woher sollte ich?“

„Kettering scheint den Handballverein als einen wichtigen Multiplikator zu betrachten. Er hofft wohl, dass sich seine Wahlchancen verbessern werden, wenn er in Spenge als Mäzen der Handballmannschaft auftritt. Er hat sich bei der Verpflichtung von Jugović mit aufs Foto gestellt und ein Interview gegeben, in dem er sich als uralten Handballfan bezeichnet.“ Storm schwieg, setzte dann aber noch nach: „Vermutlich hat er tatsächlich eine gewisse Sympathie für den Handballsport, vorrangig geht es ihm aber wohl um seine Bürgermeisterkandidatur."

Storm hatte seine Zigarette zu Ende gedreht und zündete sie an.

Korff wies auf die Zigarette. „Dürfen Sie hier rauchen?"

Storm grinste. „Wenn keine anderen Gäste da sind, ist das hier im hinteren Teil des Cafés möglich. Italiener sehen das nicht so eng. Schließlich bin ich Stammkunde und habe so meine Privilegien. Die habe ich mir übrigens schwer erarbeitet."

Korff verzichtete auf eine Nachfrage. Der Kellner brachte die bestellten Getränke. Die drei Männer schwiegen einen Augenblick und griffen nach den Tassen.

Grohner wandte sich an den Redakteur: „Wie sind die Chancen für Kettering einzuschätzen?"

„Schwer zu sagen. Die Kandidaten von SPD und CDU sind sicherlich favorisiert, daneben gibt es noch eine Unabhängige Wählergemeinschaft. Wenn sich die Stimmen gut verteilen, kann man schon mit etwa 30 Prozent der Stimmen gewählt werden."

„Weiß man in Spenge, dass Kettering ein Neonazi ist?"

„Es gibt Gerüchte. Von Seiten der SPD sind in Leserbriefen einige unbequeme Fragen gestellt worden. Bestimmte Teile der Wählerschaft scheint das aber nicht zu interessieren." Storm lehnte sich zurück und zog genüsslich an seiner Zigarette.

Korff sah aus dem Fenster. Der ältere Mann auf der gegenüberliegenden Straßenseite hatte seine Arbeit beendet und ging, den Besen geschultert, durch das Gartentor auf sein Haus zu.

Korff drehte sich wieder zu Storm. „Können Sie uns eine Kopie von diesem Interview mit Kettering besorgen?"

Storm inhalierte tief. „Natürlich. Ich habe schließlich selbst mit ihm gesprochen."

***

Zurück in der Redaktion wühlte Storm in einem Stapel alter Zeitungen, der hinter seinem Schreibtisch auf dem Fußboden lag. Nach kurzer Zeit wurde er fündig.

„Hier. Sie sehen, meine Ordnung ist vorbildhaft." Er wedelte mit dem lokalen Teil seiner Zeitung und reichte ihn an Korff weiter. „Können Sie mitnehmen."

Das von Storm geführte Interview war mit der Schlagzeile: „Spenge aus dem Tal herausführen" versehen. Das dazugehörige Foto zeigte Joachim Kettering, Trainer Harms und Dragan Jugović vor dem Eingang der Spenger Sporthalle. Joachim Kettering und Dragan Jugović schüttelten sich die Hände. Korff und Grohner lasen:

NW: „Herr Kettering, haben Sie selbst auch mal Handball gespielt?"

Kettering: „Früher hat fast jeder Junge in Spenge Handball gespielt. Ich auch, allerdings nur mit mäßigem Erfolg."

NW: „Herr Kettering, was hat Sie dazu veranlasst, den Spenger Handball finanziell zu unterstützen?"

Kettering: „Spenge ist eine Handballstadt, schon viele Jahre. Zu Großfeldzeiten in den 1950er Jahren waren wir erstklassig. Wir hatten sogar zwei Nationalspieler. Spenge war dadurch in ganz Westdeutschland bekannt. Mittlerweile ist Spenge nur noch drittklassig, auch im Handball. Ich will ein Zeichen setzen, im Handball und in der Politik. Spenge muss wieder nach oben. Ich will meinen Beitrag dazu leisten, meine Heimatstadt aus dem Tal herauszuführen. Ich hoffe, dass andere meinem Beispiel folgen werden."

NW: „Besitzt Spenge überhaupt das nötige wirtschaftliche Umfeld, um längerfristig eine Mannschaft in der 2. Liga halten zu können? Der Abstieg am Ende der letzten Saison kam ja nicht von ungefähr."

Kettering: „Wenn in Spenge eine kluge Politik betrieben wird, deren primäres Ziel es ist, neue Gewerbebetriebe anzusiedeln, dann wird sich der Gestaltungsspielraum für Politik wieder erweitern. Auch der Handballverein wird durch erhöhte Werbeeinnahmen und Sponsorengelder davon profitieren."

NW: „Planen Sie noch weitere Neuverpflichtungen?"

Kettering: „Zur Zeit nicht. Ich glaube, dass der Spenger Handball mit Dragan Jugović wieder an Format gewinnen wird. Der Wiederaufstieg in die 2. Liga sollte machbar sein. Falls aber Schwierigkeiten eintreten sollten … Der Verein weiß, dass ich immer ansprechbar bin. Spenge liegt mir sehr am Herzen."

NW: „Es gibt Menschen in Spenge, die meinen, dass Sie durch Ihr Mäzenatentum im Sport vor allem Ihre politischen Ambitionen befördern wollen …"

Kettering: „Das ist Unsinn. Ich fühle mich dem Handball seit langem verbunden. Ich war stolz auf Spenge und auf den Spenger Handball, als wir in der 2. Liga gespielt haben. Wir befinden uns momentan in einer schwierigen politischen und wirtschaftlichen Phase. Natürlich möchte ich auch im politischen Bereich mithelfen, dass sich Spenge weiterentwickelt. Das eine Engagement hat mit dem anderen aber nichts zu tun."

NW: „Herr Kettering, wo sind Sie politisch zu verorten?"

Kettering: „Von diesem Rechts-Mitte-Links-Schema halte ich nichts. Ich bin unabhängig. Mir geht es um unser Gemeinwesen, um unsere Stadt."

Damit endete das Interview.

Korff nickte anerkennend. „Nicht ungeschickt von Kettering. Er gibt sich ganz als Lokalpatriot. Seine in Wahrheit braune Gesinnung dürfte einem unbedarften Leser verborgen bleiben."

Grohner schnaufte. „Wollen wir hoffen, dass es genug Leute in Spenge gibt, die Kettering durchschauen." Er blickte Storm an. „Sie hätten ihm ruhig noch mehr auf den Zahn fühlen können."

„Hier", Storm reichte den beiden Beamten noch zwei weitere Zeitungsartikel. Der eine war mit „Berliner Bundesligaspieler heuert in Spenge an" überschrieben. In dem Artikel wurde Jugovićs sportlicher Werdegang skizziert und die Hoffnung geäußert, dass der Wiederaufstieg des TuS Spenge mit der Verpflichtung dieses erfahrenen Spielers in greifbare Nähe gerückt sei. Den Artikel zierte ein großes Portraitfoto des Neuzugangs. Der zweite Bericht war etwas später entstanden und mit der Überschrift „Trainingsauftakt in Spenge mit Jugović" versehen. Trainer und Mitspieler äußerten sich darin sehr positiv über die Fähigkeiten des Neuzugangs.

Nachdem Korff die beiden Artikel überflogen hatte, nickte er Storm zu. „Danke. Kann ich die auch mitnehmen?"

Storm lächelte. „Sicher. Ich habe noch mehr Exemplare. Bleiben wir in Kontakt?"

***

Zurück im Büro griff Korff zum Telefon und wählte Hermann Dreyers Nummer. Dreyer war noch an seinem Arbeitsplatz.

„Hallo Hermann, Klaus hier. Habt ihr in der Wohnung

von Jugović irgendwelche CDs gefunden? Seine Freundin behauptet, Jugović habe seine Dateien in regelmäßigen Abständen gesichert."

„Sicherungs-CDs waren da nicht, soweit ich weiß. Ich habe nur einige Kopien von Musik-CDs gesehen. Die lagen im Kleiderschrank. Wir haben sie mitgenommen. Warte mal, sie müssten hier irgendwo ..." Dreyer schien den Hörer weggelegt zu haben. Nach wenigen Augenblicken meldete er sich wieder: „Ja, hier sind sie. Das sind normale Silberlinge, mit einem Permanent-Fineliner beschriftet. Hier steht ‚Elvis Presley', ‚Stones', ‚Eagles' und so weiter drauf, insgesamt sieben CDs."

„Kannst du da mal reingucken, ob das wirklich Musik-CDs sind?"

„Ja sicher ..."

Korff hörte, dass der Hörer abermals beiseite gelegt wurde. Nach gut einer Minute rief Dreyer: „Klaus, du hast Recht. Da sind Daten drauf. Ich schicke sie dir sofort."

Korff atmete tief durch. Das war vielleicht eine Spur. Er wusste schon, wer sich damit intensiver beschäftigen würde. Als er gerade auflegen wollte, merkte er, dass Hermann Dreyer noch weiter mit ihm sprach: „Klaus? Ich habe da noch etwas für dich, jetzt wo du mich schon angerufen hast. Wir haben in Jugovićs Kleiderschrank einen Umschlag mit exakt 20.000 Euro gefunden, in frischen Scheinen. Das Geld lag zwischen seiner Sportkleidung."

4. Kapitel

Mittwoch, den 26. August 2009

Die beiden Männer hatten ihr Auto in der Griesenbruchstraße geparkt. Es war weit nach Mitternacht und stockdunkel. Die Männer wunderten sich darüber. Sie wussten nicht, dass in Spenge die Straßenbeleuchtung um ein Uhr nachts abgestellt wurde, weil die Stadt Geld sparen wollte. Die Dunkelheit kam ihren Absichten aber durchaus entgegen. Nur gelegentlich schimmerte die schmale Mondsichel durch die dichten Wolken. Die Männer gingen schweigend durch die menschenleere Straße. Ihre Augen hatten sich an die Dunkelheit gewöhnt, so dass sie sich ohne Schwierigkeiten orientieren konnten. Es war still, kein Vergleich zu Bielefeld, wo auch um diese Zeit noch allerhand Menschen unterwegs waren.

An der Südstraße wandten sich die beiden Männer nach links. Wenige Augenblicke später hatten sie ihr Ziel erreicht. Vor dem nur schemenhaft zu erkennenden Haus lag rechts ein schmales Rasenstück, das um das Haus führte. An der linken Seite des Hauses war die Eingangstür, dahinter, am Haus angebaut, eine Garage als Grenzbebauung. Die beiden Männer gingen nach rechts und umrundeten das Haus auf dem Rasen. Auf der Rückseite wurden sie fündig. Eine Treppe führte hinab zu einem Kellereingang, wo die Kellertür dem Stemmeisen keinen nennenswerten Widerstand bot. Ein leises Knacken und die alte Tür war geöffnet. Wenig später standen die Männer im Keller. Einer der beiden schaltete eine kleine Taschenlampe ein, die ihnen jetzt eine Orientierung erlaubte. Vorsichtig schlichen sie weiter. Oben im Haus war es ruhig, niemand schien etwas gehört zu haben. Die nächste Tür war nicht verschlossen. Jetzt lag die Treppe, die nach oben führte, vor ihnen.

Als einer der beiden die Tür zur oberen Wohnung öffnete, sprang ihn ein knurrendes dunkles Etwas an und verbiss sich in seinem linken Arm. Der Mann fluchte, suchte nach seiner Pistole, die er in der Jackentasche trug, zielte aus kurzer Entfernung und drückte ab. Der Pistolenschuss dröhnte wie ein Kanonenschlag durch das Haus. Der Angreifer ließ von dem Mann ab und gab ein kurzes, merkwürdig jaulendes Geräusch von sich. Dann verstummte er.

Der Mann hielt sich seinen schmerzenden Arm. Er fluchte mit halblauter Stimme. Sein Partner leuchtete mit der Taschenlampe. Vor ihnen lag ein ein tödlich verletzter Hund, der nur noch leicht zuckte.

Die beiden Männer hörten, dass in dem Zimmer nebenan die Terrassentür geöffnet wurde und sich eilige Schritte entfernten. Als sie das Schlafzimmer betraten und mit der Taschenlampe auf die Betten leuchteten, sahen sie, dass diese leer waren.

Sie stürzten ebenfalls aus der Terrassentür, sahen und hörten aber nichts mehr. Es war dunkel und der Garten war unübersichtlich. Sie konnten erkennen, dass neben einem kleinen Gewachshaus ein Gartenhäuschen stand. Zum rechten Nachbargrundstück führte ein kleines Gartentor, das offenstand. Als die beiden Männer durch das Türchen liefen, ging im Nachbarhaus das Licht an. Der Lichtkegel fiel auf die beiden nächtlichen Besucher.

Der hintere der beiden Männer gab das Zeichen zum Rückzug. Sie rannten über den Rasen zur Straße, dann die Südstraße hinunter. Als sie die Uhlandstraße erreicht hatten, wandten sie sich nach rechts. Jetzt lag wieder die Griesenbruchstraße vor ihnen. Kurz nachdem sie an ihrem Auto angelangt waren, sahen sie das Blaulicht eines Streifenwagens, der von unten die Griesenbruchstraße hinaufgefahren kam und dann in die Uhlandstraße einbog. Die beiden Männer ließen sich tiefer in die Sitze sinken und starteten ihr Auto, als der Streifenwagen außer Sichtweite war. Ohne Zwischenfälle erreichten sie gut zwanzig Minuten später Bielefeld.

***

Die Lagebesprechung fand um neun Uhr statt. Korff, Grohner und Zeinitz hatten sich in das kleine Besprechungszimmer zurückgezogen. Korff stand neben dem Flip-Chart und drehte einen schwarzen Edding zwischen den Fingern. Grohner und Zeinitz suchten auf ihren unbequemen Stühlen nach einer erträglichen Sitzposition und nippten an ihren Kaffeebechern.

Das Fenster ermöglichte einen Blick auf die um diese Zeit wenig befahrene Stapenhorststraße.

„So, wie sich der Mord für mich darstellt, kann es sich nur um einen persönlichen Racheakt handeln. Für uns muss es darum gehen, den Hintergrund dieses Racheaktes sichtbar zu machen.“ Korff schrieb das Wort „Rache“ auf das großformatige Papier.

Grohner nickte zustimmend. „Mir fallen vorerst nur zwei Bereiche ein: die Berliner Zuhälter-Szene und der Konflikt in Jugovićs Handballmannschaft.“ Korff schrieb die Wörter „Berliner Zuhälter“ und „Handballmannschaft“ auf und verband die beiden Wörter durch einen Pfeil mit dem Wort „Rache“.

„Aus der Handballmannschaft hat – nach gegenwärtigem Wissensstand – eigentlich nur Arnd Küppers ein Motiv“, erläuterte Korff. „Jugović hat ihn von seiner Stammposition verdrängt und ihn nach dem letzten Spiel vor seinen Mannschaftskameraden beschimpft.“

„Ob das als Tatmotiv ausreicht? Ich spiele selber Fußball in einer Mannschaft. Wenn jeder, den ich mal von seiner Position verdrängt habe, mich …“ Zeinitz ließ den Satz unvollendet und lachte. „Ich denke eher, dass wir Küppers von der Täterliste streichen können, zumal Jugović ja von zwei Tätern exekutiert worden ist.“

Grohner blickte Korff fragend an. „Küppers hat doch sicherlich ein Alibi?“

„Nun ja, Küppers ist am Abend des Mordes nicht mehr mit seinen Mannschaftskameraden in der Kneipe gewesen. Er ist nach der Ankunft des Mannschaftsbusses in Spenge sofort nach Hause gefahren, weil er sich über Jugović geärgert hat. Seine Freundin Britta Fahlberg hat bestätigt, dass die beiden bis kurz nach Mitternacht ferngesehen haben und dann ins Bett gegangen sind.“

„Was hältst du von den Aussagen?“

„Für mich absolut vertrauenswürdig, auch wenn das kein belastbares Alibi ist. Rein theoretisch hätten die beiden natürlich in Bonnie-and-Clyde-Manier nach Babenhausen fahren und Jugović erschießen können.“ Korff stellte sich Britta Fahlberg und Arnd Küppers bildlich als schwer bewaffnete Bonnie Parker und Clyde Barrow vor.

Grohner lachte. „Das würde ja auch bedeuten, dass die beiden stets schussbereite Waffen im Kleiderschrank liegen haben.“

„Ich habe nicht in den Kleiderschrank geguckt, falls du das erwartet haben solltest.“ Korff grinste. „Auf mich wirken die beiden eher etwas hausbacken. Ich glaub, da finden sich nicht einmal Handschellen für Bondage-Spiele.“

Grohner deutete auf das Flip-Chart. „Ich fürchte, dass einer von uns nach Berlin fahren muss, um die Angelegenheit dort zu recherchieren.“

Zeinitz nickte zustimmend, so als wolle er bereits sein

Interesse für die Fahrt nach Berlin anmelden. Dann erkundigte er sich: „Wissen wir eigentlich etwas über Jugovićs Freundeskreis?“

„Eigentlich wissen wir noch nichts. Ich habe heute Vormittag ein Gespräch mit Bojan Pasić, das scheint der beste Freund Jugovićs zu sein.“ Korff schrieb das Wort „Freundeskreis“ auf das Papier und zog einen Kreis darum. Dann legte er den Edding auf den Tisch und wandte sich an Jörg Zeinitz: „Hast du inzwischen herausbekommen, was der Text auf der Rückseite des Fotos zu bedeuten hat?“

„Ja klar, warte mal.“ Zeinitz zog die kleingefaltete und zerknickte Kopie des serbischen Textes aus seinem Portemonnaie und las laut vor: „Meinem Freund und Lebensretter in ewiger Dankbarkeit. Bojan.“

Grohner murmelte halblaut: „Etwas schwülstig, nicht? Und das ist eine gesicherte Übersetzung?“

Zeinitz nickte. „Absolut sicher. Mein Mitspieler studiert Germanistik an der Uni Bielefeld und spricht beide Sprachen fließend.“

„Na, ich kann ja Pasić mal danach fragen.“ Korff griff nach dem Papier und blickte seine beiden Kollegen an: „Und was hat die Befragung der Mitbewohner und Nachbarn ergeben?“

Grohner blätterte in seinen Notizen, dabei berichtete er halblaut: „Viel ist nicht dabei herausgekommen. Jugović hatte gelegentlich Besuch von Freunden, die blieben aber selten längere Zeit, zumeist wurden Jugović und seine Freundin nur abgeholt.“

„Hat jemand Jugović am Tag seiner Ermordung gesehen? Hat jemand die Schüsse gehört?“

Zeinitz schüttelte den Kopf. „Die von mir befragten Nachbarn haben weder Schüsse gehört, noch haben sie Jugović gesehen, als er am Abend das Haus betreten hat.

Einem Nachbarn ist allerdings aufgefallen, dass in den letzten Tagen gelegentlich ein bestimmtes Fahrzeug in der Nähe geparkt hat. Nummernschild und Fahrzeugtyp hat er sich aber nicht gemerkt, die Fahrzeugfarbe soll schwarz oder dunkelblau gewesen sein. Einmal glaubt er gesehen zu haben, dass das Fahrzeug Jugović folgte, als dieser losgefahren ist."

„Die Angaben sind aber sehr vage." Korff sah unzufrieden aus.

„Ein weiterer Nachbar hat in der Mordnacht einen alten roten Buckelvolvo gesehen, der vor einem der Nachbarhäuser gestanden hat. Das Fahrzeug ist ihm aufgefallen, weil er als junger Mann selbst so einen Wagen gefahren hat."

Korff schüttelte den Kopf. „Ein sehr auffälliges Modell. Sicherlich nicht geeignet für jemanden, der einen diskreten Auftrag erledigen will."

„Wir sollten mit diesen Aussagen heute noch einmal die Hausnachbarn und die Bewohner der anliegenden Häuser konfrontieren. Vielleicht fällt denen ja noch etwas ein, wenn wir sie direkt darauf stoßen. Ich werde gleich losziehen." Grohner blickte seine beiden Kollegen an.

Korff nickte. „Gut. Ach, ehe ich's vergesse. Ich habe da noch etwas. Das hat die Spurensicherung ganz unten in Jugovićs Papierkorb gefunden." Korff, der sich mit den wenigen Unterlagen aus Jugovićs Wohnung beschäftigt hatte, die von Hermann Dreyer am Vortag vorbeigebracht worden waren, schob seinen Kollegen einen Zettel hin.

Bei dem Zettel handelte es sich um ein mit handschriftlichen Notizen versehenes Blatt, auf dem Zahlen und Namen standen. Korff deutete auf eine Zahl. „Das ist eine Telefonnummer, die … wem gehört? Ratet mal!"

„Machs nicht so spannend."

„Das ist die Telefonnummer von Joachim Kettering."

„Ja, und?" Grohner schien wenig beeindruckt.

„Hier stehen einige Namen, dahinter Beträge. Bei ‚Bojan' steht in Klammern ‚40.000 Euro', hinter Ketterings Telefonnummer steht ‚20.000 Euro', dahinter ‚Schw.Geld'."

„Schwarzgeld?"

„Oder Schweigegeld?"

„Der Betrag passt auf jeden Fall zu den 20.000 Euro, die Dreyers Leute in Jugovićs Kleiderschrank gefunden haben. Kettering wird uns das erklären müssen."

Nach einer kurzen Gesprächspause wandte sich Korff an Jörg Zeinitz: „Jörg, für dich habe ich noch eine Spezialaufgabe." Er wies auf den Stapel CDs. „Diese Silberlinge gehören Jugović. Er hat sie als Musik-CDs getarnt. Ich möchte, dass du einmal in die CDs reinschaust und uns einen Überblick verschaffst, was darauf gespeichert ist."

„Gut."

Dann sprach Korff einen weiteren Punkt an: „Wir sollten auch versuchen, eine lückenlose Aufstellung über Jugovićs frühere Engagements als Handballspieler zu bekommen. Ich meine: Was war vor Berlin? Wo genau hat er in Süddeutschland gespielt? Ist dort etwas vorgefallen?"

„Kruppke sollte uns dabei weiterhelfen können."

Korff nickte Grohner bestätigend zu: „Das hatte ich auch schon überlegt. Ich werde mit ihm sprechen."

***

Bojan Pasić betrieb sein Unternehmen in einer umgebauten Villa an der Lortzingstraße, nicht weit vom Studio des WDR entfernt. Das zweistöckige Haus aus der Gründerzeit war in vier separate Einheiten aufgeteilt worden, von denen Pasić eine der beiden unteren gemietet hatte.

Korff durchschritt das Eingangstor und blieb einen

kurzen Augenblick vor dem Haus stehen, das durch eine mannshohe Mauer von der Straße getrennt war. Dann entdeckte er das Schild, das neben dem modernisierten Eingangsbereich angebracht war: „Pasić Security".

Korff drückte auf die Klingel. Ein Summen ertönte und er konnte die Eingangshalle betreten. Ein dunkelhaariger, kräftiger Mann, den Korff auf knapp vierzig schätzte, wartete in einer geöffneten Tür auf der rechten Seite der Halle und bat den Besucher herein. Ein Schild neben der Eingangstür informierte noch einmal darüber, dass man die Geschäftsräume von ‚Pasić Security' betrat. Direkt hinter der Tür, auf der linken Seite des Flures, lag das Büro. An einer Glastür prangte in großen schwarzen Lettern das Wort „Office". Die Wand, die das Büro vom Flur abtrennte, war ebenfalls aus Glas und gab den Blick auf einen Aktenschrank, einen Schreibtisch und eine kleine Sitzgruppe frei. Auf der gegenüberliegenden Seite des Flures befand sich eine Milchglastür mit der Aufschrift „Waiting room".

„Sie sind Herr Korff?"

„Ja. Dann sind Sie Herr Pasić?"

„Stimmt."

Pasić führte Korff in das Büro und bot ihm einen Platz an. Er selbst setzte sich hinter den Schreibtisch. Pasić trug seine Haare sehr kurz, im Stirnbereich zeigten sich erste Ausfallerscheinungen. Seine Augen blickten freundlich, zugleich wirkte er aber auch bekümmert. Der Tod seines Freundes Dragan schien ihm nahezugehen.

„Darf ich Ihnen eine Erfrischung anbieten?"

Korff schüttelte leicht den Kopf. „Wie ich Ihnen bereits am Telefon sagte, untersuche ich den Mord an Dragan Jugović. In welchem Verhältnis standen Sie zu dem Ermordeten?"

Pasić sprach mit leiser Stimme, so als wollte er seinen Worten eine besondere Eindringlichkeit verleihen. „Wir kannten uns seit unserer frühesten Jugend. Wir haben zusammen die Schule besucht und waren im selben Sportverein. Selbst in der Zeit, als Dragan in Süddeutschland und in Berlin war, haben wir uns sehr häufig gesehen."

„Haben Sie gemeinsam mit Jugović Handball gespielt?"

Pasić nickte. „Sicher, aber bei mir hat es nach der Jugendzeit nur noch für die Zweite Mannschaft beim TSV Altenhagen-Heepen gereicht. Dragan hat sofort in der Ersten Mannschaft gespielt und ist bereits nach einem Jahr vom TuS Nettelstedt abgeworben worden." Er lächelte: „Ich habe meine ‚Karriere' vor drei oder vier Jahren beendet."

„Haben Sie eine Idee, wer Ihren Freund so gehasst haben könnte, dass er ihn regelrecht hinrichtet hat?"

„Dragan ist hingerichtet worden?" Pasić sah Korff aufmerksam an, sein Blick zeigte Bestürzung.

Korff verzog keine Miene. „Ja, das muss man wohl so nennen. Ein besseres Wort fällt mir dafür nicht ein. Sie werden verstehen, dass ich Ihnen zum jetzigen Zeitpunkt keine weiteren Informationen geben kann. Ein solcher Mord muss aber einen Hintergrund haben."

Pasić dachte einen Augenblick nach. Dann schüttelte er den Kopf. „Da kann ich Ihnen nicht weiterhelfen. Der Mord ist für mich ohnehin unerklärlich."

„Dragan Jugović ist vor ein paar Tagen von zwei kräftigen Typen aus Berlin bedroht worden."

„Ich weiß, er schuldete denen noch Geld. Dragan hat mir davon erzählt."

„Ja, und? Glauben Sie nicht, dass die beiden für den Mord verantwortlich sein könnten?"

Pasić schüttelte den Kopf. „Ganz auszuschließen ist das

nicht. Die wollten aber eigentlich nur ihr Geld haben, die hätten doch nichts davon, wenn sie Dragan umbrächten."

„Weshalb schuldete Dragan den beiden Typen Geld?"

„Nicht den beiden. Die waren nur im Auftrag von ‚Schelle' Kurschatz in Bielefeld."

„Weshalb hatte Kurschatz denn nun Ansprüche an Jugović?"

„Es ging um Cheline, die hat, als sie noch in Berlin lebte, zeitweise für Kurschatz angeschafft. Kurschatz wollte sie nicht freigeben. Da hat Dragan mit ihm einen Deal gemacht."

„Ihr Freund hat Kurschatz Geld geboten?"

„Ja, insgesamt 80.000 Euro. Das ist für eine Frau wie Cheline nicht zu viel."

Korff kratzte sich am Hinterkopf. „Hm. Ihr Freund scheint den Vertrag nicht eingehalten zu haben – oder?"

„Nun ja, er hatte das Geld nicht. Ich habe ihm 40.000 Euro gegeben, die hat er angezahlt. Der Rest sollte in zwei Raten beglichen werden, die erste war am 10. August fällig."

„Und?"

„Dragan hat das Geld nicht zusammenbekommen. Er hat auch versucht zu spielen, hatte aber kein Glück. Die beiden Raten stehen noch aus. Deshalb waren zwei von Kurschatz' Leuten hier in Bielefeld."

„Dragan Jugović hat sich mit den beiden bei der Brauerei in Herford getroffen."

„Ja, ich weiß. Er hat mir davon erzählt. Er hatte sie zur Brauerei bestellt."

„Und jetzt?"

„Dragan ist jetzt ja wohl raus aus der Sache …" Pasić lachte bitter. „Meine 40.000 Euro sind weg und was mit Cheline geschieht …" Er ließ den Satz unvollendet.

„Kennen Sie Kurschatz?"

„Ich habe ihn einmal gesehen. Hat keinen besonderen Eindruck auf mich gemacht, er ist eine lokale Kiezgröße mit ein paar schlecht ausgebildeten Gorillas. Er hat auf der Oranienburger Straße einige Mädchen laufen."

„Und Cheline gehörte dazu?"

Pasić schüttelte den Kopf. „Nein, Cheline war etwas Besonderes. Sie hat als Begleitservice für ausgewählte Kunden gearbeitet."

Eine kurze Pause entstand. Korff machte sich einige Notizen.

„Sie betreiben einen Sicherheitsdienst?"

Pasić nickte. „Ja, ich habe mich vor ein paar Jahren selbstständig gemacht. Über Auftragsmangel brauche ich mich in diesen Zeiten nicht zu beklagen. Dragan wäre nach dem Ende seiner Sportkarriere bei mir eingestiegen."

„Wie viele Beschäftigte haben Sie?

„Nur zwei Festangestellte, aber viele freie Mitarbeiter. Ich hab eine Menge Freunde, die gerne ein paar Euro nebenbei verdienen." Er machte eine kurze Pause. „Weshalb fragen Sie? Suchen Sie noch einen lukrativen Nebenjob?"

Korff ging auf die halb im Scherz, halb als Provokation gestellte Frage nicht ein.

„Hat Dragan in den letzten Monaten bereits für Sie gearbeitet?"

„Gelegentlich, wenn er nicht Handball spielen musste."

„Hat es dabei irgendwelche Vorkommnisse gegeben, die von Bedeutung sein könnten?"

Pasić überlegte einen Augenblick. Dann sagte er: „Nein, da ist mir nichts bekannt."

„Kümmern Sie sich um die Beisetzung Ihres Freundes?"

„Natürlich. Ich habe schon mit seinen Familienangehörigen gesprochen."

Korff deutete auf die rot-blau-weiße Flagge, die an der Wand angebracht war. „Ist das die serbische Flagge?"

„Ja, die hat mir Dragan vor ein paar Jahren mitgebracht."

„Fuhr Ihr Freund oft nach Serbien?"

„Nicht nach Serbien. Dragans Eltern und einige Verwandte leben in Bosnien."

„Und Ihre Familie? Haben Sie auch Verwandte in Serbien oder Bosnien?"

„Ja, in Bosnien."

„Dragan Jugović ist in Bielefeld geboren. Er hätte längst die deutsche Staatsangehörigkeit haben können. Weshalb hat er sie nicht beantragt?"

Pasić richtete sich auf. Er blickte Korff verständnislos an: „Auch ich bin in Bielefeld geboren und habe die bosnische Staatsangehörigkeit behalten. Wir fühlen uns hier in Deutschland wohl, aber Bosnien ist unser Vaterland."

Korff schalt sich innerlich wegen seiner Taktlosigkeit. Pasić schien aber nicht wirklich empört zu sein.

„Wenn Bosnien ein eigenständiger Staat ist, weshalb hängen Sie dann die serbische und nicht die bosnische Flagge auf?"

„Wir sind Serben, die in Bosnien leben. In Bosnien und Herzegowina gibt es auch 'ne Menge Muslime. Mit denen haben wir nichts zu tun."

„Wir haben in der Wohnung von Dragan Jugović ein Foto gefunden, das Sie ihm geschenkt haben." Korff legte das Foto auf den Tisch. Pasić betrachtete das Bild, er lächelte dabei. Er schien sich an die Situation zu erinnern, in der das Foto entstanden war.

„Auf die Rückseite haben Sie geschrieben: ‚Meinem Freund und Lebensretter in ewiger Dankbarkeit. Bojan.'" Korff machte eine kurze Pause, dann fragte er: „Bei welcher Gelegenheit hat Ihnen Dragan Jugović das Leben gerettet?"

Pasić zögerte kurz, dann sagte er ohne großen Enthusiamus: „Na ja, beim Schwimmen. Dragan hat mich mal beim Schwimmen aus dem Meer gezogen. Ich … ich hatte einen Krampf im Bein und wäre sicherlich nicht allein zurück an Land gekommen. Wir haben es beide gerade so geschafft."

„Wann war das? Sie sehen auf dem Foto noch ziemlich jung aus."

„Das ist schon einige Zeit her, das war in den Neunziger Jahren, als es Jugoslawien noch gab." Pasić verzog ein wenig das Gesicht, als trauere er dem jugoslawischen Staat hinterher.

„Wo ist das passiert?"

„In der Nähe von Pula, oben in Kroatien. Wir waren früher fast jeden Sommer gemeinsam an der Adria."

***

Am frühen Nachmittag kam Grohner zurück. Schwer atmend ließ er sich auf seinen Schreibtischstuhl fallen. Korff beobachtete das Verhalten seines Freundes nach dessen leichtem Herzinfarkt vor zwei Jahren argwöhnisch.

„Fühlst du dich gut?"

„Ja, ich bin eben nur gerade die Treppen etwas schnell hinauf gerannt, ich muss ja fit bleiben. Ich soll das häufiger machen, hat mir mein Arzt geraten."

So ganz überzeugt war Korff von Grohners Antwort noch nicht. „Lässt du dich auch regelmäßig untersuchen?"

„Ja natürlich. Ich fahre zweimal im Jahr nach Bad Oeynhausen. Dort werde ich jedes Mal gründlich durchgecheckt. Es ist alles in Ordnung, ehrlich."

„Wenn du das sagst …" Korff war beruhigt. „Hast du etwas Neues herausgefunden?"

„Wie man es nimmt.“ Grohner schnaufte immer noch leicht. „In Babenhausen habe ich noch mit weiteren Nachbarn von Jugović gesprochen. Ich habe sie gezielt nach dem dunklen Kleinwagen gefragt, der in den Tagen vor dem Mord mehrfach in der Nähe des Hauses gestanden haben soll ... Es konnten sich mehrere Leute an das Auto erinnern. Bezüglich des Fabrikats war man sich aber nicht einig. Ein Anlieger meint, er habe zwei Männer in dem Auto gesehen. Er konnte sie allerdings nicht beschreiben.“

„Gut, aber wirklich weiter kommen wir mit diesen Aussagen nicht. Wir müssten zumindest das genaue Modell kennen, besser noch, wir hätten das Kennzeichen.“

Grohners Atmung hatte sich wieder normalisiert. „Ich weiß. Ich habe aber noch ein wenig Hoffnung. Ein Nachbar von Jugović, der von den anderen Anliegern etwas abfällig ‚Blockwart‘ genannt wird, ist zurzeit verreist. Er soll Anfang nächster Woche zurückkommen. Wenn jemand genauere Angaben machen kann, dann er – das meinen zumindest die anderen Nachbarn.“

Korff nickte. „Gut, ich fahre jetzt nach Spenge, ich muss noch einmal mit Küppers sprechen.“

„Was willst du denn von dem?“

„Ich weiß noch nicht, es kann auch sein, dass ich mich irre ...“ Der Satz blieb unvollendet und rätselhaft. „Wenn du willst, kannst du mich begleiten.“

Korff stand auf und verließ den Raum. Grohner tippte sich an die Stirn, folgte ihm aber dennoch.

***

Auf der rechten Seite der Südstraße reihten sich ältere Häuser mit gepflegten Vorgärten aneinander, links der

Straße erstreckte sich eine Neubausiedlung. Vor Küppers' Haus parkte ein roter Buckelvolvo.

„Hast du das gewusst?" Grohner zeigte auf das Auto.

Korff nickte. Er hatte sich also nicht getäuscht. Den Oldtimer hatte er bei seinem Besuch zwei Abende zuvor gesehen. Aber erst als Grohner von den Beobachtungen von Jugovićs Nachbarn berichtet hatte, war ihm wieder eingefallen, dass vor Küppers' Haus ein alter Volvo gestanden hatte.

Grohner klingelte an der Haustür.

Britta Fahlberg öffnete die Tür und blickte die beiden Kriminalbeamten erwartungsvoll an: „Kommen Sie wegen des Überfalls?" Korff und Grohner konnten ihre Überraschung nur schlecht verbergen.

Korff fasste sich als Erster. „Was meinen Sie damit?"

„Arnd und ich, wir sind heute Nacht überfallen worden. Die Polizei war da und ich dachte, Sie hätten noch weitere …" Sie brach ab, als sie merkte, dass ihre beiden Besucher von dem Überfall keine Kenntnis besaßen.

„Dürfen wir hereinkommen?"

„Ja, sicher." Britta Fahlberg wandte sich um und führte die beiden in das Wohnzimmer, wo sie auf zwei Sessel deutete. Sie setzten sich.

Korff blickte sich um und fragte: „Ist Ihr Freund auch zuhause?"

Britta Fahlberg schüttelte den Kopf. „Nein. Er muss aber jeden Augenblick zurückkommen. Er ist mit dem Fahrrad los, ein paar Besorgungen machen."

Grohner wies durch das Fenster auf die Straße. „Ein schönes Auto. Gehört es Ihnen?"

„Es gehört Arnd. Er bastelt in seiner Freizeit gerne an so alten Fahrzeugen herum."

„Was war denn nun mit dem Überfall heute Nacht?" Grohner sah die junge Frau auffordernd an.

Britta Fahlberg atmete tief ein. Die Erlebnisse schienen sie immer noch nicht loszulassen. „Es muss so etwa gegen 2 Uhr gewesen sein. Monster, so hieß mein Hund", erklärte sie, „hat wohl etwas gehört und hat die Einbrecher angegriffen. Wir sind jedenfalls durch einen Schuss wach geworden. Arnd wollte nachsehen, aber ich habe ihn angefleht, sofort mit mir aus dem Haus zu laufen. Wir haben uns im Garten der Nachbarn hinter einem Holzstapel versteckt und mit dem Handy die Polizei angerufen. Als Ihre Kollegen kamen, war es bereits wieder ruhig, die Einbrecher waren weg. Ihre Kollegen haben nur noch festgestellt, dass die Kellertür aufgebrochen worden war. Die Einbrecher haben Monster erschossen."

Bei ihren letzten Worten zitterte ihre Stimme und ihre Augen füllten sich mit Tränen. In diesem Augenblick betrat Arnd Küppers das Wohnzimmer. In der rechten Hand hatte er eine rote Jutetasche, in der sich offenbar Lebensmittel befanden. Der Hüne stellte die Tasche ab, setzte sich zu seiner Freundin und nahm sie in die Arme.

Korff wartete eine Weile, dann wandte er sich an den Handballspieler: „Wir hören gerade, dass bei Ihnen heute Nacht eingebrochen worden ist?"

Küppers nickte bestätigend.

„Ist etwas gestohlen worden?"

„Nein, aber man hat unseren Hund erschossen." Küppers strich seiner Freundin liebevoll über die Wangen. „Der Hund gehörte Britta, sie hat ihn als Welpen bekommen."

Korff wartete erneut einen Augenblick, dann sagte er: „Ich bezweifle, dass das ein normaler Einbruch war. Sieht ganz so aus, als ob die Einbrecher es auf Sie abgesehen hatten."

„Wie meinen Sie das?"

„Es sieht eher nach einem persönlichen Angriff aus. Es war sehr klug von Ihnen, dass Sie geflüchtet sind."

Arnd Küppers und Britta Fahlberg schwiegen.

„Gibt es Leute, die Ihnen nicht wohlgesonnen sind?"

Küppers und seine Freundin schüttelten nahezu gleichzeitig die Köpfe.

„Sehen Sie Zusammenhänge mit dem Mord an Jugović? Ihr Mannschaftskamerad ist vor wenigen Tagen ermordet worden und Sie … Ich weiß nicht, was mit Ihnen geschehen wäre, wenn die Einbrecher Sie erwischt hätten."

Küppers blickte Korff überrascht an. „Glauben Sie wirklich, dass unser Leben in Gefahr gewesen ist? Sie sprechen von Zusammenhängen zwischen dem Einbruch und dem Mord an Dragan. Die kann es nicht geben, wirklich nicht. Ist es nicht eher wahrscheinlich, dass…"

Korff unterbrach den Handballspieler: „Wir dürfen die Möglichkeit nicht ignorieren, dass da Zusammenhänge existieren. An Zufälle dieser Art glaube ich nicht. Es wäre am besten, wenn Sie beide für ein paar Tage aus Spenge verschwinden würden. Sie haben doch Semesterferien, oder?"

Küppers überlegte. Er blickte dabei seine Freundin an und versuchte in ihrem Gesicht zu lesen, offenbar ohne Erfolg. Dann sagte er: „Ja, aber ich muss am Samstag Handball spielen, ich kann die Mannschaft in dieser Situation nicht im Stich lassen."

„Gut, dann werden wir unsere Kollegen vom örtlichen Streifendienst bitten, ihr Haus in den nächsten Tagen im Auge zu behalten. Das halte ich aber nur für die zweitbeste Lösung."

Küppers zuckte mit den Achseln. Das Gespräch stockte für einen Augenblick. Schließlich wandte sich Korff wieder an den Handballspieler: „Herr Küppers, Ihr schöner Wagen, der dort draußen steht, ist in der Nacht vom 23.

auf den 24. August vor der Wohnung von Dragan Jugović gesehen worden. Wir haben entsprechende Zeugenaussagen."

Der Handballspieler schluckte. Unsicher blickte er seine Freundin an.

Korffs Blick wanderte von Küppers zu Britta Fahlberg. „Sie haben mir gegenüber behauptet, dass Sie am 23. August gegen Mitternacht zu Bett gegangen seien. Bleiben Sie bei dieser Aussage?"

Britta Fahlberg senkte den Kopf. Sie vermied es, Korff anzublicken. Es dauerte noch einen Augenblick, bis Küppers sich zu einer Antwort bequemte: „Nein, ich gebe zu, dass ich an dem Abend Dragan von Spenge nach Babenhausen gefolgt bin. Ich war wütend auf ihn und wollte ihn zur Rede stellen. Immerhin hatte er mich in der Halbzeitpause angespuckt."

„Er hat Sie angespuckt?"

„Ja. Zwei Mitspieler haben mich festgehalten, sonst hätte ich ihm schon vor der zweiten Halbzeit die entprechende Antwort gegeben."

„Hm, was geschah nach Ihrer Ankunft in Babenhausen?"

„Dragan stieg aus und ging zu seiner Wohnung. Ich hatte etwas weiter entfernt geparkt und wollte ihm gerade folgen, doch da waren plötzlich zwei Männer bei ihm und sie gingen zu dritt in das Haus. Ich bin deshalb in meinem Auto sitzen geblieben und nach einiger Zeit wieder zurück nach Spenge gefahren."

„Hatten Sie den Eindruck, dass Jugović von den beiden Männern bedroht worden ist?"

Küppers zögerte. „In der Situation habe ich das nicht erkannt, ich dachte, es hätten zwei von Dragans Freunden auf ihn gewartet. Hinterher war mir klar, dass es sich bei den beiden Männern wohl um Dragans Mörder gehandelt hat."

„Weshalb haben Sie mir das nicht bereits bei der ersten Befragung gesagt?"

Küppers verzog sein Gesicht. „Mir war klar, dass ich wegen des Streits mit Dragan zu den Verdächtigen gehörte. Wenn ich dann noch zugegeben hätte, dass ich in der Nähe des Tatortes gewesen bin …" Er brach ab.

Grohner beugte sich nach vorn. „Haben Sie die beiden Männer erkannt? Können Sie sie beschreiben?"

„Nein, ich habe sie aus einiger Entfernung und auch nur von hinten gesehen."

„Haben Sie bemerkt, woher die Männer kamen?"

„Sie sind aus einem Auto gestiegen, aus einem dunklen Kleinwagen."

„Welches Fabrikat?"

Küppers hob unschlüssig die Schultern. „Es könnte ein VW Golf gewesen sein, ich bin mir aber nicht sicher."

„Haben Sie das Kennzeichen erkannt?"

„Nein, das Auto stand im Dunkeln. Die nächste Laterne war einige Meter entfernt."

„Gut. Darf ich mir Ihren Wagen einmal anschauen?" Grohner deutete auf die Straße.

Küppers nickte.

***

Die Durchsuchung des Buckelvolvos und das weitere Gespräch mit Küppers und seiner Freundin hatten keine neuen Informationen gebracht. Korff und Grohner saßen wieder im Auto und fuhren die Südstraße hinunter.

„Glaubst du Küppers' Geschichte?" Grohners Stimme war seine Skepsis deutlich anzumerken.

„Ich weiß nicht. Wir fahren jetzt zur hiesigen Polizeistation und lassen uns von den Kollegen über den nächtlichen Überfall berichten. Wenn der wirklich so stattgefunden hat, wie Küppers und die Fahlberg erzählt haben, scheinen ja richtige Profis unterwegs gewesen zu sein."

Grohner schwieg. Korff kannte dieses Schweigen, schließlich war er mit Grohner seit mehr als 15 Jahren befreundet. In Grohner arbeitete es. Er beschäftigte sich jetzt mit Küppers Aussagen und deren Plausibilität.

Korff lenkte den Wagen nach links in die Straße Am Bahnhof und fuhr dann rechts die Bielefelder Straße hinunter. Vor dem Friedhof bog Korff in die Bussche-Münch-Straße ab.

Die Spenger Polizeistation befand sich im ersten Stock eines Nebentrakts der Feuerwache. Korff und Grohner stiegen die Treppe hinauf. Ein Polizeibeamter saß an seinem Schreibtisch und musterte die Ankömmlinge neugierig, als sie das Büro betraten. Korff zeigte dem Kollegen seinen Ausweis und erklärte dabei: „Wir waren eben in der Südstraße, bei Arnd Küppers und Britta Fahlberg. Sie haben berichtet, dass letzte Nacht bei ihnen eingebrochen worden ist."

Der Polizeibeamte, ein untersetzter Mann mit lichtem blondem Haar, der vermutlich kurz vor der Pensionierung stand, nickte bedächtig. „Versuchter Einbruchdiebstahl. Der Hund der Besitzer scheint einen der Einbrecher angefallen zu haben. Er ist aus kürzester Distanz erschossen worden. Als wir eintrafen, hatten sich die Täter bereits entfernt."

Korff nickte ebenfalls. „Das hat mir Küppers auch so berichtet. Küppers spielte mit Dragan Jugović, der vor ein paar Tagen in Babenhausen erschossen worden ist, in der Spenger Handballmannschaft. Wir vermuten, dass die eine Tat mit der anderen zu tun hat."

Die Zweifel im Gesicht des Beamten waren unübersehbar. „Kann ich mir nicht vorstellen. In den letzten Wochen hat es hier mehrere Einbruchdiebstähle gegeben. Von daher …"

Korff ließ den Beamten nicht ausreden. „Haben die Täter bei den anderen Einbrüchen auch geschossen?"

„Nein, aber das muss doch nicht bedeuten, dass …"

Korff unterbrach seinen Kollegen erneut: „Stimmt, muss es nicht. Habt ihr die Kugel sichergestellt?"

„Das Tier ist in der Gerichtsmedizin in Bielefeld untersucht worden. Da wird sich auch die Kugel befinden."

„Gibt es schon einen Bericht der Spurensicherung?"

„Nein, der ist sehr wahrscheinlich auch noch in Bielefeld."

„Gut." Korff winkte mit der rechten Hand und verabschiedete sich. Auch Grohner nickte dem Kollegen zu und wandte sich zur Tür.

Als die beiden Kriminalbeamten vor der Tür standen und auf den Kindergarten blickten, der sich auf der gegenüberliegenden Straßenseite befand, seufzte Korff tief. Grohner blickte ihn erstaunt an.

Korff bemerkte den Blick und lächelte. „Wahrscheinlich verliert man jegliche Fantasie, wenn man den ganzen Tag in so einem Büro hockt", meinte er und ging zum Auto.

„Für mich ist völlig klar, dass die beiden Taten in einem unmittelbaren Zusammenhang stehen", versuchte Korff seinen Partner zu überzeugen, während er den Motor startete.

„Was ist, wenn Küppers den Einbruch vorgetäuscht hat, um von dem Mord an Jugović abzulenken?"

„Hm, daran habe ich auch kurz gedacht, aber deshalb bringt er doch nicht den von seiner Freundin über alles geliebten Hund um. Er konnte doch auch nicht ahnen, dass man seinen Volvo am Tatort gesehen hat und wir ihn deshalb verdächtigen."

„Ich weiß nicht. Jugović soll Küppers angespuckt haben. Ich kann mir gut vorstellen, dass ein Mann wie Küppers nicht weiter gedemütigt und ins zweite Glied abgeschoben werden wollte. Das ist in Spenge mit der langen Handballtradition des Ortes doch bestimmt ein klarer Statusverlust. Wer hier in der Regionalligamannschaft spielt, genießt ein hohes Ansehen. Was zählt da schon ein Hundeleben?"

„Glaubst du tatsächlich, dass Küppers die Beziehung zu Britta Fahlberg aufs Spiel setzt? Die beiden lieben sich. Wenn Küppers den Hund getötet hätte, wäre die Fahlberg sicher nicht mehr bei ihm."

„Na gut, aber wer steckt dann hinter den beiden Taten?" Grohner schien jetzt doch leichte Zweifel an seinem Hauptverdächtigen bekommen zu haben.

„Keine Ahnung. Es muss aber eine Verbindung zwischen dem Mord an Jugović und dem Mordversuch an Küppers geben." Als Korff den zweifelnden Blick seines Partners sah, bekräftigte er: „Ich glaube nämlich, dass der oder die Einbrecher versucht haben Küppers umzubringen." Er machte eine kurze Pause. „Vielleicht bringt uns ja ein Vergleich der Projektile weiter."

Grohner nickte mechanisch, ohne Überzeugung.

Die beiden hatten inzwischen Spenge hinter sich gelassen und standen in Lenzinghausen vor einer Kreuzung. Geradeaus führte die Straße nach Bielefeld, rechts nach Werther. Es dämmerte. Die entgegenkommenden Fahrzeuge hatten bereits ihre Beleuchtung eingeschaltet.

Als die Ampel auf „Grün" sprang, beschleunigte Korff den Wagen und fuhr in Richtung Bielefeld.

5. Kapitel

Donnerstag, den 27. August 2009

„Guckt euch das mal an …" Jörg Zeinitz, der von sich behauptete, um die BILD stets einen großen Bogen zu machen, hatte ein Exemplar der Zeitung mitgebracht und legte es aufgeschlagen auf Korffs Schreibtisch. Die beiden Fotos, ein größeres von Cheline Keller und ein kleineres von Dragan Jugović, stachen sofort ins Auge. Der dazugehörige Artikel war mit „Baby ohne Vater" überschrieben.

„Na Jörg, bist du mal wieder deinen Prinzipien untreu geworden?" Korff wies auf die Zeitung und grinste.

„Quatsch. Heute Morgen las sie jemand bei meinem Bäcker und da habe ich, sozusagen aus dienstlichen Gründen, auch eine mitgenommen."

Grohner griff nach dem Blatt. Er blickte einen Augenblick auf die aufgeschlagene Seite, dann las er mit halblauter Stimme vor: „Dragan Jugović, der bekannte Handballspieler des TuS Spenge, der u.a. in Berlin und Fredenbeck in der Bundesliga gespielt hat, wurde – wie bereits berichtet – in der Nacht von Sonntag auf Montag in seiner Bielefelder Wohnung erschossen. Die Tatumstände sprechen für einen Auftragsmord. Cheline Keller, die Lebensgefährtin des Ermordeten, ist noch immer fassungslos. Trost gibt ihr nur das Kind, das sie von Dragan Jugović erwartet: ‚Dragan hat sich so auf unser gemeinsames Kind gefreut. Es wird ein Junge', sagt sie mit tränenerstickter Stimme.

Die Polizei sucht noch immer nach einem möglichen Mordmotiv. Auch für Cheline Keller bleibt der Mord ein Rätsel: ‚Dragan war überall beliebt. Er hatte keine Feinde.'

Kriminaloberrat Pott von der Bielefelder Kripo sah sich zu einer Stellungnahme noch nicht in der Lage: ‚Wir stehen am Anfang der Ermittlungen. Eine ‚heiße Spur' gibt es noch nicht. Auftragsmorde passen nicht zu Bielefeld.'"

Das größere Foto zeigte Cheline Keller auf dem Bett ihres Hotelzimmers sitzend. In der Hand hielt sie ein Foto von Dragan Jugović. Der Fotograf hatte sie geschickt in Pose gesetzt.

„So, Cheline Keller ist also schwanger." Grohner legte die Zeitung beiseite. „Kein leichtes Schicksal."

Korff und Zeinitz nickten.

„Auftragsmorde passen nicht zu Bielefeld." Grohner äffte die Stimme Potts nach.

„Der muss es ja wissen." Zeinitz tippte mit dem rechten Zeigefinger gegen seine Stirn.

„Als junger Beamter solltest du ein wenig mehr Respekt vor deinem obersten Chef haben", meinte Korff mit gespielter Strenge. Als Zeinitz etwas irritiert blickte, verfielen Korff und Grohner in ein lautes Lachen.

„Jörg, wie weit bist du mit Jugovićs Sicherungsdateien?"

„Eigentlich habe ich alles gesichtet. Die CDs enthalten hauptsächlich Sportfotos. Jugović war wohl etwas eitel und scheint alle Fotos und Spielberichte seiner Karriere gesammelt und eingescannt zu haben. Es sind aber auch eine Menge Mails in serbischer Sprache dabei, die muss ich noch übersetzen lassen. Ich dachte da an einen Werkvertrag für meinen kroatischen Mannschaftskameraden Ivica Tomas."

Korff nickte. „Besprich das mit Pol Pot. Er muss das genehmigen. Versuch das schnell durchzuziehen."

In diesem Augenblick klingelte das Telefon. Korff griff nach dem Hörer.

„Herr Korff?"

„Ja, am Telefon." Korff stellte den Lautsprecher an, so dass auch Grohner und Zeinitz mithören konnten.

„Kruppke hier. Herr Korff, Sie hatten mich gebeten, die sportliche Vita von Dragan Jugović zu recherchieren."

„Ja, ist Ihnen das gelungen?"

„Beinahe lückenlos. Ich faxe Ihnen die Aufstellung gerne zu."

Korff bedankte sich, nannte Kruppke die Nummer. Wenige Minuten später kam das Fax an.

„Hier." Korff zog die Mitteilung aus dem Apparat, warf einen kurzen Blick darauf und legte das Blatt auf den Schreibtisch. Seine beiden Kollegen beugten sich ebenfalls über das Schreiben:

Saison 1991/92:
TSV Altenhagen-Heepen (Regionalliga)
Saison 1992/93:
TuS Nettelstedt (2. Bundesliga)
Saison 1993/94:
??
Saison 1994-98:
VfL Fredenbeck (2. u. 1. Bundesliga)
Saison 1998-2003:
TV 08 Willstätt bzw. SG Willstätt-Schutterwald
(2. u. 1. Bundesliga; Aufstieg im Jahre 1999)
Saison 2003-09:
Füchse Berlin
(2. u. 1. Bundesliga; Aufstieg im Jahre 2007)

Zeinitz zeigte auf den fehlenden Eintrag für die Saison 1993/94. „Schaut mal. Hier hat Jugović offenbar eine Pause eingelegt."

Korff schüttelte den Kopf. „Das ist doch sehr unwahrscheinlich. Er wird in dieser Zeit doch wohl vom Handball gelebt haben. Weshalb sollte er da pausieren?"

„Vielleicht war er längere Zeit verletzt?"

„Hm. Das ist auf jeden Fall sehr merkwürdig. Ich rufe noch mal Kruppke an."

Korff wählte und ließ sich von der Sekretärin mit Kruppke verbinden. „Herr Kruppke, wir sind darauf gestoßen, dass Jugović in der Saison 1993/94 offenbar keinem Verein angehört hat."

„Ja, das ist mir auch schon aufgefallen. Er gehörte zu Beginn der Saison nicht mehr zum Kader des TuS Nettelstedt. Auch in den einschlägigen Fachzeitschriften taucht er in der Saison nicht als Mitglied einer höherklassigen Mannschaft auf. Wenn das für Sie wichtig ist, kann ich aber noch herausbekommen, was seinerzeit los war. Ich brauche nur einen Bekannten beim TuS Nettelstedt anzurufen."

„Wenn Ihnen das keine Mühe bereitet …" Korff blickte seine beiden Kollegen an. Sie nickten.

Kruppke schien die anstehende Recherche nicht zu stören. „Nein, überhaupt nicht, ich melde mich wieder bei Ihnen."

Dann berichteten Korff und Grohner kurz über ihren gestrigen Besuch bei Küppers.

„Küppers ist am Abend des 23. August in Babenhausen gewesen. Er wollte mit Jugović sprechen und hat dabei gesehen, dass Jugović von zwei Männern in seine Wohnung begleitet worden ist. Küppers hat die beiden für Freunde von Jugović gehalten und ist dann angeblich nach Hause gefahren, ohne mit Jugović geredet zu haben."

„Ist das glaubhaft?" Zeinitz blickte seine beiden Kollegen fragend an.

Grohner hob die Schultern. „Die Frage habe ich mir auch schon gestellt. So ganz überzeugt von Küppers' Darstellung bin ich immer noch nicht. Es kommt aber noch besser. Drei Tage später wird bei Küppers und seiner Freundin eingebrochen. Dabei wird der Hund des Hauses erschossen. Küppers und seine Freundin können flüchten und verstecken sich im Garten."

„Das ist aber ein seltsamer Zufall, oder?"

Grohner nickte. „Du sagst es." Dann blickte er Korff an. „Haben wir schon Ergebnisse von der Spurensicherung und der Obduktion des Hundes?"

Korff wies auf einen Aktendeckel, der auf seinem Schreibtisch lag. „Ja, die Berichte enthalten aber nichts, was uns weiterbringen würde. Das Projektil wird noch untersucht."

Er griff zum Telefon. „Wird Zeit, dass ich die Dienstfahrt nach Berlin vorbereite. Ich werde mal unserem alten Freund Kappelmann einen Besuch abstatten."

Grohner nickte erfreut. „Grüß ihn von mir."

Korff hatte bereits gewählt. Er stellte den Lautsprecher wieder an, so dass seine beiden Kollegen mithören konnten.

„Kappelmann."

„Hallo Jost, hier ist Klaus Korff aus dem schönen Bielefeld."

„Mensch Klaus, du alter Schwalbenkönig. Schön, dass du dich mal meldest." Man konnte Kappelmanns Worten die Freude anmerken, die Stimme seines alten Freundes und Kollegen zu hören.

Grohner lachte laut schallend über das Wort ‚Schwalbenkönig'.

Korff hatte mit Jost Kappelmann viele Jahre lang in der Bielefelder Polizeisportgemeinschaft Fußball gespielt, bis sich Kappelmann dann einer Herzensangelegenheit wegen nach Berlin hatte versetzen lassen. Er war inzwischen einige Beförderungsstufen hinaufgerutscht und war jetzt Stellvertretender Leiter des Abschnitts 31 der Polizeidirektion Berlin Mitte. Im Unterschied zu Korff hatte Kappelmann das

Fußballspielen aufgegeben und lebte nur für seine Familie. Kappelmann und Korff telefonierten gelegentlich miteinander, in den letzten Jahren waren die Abstände zwischen den Gesprächen allerdings etwas größer geworden.

„Jost, ich freue mich auch. Was hältst du davon, wenn ich dich am Sonntagnachmittag besuche?"

„Das hört sich gut an. Bist du dienstlich in Berlin?"

„Ja. Es geht um eine Zeugenbefragung im Zusammenhang mit einem Mord in Bielefeld. Ob mehr daraus wird, hängt von dem Gespräch ab." Korff machte eine kurze Pause. „Kennst du Kurschatz, Dieter Kurschatz?"

„Ja sicher, das ist hier eine lokale Kiezgröße. Er ‚betreut' an der Oranienburger Straße ein paar Mädchen. Kurschatz ist in der Regel sehr kooperativ. Willst du ihn befragen?"

„Ja, ihn und zwei seiner Schläger, die er am 14. August nach Bielefeld beziehungsweise nach Herford geschickt hat. Kannst du die drei für Montag, sagen wir mal um 13 Uhr, vorladen?"

„Ich will sehen, was sich machen lässt. Ich schicke gleich einen Kollegen zu Kurschatz und bestelle ihn für Montag ein. Wenn der Termin am Montag platzen sollte, rufe ich dich an."

„Lass ihm ausrichten, falls er am Montag nicht erscheint, müsste er sich nach Bielefeld begeben."

„Mach ich."

„Prima. Rolf Grohner steht neben mir. Ich soll dich von ihm grüßen. Seitdem du nicht mehr da bist, ist er der schlechteste Fußballer in unserer Truppe." Am anderen Ende der Leitung hörte man Kappelmann lachen. „Jost, wir werden am Sonntag sicherlich Gelegenheit haben, uns etwas ausführlicher zu unterhalten."

„Wann kommt dein Zug? Du kommst doch mit dem Zug, oder?"

„Ja. Ich rufe dich noch einmal an. Holst du mich ab? Ich fahr wieder bis zum Bahnhof Friedrichstraße."

„Wird gemacht. Du kannst natürlich bei uns übernachten. Melanie wird sich freuen. Bis Sonntag."

***

Es war etwa 18 Uhr, als Kruppke anrief. Korff und Grohner saßen noch im Büro und fertigten Vermerke an.

„Kruppke hier." Korff schaltete erneut den Lautsprecher ein.

„Hallo, Herr Kruppke. Haben Sie etwas herausgefunden?"

„Ja, ich habe mit meinem Bekannten in Nettelstedt telefoniert. Dragan Jugović hat in der Saison 1992/93 beim TuS Nettelstedt in der 2. Bundesliga gespielt, unmittelbar nach der Saison war er plötzlich verschwunden, obwohl er bereits für die nächste Saison zugesagt hatte. Er hat die Mannschaft Knall auf Fall verlassen, niemand wusste, wo er war. Als er nahezu ein Jahr später auftauchte und wieder mitspielen wollte, hat man – offenbar aus disziplinarischen Gründen – auf seine weiteren Dienste verzichtet. In der nächsten Saison spielte Dragan dann beim VfL Fredenbeck in der 2. Bundesliga." Kruppke machte eine kurze Pause. „Das ist schon eine seltsame Geschichte."

„Haben Sie eine Idee, was Jugović in der betreffenden Zeit gemacht haben könnte?"

„Nein, ein solches Verhalten ist für einen Handballspieler seiner Klasse völlig unüblich. Eines ist sicher: Er hat in der fraglichen Zeit jedenfalls nicht Handball gespielt, denn sein Spielerpass lag während der gesamten Zeit in Nettelstedt."

Obgleich ihn Kruppke nicht sehen konnte, nickte Korff.

„Vielen Dank, Herr Kruppke. Sie haben uns sehr geholfen. Würden Sie mir noch den Namen Ihres Gewährsmannes in Nettelstedt mitteilen, nur für den Fall, dass sich weitere Fragen ergeben?"

Kruppke nannte ihm den Namen und die Telefonnummer. Dann war das Gespräch beendet.

Grohner warf Korff einen langen Blick zu. „Klaus, die Sache liegt 15 Jahre zurück. Glaubst du wirklich, dass es so wichtig ist herauszufinden, was Jugović in den Jahren 1993 und 1994 gemacht hat?"

„Ich weiß es nicht. Solange wir keine heiße Spur haben, bleibt uns wohl nichts anderes übrig, als in der Breite zu ermitteln."

Korff wandte sich wieder seinem PC zu und arbeitete schweigend weiter. Als er nach einiger Zeit einen kurzen Blick auf seine Armbanduhr warf, stand er ruckartig auf. „Ich muss jetzt los, ich erwarte heute noch Besuch. Wir sehen uns morgen."

Grohner grinste: „Deine Bekannte aus der Brauerei?"

Korff, dem die Frage unangenehm war, nickte nur leicht, schnappte sich sein Jackett und verließ rasch den Raum.

***

Ihre Körper hatten einander gemocht. Korff spürte, dass sich sein Pulsschlag langsam wieder normalisierte. Er öffnete die Augen. Eva lag neben ihm.

„Das war schön", sagte sie leise. Korff schob sich wieder an sie heran und genoss die Berührung ihrer warmen, weichen Haut. Er streichelte sanft ihren Rücken und ihre Pobacken. Er spürte, dass er langsam müde wurde. Eva hatte ihre Augen geschlossen.

„Das sollten wir gelegentlich wiederholen", sagte Korff dann betont lässig, um seine Unsicherheit zu überspielen und das Gespräch wieder in Gang zu bringen.

Eva lachte leise mit geschlossenen Augen: „Unbedingt." Dann öffnete sie ihre Augen und blickte Korff an: „Ich muss los."

Sie stand auf und ging ins Bad. Als sie zurückkam, hatte sie sich angekleidet und zurechtgemacht. Auch Korff hatte sich angezogen und saß auf dem Bett.

Er begleitete Eva zur Tür und nahm sie noch einmal in seine Arme. Sie küsste ihn zum Abschied und flüsterte: „Ich ruf dich an." Korff nickte. Dann war sie verschwunden.

Korff blickte auf seine Armbanduhr. Eva hatte kurz nach 19 Uhr bei ihm geklingelt und war nicht einmal eine Stunde geblieben. Viel unterhalten hatten sie sich nicht. Waren bei ihm – was Eva betraf – tiefergehende Gefühle im Spiel? Er war sich nicht sicher. Er wusste auch nicht, was er Eva bedeutete. Dazu waren die bisherigen Begegnungen einfach zu kurz und eigentlich auch zu oberflächlich gewesen.

Korff ging in die Küche und holte sich eine Flasche Bier aus dem Kühlschrank, setzte sich dann auf das Sofa im Wohnzimmer und zappte sich durch die Fernsehprogramme. Wenige Minuten später war er eingeschlafen.

6. Kapitel

Er lief, besser: Er wollte laufen, doch seine Füße bewegten sich nur langsam, wie in Zeitlupe. Er kam kaum vorwärts. Und da waren die Soldaten, die ihn verfolgten. Sie näherten sich ihm immer mehr. Er hörte ihre Schritte und traute sich nicht nach hinten zu schauen. Wo waren sein Vater und seine Brüder? Er hatte sie aus den Augen verloren. Die Schritte der Soldaten wurden lauter. Gleich mussten sie ihn erreicht haben. Weshalb schossen sie nicht?

Plötzlich sah er einen seiner Brüder. Er lehnte an dem Brückenpfeiler, seine Hände vor die blutige Brust gepresst. Er stöhnte. Es war ein qualvolles, schreckliches Stöhnen, das ihm Angst machte und zugleich Schuldgefühle in ihm auslöste. Sein Bruder blickte ihn mit starren, unnatürlich großen Augen an. Das Blut rann ihm durch die gespreizten Finger und tropfte auf den felsigen Untergrund. Er bemerkte, dass sein Bruder in einer riesigen Blutlache stand, die immer größer wurde.

Bevor das Blut auch seine Füße erreichte, war der erste Soldat da. Er spürte den fremden Arm auf seiner Schulter und wurde herumgerissen. Eine Stimme drang an sein Ohr. Der Klang kam ihm vertraut vor, doch er verstand die Worte nicht.

Dann erkannte er seine Frau, die neben ihm am Bett stand, an seiner Schulter rüttelte und ihn besorgt anblickte. Immer der gleiche Traum, er wurde die Erinnerung nicht los …

Freitag, den 28. August 2009

Die beiden Männer hatten ihren Wagen auf dem Kesselbrink-Parkplatz abgestellt. Die kurze Strecke zum Jahnplatz legten sie schlendernd wie zwei Nachtschwärmer zurück. Es nieselte leicht. Gelegentlich trafen sie auf andere Personen, die das nicht gerade opulente Bielefelder Nachtleben bereits genossen hatten oder noch genießen wollten. Man ging aneinander vorbei, ohne sich anzusehen.

An der Rückseite des Jahnplatz-Hotels schlüpften die beiden Männer unter der Schranke hindurch, die den kleinen hoteleigenen Parkplatz von der Straße abgrenzte. Nachdem sie den Parkplatz überquert hatten, standen sie vor einer Eisentür, durch die man das Hotel betreten konnte. Die beiden Männer sahen sich schweigend an und streiften Handschuhe über. Jetzt entschied sich, ob sie ihr Vorhaben würden durchführen können.

Der Ältere der beiden zog energisch an der Tür, die sich sofort öffnete. Die Männer standen jetzt in einem Flur, von dem aus eine mit „Keller" beschriftete Tür abging. Wichtiger für die beiden Eindringlinge war aber die Treppe, die nach oben zu den Hotelzimmern führte.

Über die Treppe gelangten sie, ohne gesehen zu werden, in die 2. Etage. Der Hotelflur war nur spärlich beleuchtet. Vor der Zimmertür mit der Nummer 26 blieben die beiden Männer stehen. Der Ältere zog eine Art Blech aus der Tasche seiner Windjacke und schob es in den Spalt zwischen Türschloss und Rahmen. Ein kurzer Schlag und die Tür sprang auf. Die Männer drangen schnell in das Zimmer ein und zogen die Tür hinter sich zu.

Der erste Schuss traf die junge Frau, die gerade wach wurde und sich im Bett aufrichtete, in die Brust, noch bevor sie schreien oder eine Frage stellen konnte. Als der zweite Mann zielte und ebenfalls schoss, war die Frau bereits tot.

Die beiden Männer lauschten kurz und blickten sich im Zimmer um. Einer griff nach dem Handy der Toten und ließ es in seiner Jackentasche verschwinden. Dann öffnete er vorsichtig die Zimmertür und spähte nach draußen. Der Flur war leer, aber aus den beiden Nachbarzimmern drangen Geräusche. Der Mann winkte seinem Partner ungeduldig. Sie mussten den Flur verlassen haben, ehe die ersten Neugierigen aus ihren Zimmern kamen.

***

Das Telefon klingelte nachts um kurz nach zwei. Korff lag noch auf dem Sofa, der Fernseher lief. Grohner, der Bereitschaftsdienst hatte, war am Apparat.

„Klaus, bist du dran?"

„Ja, wer sonst?"

„Du klingst so komisch ..."

„Kunststück. Werd du mal so mir nichts dir nichts aus dem Schlaf gerissen." Er machte eine Pause. „Was ist los?"

„Wir haben eben Cheline Keller gefunden. Sie liegt tot in ihrem Hotelzimmer."

„Waas?" Korff war hellwach.

„Ja, erschossen. Ein Zimmernachbar hat Schüsse gehört und die Rezeption hat uns verständigt."

„Bin schon unterwegs. Ruf bitte auch Jörg an."

Korff eilte ins Badezimmer, erfrischte sein Gesicht mit Wasser und schob rasch die Zahnbürste mit etwas Zahnpasta in den Mund. Dann spuckte er aus, wandte sich um und griff im Hausflur nach seinem Jackett.

Nachts um halb drei waren Parkplätze am Jahnplatz leicht zu finden. Korff stellte seinen in die Jahre gekommenen Golf vor dem Hotel auf dem Bürgersteig ab. Dort parkten bereits ein Streifenwagen und der Kleintransporter der Spurensicherung. Der Hotelflur in der zweiten Etage war hell erleuchtet. Einige Hotelgäste blickten neugierig durch ihre geöffneten Zimmertüren. Vor der Tür mit der Nummer 26 stand ein uniformierter Polizist. Er kannte Korff und ließ ihn mit einem leichten Nicken passieren. Korff betrat den Raum.

Der Notarzt und zwei Leute von der Spurensicherung befanden sich bereits im Zimmer. Cheline Keller lag auf dem Bett. Sie blickte mit toten, starren Augen ins Leere.

Plötzlich war Grohner im Raum. „Wieder zwei Schüsse. Ich wette, die Kugeln stammen aus zwei verschiedenen Waffen."

„Du wirst vermutlich Recht haben. Ich halte nicht dagegen."

„Der Mann an der Rezeption hat niemanden gesehen, der das Hotel in den letzten beiden Stunden verlassen hat." Grohner deutete auf die Tür zum Treppenhaus, die sich unweit von Zimmer 26 befand. „Die Täter könnten allerdings ungesehen von den Leuten an der Rezeption durch das Treppenhaus und dann über den Hinterhof verschwunden sein."

„Komm mit." Korff steuerte die Tür zum Treppenhaus an. Grohner folgte ihm und beide stiegen die Treppe bis zum Erdgeschoss hinunter. Die Treppe mündete in einem größeren Raum, von dem zwei Türen abzweigten. Eine trug die Aufschrift „Keller", auf der anderen Tür stand „Notausgang".

„Der Notausgang wird sich vermutlich leicht öffnen lassen." Grohner streifte sich Latexhandschuhe über und öffnete die Tür. Sie ging nach außen auf und führte zum spärlich erleuchteten Hof, der als Parkplatz diente. Korff zählte. Sechs Autos standen in den Parkbuchten, zwei Plätze waren frei. Vorn, an der schmalen Durchfahrt zur Straße, befand sich lediglich ein heruntergelassener Schlagbaum, der mit einem Vorhängeschloss gesichert war. Das Schloss war unberührt.

Grohner, der in der geöffneten Tür stehen geblieben war, deutete auf die Straße: „Das ist der Fluchtweg. Die Kollegen von der Spurensicherung müssen auch diese Tür und den Hof untersuchen.“ Als er die Tür wieder losließ, fiel sie ins Schloss zurück.

Die beiden gingen zurück in den zweiten Stock. Inzwischen war auch Zeinitz eingetroffen. Grohner informierte ihn kurz über den vermuteten Tathergang, während Korff einen Kollegen der Spurensicherung zur Fluchttür im Erdgeschoss führte.

Die Befragung der Gäste in der zweiten Etage dauerte bis gegen vier Uhr in der Frühe. Niemand hatte die Täter gesehen, die Gäste aus den Zimmern 24 und 28 glaubten allerdings Schüsse gehört zu haben. Der Bewohner des Zimmers 28 hatte um kurz nach eins die Rezeption verständigt. Niemand hatte die Täter beim Verlassen des Zimmers von Cheline Keller gesehen.

Auch Korffs Hoffnung, dass der hoteleigene Parkplatz mit einer Videoanlage überwacht würde, erfüllte sich nicht. Der Mann an der Rezeption nickte verständnisvoll, als Korff ihn befragte: „Wir haben schon mal darüber nachgedacht, bislang aber noch nicht die Notwendigkeit gesehen, eine Kamera zu installieren. Vielleicht führt der Mord dazu, dass sich der Chef jetzt entschließt, den Parkpatz überwachen zu lassen.“

***

„Wer wusste, dass Cheline Keller im Jahnplatz-Hotel untergebracht war?“ Korff saß mit seinen beiden Kollegen um 10 Uhr im Besprechungszimmer. Zeinitz stellte seine Kaffeetasse ab. „Nur wir und der Typ von der Bild-Zeitung. Schließlich hat die Ermordete ihn zu sich ins Hotel eingeladen."

„Das engt den Täterkreis doch sehr ein – oder?"

„Klingt für mich nicht logisch. Ein Journalist der Bild-Zeitung als Mörder?" Rolf Grohner schüttelte den Kopf. „Warum sollte der Cheline Keller ermorden?"

Zeinitz zuckte die Achseln. „Und wenn das kein echter Journalist war?"

„Hm. Schaut euch das Foto einmal genau an!" Korff wies auf den Artikel aus der Bild-Zeitung, der noch auf dem Tisch lag.

Grohner griff zuerst nach der Zeitung. Beim Betrachten des Fotos, das Cheline Keller zeigte, fiel es ihm auf: „Mist. Natürlich. Die Zahl der möglichen Tatverdächtigen dürfte sich damit enorm erhöht haben."

Das Foto ließ einen Blick durch das Hotelfenster zu. Deutlich war im Hintergrund die Fassade einer Buchhandlung am Oberntorwall zu sehen. „Wenn die Täter auch nur mäßig intelligent sind, haben sie erkennen können, wo sich Cheline Keller zum Zeitpunkt des Interviews aufgehalten hat."

„Das bringt uns aber keine neuen Hinweise auf die Täter – außer, dass sie die Bild-Zeitung lesen." Korff wirkte leicht genervt.

„Damit stellen sich für uns die Fragen: Wie sind die Täter in das Hotel hereingekommen und woher haben sie gewusst, in welchem Zimmer sie Cheline Keller finden können?"

„Ich gehe davon aus, dass Cheline Keller das Hotel gestern sicherlich mal verlassen hat, um kleinere Einkäufe zu erledigen. Wenn jemand draußen vor dem Hotel gewartet hat und ihr dann beim erneuten Betreten des Hotels gefolgt ist, hat er leicht herausfinden können, in welchem Zimmer sie untergebracht war. Und dann hat er sie abends besucht."

„Gut, dann müssen wir die Leute befragen, die gestern Nachmittag Dienst an der Rezeption hatten."

„Ich übernehme das." Jörg Zeinitz stand auf.

„Warte noch kurz." Korff beugte sich nach vorn. „Was hat die weitere Befragung des Nachtportiers ergeben?"

Zeinitz setzte sich wieder und erklärte: „Das lässt sich in einem Wort ausdrücken: nichts. Auch sonst scheint niemand die Täter gesehen zu haben. Die meisten Gäste sind erst durch das Erscheinen von unseren Leuten auf das Verbrechen aufmerksam gemacht worden."

„Wenn die Täter das Hotel durch das Treppenhaus verlassen haben, so wie wir vermuten, ist die Chance ohnehin sehr gering, dass sie jemand gesehen hat", schaltete sich Grohner in das Gespräch ein.

„Der Portier beschwört, dass seit seinem Dienstantritt, das war um 22 Uhr, kein Fremder das Hotel betreten oder verlassen hat, zumindest nicht durch den Haupteingang." Zeinitz lachte. „Das ist ein ganz penibler Mensch. Ich kann mir nicht vorstellen, dass der etwas übersehen hat."

„Hm. Wartet mal, ich frage mal Hermann Dreyer, was die Auswertung der Spuren ergeben hat." Korff griff zum Telefon und tippte einige Zahlen ein.

„Hermann? Ja, Klaus hier. Habt Ihr schon etwas?"

Der Gesprächspartner schien längere Ausführungen zu machen. Korff gab einige Male „hm" und „ja" von sich. Dann sagte er „danke" und legte auf.

„Hermann Dreyer sagt, die Spurensicherung habe unten an der Fluchttür einige Fingerabdrücke gefunden, die aber noch mit anderen Abdrücken verglichen werden müssten, sowie – und das ist interessant – ein kleines Stück Pappe. Dreyer meint, die Täter könnten die Pappe so in die Fluchttür geklemmt haben, dass sie nicht ganz verschlossen war und man sie von außen leicht aufziehen konnte. Er hat es ausprobiert und es hat funktioniert. Morgen erhalten wir den vollständigen Bericht. Dann sind sie auch mit den Fingerabdrücken soweit."

Die beiden Kollegen nickten.

„Hat jemand von euch das Handy von Cheline Keller gesehen? Es war rosafarben mit silbernen Beschlägen. Dreyer fragt danach."

Grohner und Zeinitz schüttelten unisono die Köpfe.

„Das Handy scheint verschwunden zu sein. Die Ermordete hat es vorgestern noch benutzt. Es ist zu vermuten, dass die Täter es mitgenommen haben."

„Weshalb sollten sie das getan haben?"

„Vielleicht suchen sie etwas, Namen oder so." Korff zuckte mit den Schultern. „Wir müssen uns darum kümmern."

„Okay, ich übernehme das." Grohner machte sich einige Notizen.

„Gut. Jörg, dann gehst du jetzt noch einmal zum Hotel und befragst die Leute von der Nachmittagsschicht."

***

Korff saß unter dem riesigen BVB-Plakat, das die Meistermannschaft des Jahres 2002 zeigte und blätterte im Obduktionsbericht, als Grohner und Zeinitz das Büro betraten. Korff kniff die Lippen zusammen. Dann sagte er: „Ein Schuss hat Cheline Keller in die Brust, der andere hat sie in den Unterleib getroffen. Der Brustschuss war bereits tödlich."

Grohner beugte sich ebenfalls über den Bericht. „Unfassbar. Das sieht ja so aus, als wollten die Täter sichergehen, dass auch das ungeborene Baby getötet wurde. Was sind das bloß für Menschen?"

„Cheline Keller war im vierten Monat schwanger. Der Fötus hätte auch so nicht überleben können. Der zweite Schuss war völlig unnötig."

„Das wussten die Täter vermutlich nicht."

Jörg Zeinitz blickte seine beiden Kollegen an. „Kann das nicht einfach nur das Werk von Profis sein? Profis geben doch zwei Schüsse ab, um sicherzustellen, dass das Opfer wirklich tot ist."

Korff schüttelte den Kopf. „Ja, aber der zweite Schuss geht dann auch in die Brust oder in den Kopf. Nein, ein Schuss in den Uterus einer schwangeren Frau hat doch wohl eher symbolischen Charakter."

Zeinitz runzelte die Stirn. „Was meinst du damit?"

„Na ja, die Täter wollten damit alles, was von Dragan Jugović stammte, vernichten. Cheline Keller hat die Täter wahrscheinlich durch das Zeitungsinterview auf sich aufmerksam gemacht. In dem Augenblick, in dem sie in der Zeitung von ihrer Schwangerschaft berichtete, hatte sie ihr eigenes und das Todesurteil ihres Kindes unterschrieben."

„Du meinst also, die Schüsse waren nicht primär gegen Cheline Keller, sondern noch gegen Dragan Jugović gerichtet?"

„Hast du eine bessere Erklärung?"

Zeinitz schwieg.

Grohner schaltete sich ein: „Ich sehe das ähnlich. Da muss jemand Dragan Jugović so abgrundtief hassen, dass er eine Frau tötet, um damit auch das noch ungeborene Kind seines Feindes auszulöschen."

Einen Augenblick herrschte Schweigen, dann wandte sich Korff an Zeinitz: „Jörg, was hat die Befragung der Leute an der Hotelrezeption erbracht?"

„Nicht viel. Dem Kollegen, der am Donnerstagnachmittag Dienst hatte, ist ein gut gekleideter Mann südländischer Herkunft in der Eingangshalle aufgefallen, der sich für den Hotelprospekt interessiert hat. Der Hotelangestellte kann aber keine konkrete Personenbeschreibung geben, außer, dass der Mann dunkelhaarig war und einen Dreitagebart hatte. Der Angestellte hat auch nicht gesehen, ob der Mann die Eingangshalle wieder verlassen hat oder ob er mit dem Fahrstuhl nach oben gefahren ist."

Korff erinnerte sich, dass auch einer der beiden Gorillas des Berliner Zuhälters Kurschatz ein südländisches Aussehen hatte. Auch auf Pasić würde die vage Beschreibung passen.

„Hm, vermutlich war das einer der Mörder, der das Terrain sondiert und vielleicht auch die Fluchttür präpariert hat."

Zeinitz nickte. „Ja, schade nur, dass der Hotelangestellte überhaupt keine Vorstellung mehr von dem mutmaßlichen Mörder hat. Er konnte mir nicht einmal sagen, ob der Mann eher groß oder eher klein war."

„Gibt es inzwischen eine Spur von Cheline Kellers Handy?"

Grohner schüttelte den Kopf. „Nein, die Diebe müssen das Handy inzwischen abgeschaltet haben, jedenfalls war keine Ortung möglich. Ich vermute, die Mörder wollten lediglich die gespeicherten SMS lesen. Wenn sie schlau sind, haben sie das Handy danach weggeworfen."

„Vermutlich. Erkundige dich doch bitte auch bei den Fundbüros der Umgebung, ob in den letzten beiden Tagen irgendwo ein Handy abgegeben worden ist."

„Ist schon geschehen. Fehlanzeige! Ich habe aber eine Liste der Gespräche vom Telefonanbieter angefordert."

„Gut. Gibt es erste Ergebnisse bezüglich der Sicherungsdateien?" Korff blickte Zeinitz an.

„Ich habe vorhin mit meinem Mannschaftskameraden Ivica telefoniert. Er sagt, es sei viel Müll dabei, einige Mails seien aber durchaus interessant. Er denkt, dass er uns am Montag oder Dienstag die Ergebnisse vorlegen kann."

„Ich hatte eigentlich gedacht, dass das ein wenig schneller ginge."

Zeinitz fühlte sich verpflichtet seinen Mannschaftskameraden zu verteidigen. „Es handelt sich um eine relativ große Zahl von Mails. Ivica arbeitet in jeder freien Minute daran. Er hat aber auch noch andere Aufgaben. Er muss bis Montag einen Artikel für eine Fachzeitschrift fertigstellen. Er bekommt sonst Ärger mit seinem Professor."

„Bloß das nicht", grummelte Korff, um Verbindlichkeit bemüht. Wer ihn kannte, merkte aber, dass er seine Enttäuschung über die lange Wartezeit nur schlecht verbergen konnte.

In diesem Augenblick trat Pott in das Zimmer und nickte seinen Mitarbeitern zu. „Na, wie sieht's aus?"

Korff und Grohner sahen sich mit ausdrucklosen Gesichtern an.

Schließlich bequemte sich Grohner zu einer Antwort: „Der Fall ist nicht ohne. Wir haben bislang kaum verwertbare Spuren gefunden." Korff ergänzte, indem er ähnliche Plattitüden von sich gab: „Wir suchen zwei Mörder, die absolut professionell vorgehen und kaum Spuren hinterlassen. Ich fürchte, die Lösung des Falles wird noch etwas auf sich warten lassen. Wir können schließlich keine Täter aus dem Hut zaubern."

Man sah Pott an, dass er mit dieser Antwort nicht zufrieden war. Er wandte sich an Korff: „Wie wollt ihr weiter vorgehen?"

„Ich fahre am Sonntag nach Berlin, um die Spur, die in die Berliner Zuhälterszene führt, weiter zu verfolgen. Jost Kappelmann wird mich dabei unterstützen. Vielleicht ergeben sich da neue Anhaltspunkte."

Pott kannte Kappelmann, hatte ihn aber nicht sehr gemocht. „So, Kappelmann. Na ja, wie man hört, hat der in Berlin ja richtig Karriere gemacht. Hätte man damals gar nicht ahnen können."

Pott bereitete mit dieser Bemerkung schon einen geordneten Rückzug vor und näherte sich der Tür. „Wäre schön, wenn ihr etwas vorankämt, die Presse wird langsam unruhig. Die Staatsanwältin stellt auch schon unangenehme Fragen."

Korff und Grohner nickten im Takt, bis Pott den Raum verlassen hatte.

Grohner faltete seine Hände. Feierlich blickte er in die Runde. „Ich werde heute Abend darum beten, dass uns eine rasche Aufklärung des Falles gelingt und Potts steile Karriere unaufhaltsam weitergeht."

„Amen", sagte Korff.

***

Korff und Grohner hatten bei ihrem Besuch am Mittwoch von Arnd Küppers erfahren, dass für die Spenger Mannschaft am frühen Freitagabend noch eine Videoanalyse des ersten Punktspielgegners anstand. Es war kurz nach 19 Uhr, als Korff das Präsidium verließ. Während er in seinen Wagen stieg, entschloss er sich kurzerhand dazu, noch einmal nach Spenge zu fahren, um mit Holger Harms zu sprechen.

Gut zwanzig Minuten später betrat Korff die Sporthalle. Die Tür zum Besprechungsraum war geschlossen. Auf sein Klopfen hin wurde die Tür geöffnet. Herbert Bunermann blickte Korff überrascht an.

„Ich habe noch ein paar Fragen an Sie und den Trainer."

Bunermann nickte, zog Korff in den Raum und dirigierte ihn an einen der Tische im Hintergrund. Vorn saßen die Spieler und betrachteten auf dem Fernsehmonitor gerade ein Handballspiel. „Das ist unser morgiger Gegner in einem seiner letzten Vorbereitungsspiele", flüsterte Bünermann, der sich neben Korff gesetzt hatte.

Harms stoppte den Film und erklärte: „Hier, habt ihr das gesehen? Der Linksaußen ist eigentlich ein verdeckter zweiter Kreisläufer. Er läuft immer wieder ein, daraus entwickeln sich dann Überzahlsituationen am Kreis mit verschiedenen Abschlussvarianten."

So ging es noch eine gute Viertelstunde weiter. Harms hielt den Film immer wieder an und gab Erläuterungen. Dabei sprach er einzelne seiner Spieler direkt an und wies auf Stärken und Schwächen ihrer morgigen Gegenspieler hin. Korff entnahm den Hinweisen, dass Arnd Küppers für Jugović auf der Halbposition spielen sollte. Abschließend fasste Harms die Ergebnisse der Filmanalyse in einem fünfminütigen Vortrag zusammen. Dann verließen die Spieler den Besprechungsraum.

Harms setzte sich zu Korff und Bunermann. Korff deutete auf das Fernsehgerät. „Sie spielen morgen gegen Hagen? Wie sehen Sie die Chancen Ihrer Mannschaft?"

Harms hob die Schultern. „Nach dem Ausfall von Dragan sicherlich ein Gegner auf Augenhöhe. Wenn meine Spieler eben gut aufgepasst haben, können wir gewinnen. Wetten würde ich darauf aber nicht. Es hängt sehr davon ab, wie die Mannschaft den Tod von Dragan verarbeitet hat." Er machte eine kurze Pause. „Mich schmerzt auch sehr, dass Dragan als Siebenmeterschütze ausfällt. Wir haben bereits in der Abstiegssaison darunter gelitten, dass wir nur gut 60 Prozent unserer Strafwürfe verwandeln konnten. Dragan hat in den Vorbereitungsspielen nicht einmal verworfen. Das kann in einem engen Spiel den Ausschlag geben."

Korff nickte. „Tja, jedenfalls wünsche ich Ihnen für morgen alles Gute. Ich habe heute allerdings noch einige Fragen zu Ihrem Mäzen Kettering. Der hat doch die Verpflichtung von Dragan Jugović finanziert?"

„Ja … und?" Bunermann sah Korff fragend an.

„Na ja, Kettering ist doch politisch wohl etwas …" Korff setzte noch einmal neu an: „Nach allem, was wir wissen, ist er ein einflussreiches Mitglied der NDP. Ist Ihnen das nicht bekannt?"

Bunermann zögerte kurz, dann erklärte er: „Spenge ist ein altes Handballdorf. Der Druck aus dem Umfeld des Vereins ist riesig. Wir sind im letzten Jahr unglücklich abgestiegen, die Fans erwarten jetzt den unmittelbaren Wiederaufstieg. Da kann man sich die Mäzene nicht unbedingt aussuchen."

Harms ergänzte seinen Vorsitzenden: „Spenge ist mit großen Industriebetrieben nicht gerade gesegnet. Die Zahl der potenten Mäzene ist hier sehr begrenzt. Kettering möchte von Seiten des Vereins ein wenig hofiert werden, das stärkt sein Selbstwertgefühl und sein Image. Das ist alles."

„Wie ist es zu Ketterings Engagement für den Verein gekommen?"

Es klopfte an der Tür. Harms öffnete sie. Ein Spieler kam herein, nahm seine Trainingsjacke, die über einem Stuhl hing, und verabschiedete sich von Harms. „Bis morgen, Trainer." Harms nickte.

Bunermann wartete bis sich die Tür wieder geschlossen hatte. „Ich kenne Kettering noch aus der gemeinsamen Schulzeit. Ich habe ihn vor ein paar Monaten zufällig in unserer Vereinskneipe getroffen. Kettering hatte schon einige Biere intus und sprach mich auf unseren Abstieg an, wohl um mich zu provozieren. Ich habe ihm ganz ruhig erklärt, dass die Qualität der Mannschaft in erster Linie von dem Engagement der Sponsoren abhänge. Er sei doch finanziell auch in der Lage etwas zu tun, dumme Sprüche machen könne jeder. Plötzlich wurde er ganz vernünftig und hat mir versprochen, sich in den nächsten Tagen einmal bei mir zu melden. Das hat er dann auch getan und wir haben gemeinsam darüber nachgedacht, welchen Beitrag er zum Wiederaufstieg leisten kann."

„Wie war Ketterings Verhältnis zu Jugović?"

Harms zuckte mit den Achseln. „Soweit ich weiß, gut. Kettering hat Dragan zwei- oder dreimal zu sich eingeladen, wenn irgendwelche Partys gefeiert wurden. Der alte Bock war ganz vernarrt in Dragans Freundin. Es war schon recht unangenehm mit ansehen zu müssen, wie er um Cheline herumscharwenzelte."

„Wie hat Jugović darauf reagiert?"

„Dragan hat darüber nur gelacht und gesagt, dass das die Großzügigkeit Ketterings steigere. Ich glaube, Dragan hat Kettering verachtet."

„Ist Ihnen bekannt, wie teuer das Engagement Jugovićs für Kettering war?"

„Nur so ungefähr."

„5.000 im Monat?"

„Da liegen Sie nicht ganz falsch."

„Wissen Sie, ob Jugović Kettering um weiteres Geld angegangen hat?"

Harms zögerte mit der Antwort. „Nicht direkt. Kettering hat vor ein paar Tagen einmal gesagt, dass Dragan den Hals nicht voll bekäme. Er solle aufpassen, dass er, Kettering, nicht die Lust verlöre."

„Haben Sie das als Drohung verstanden?"

„Nicht direkt als Drohung, ich hatte nur die Befürchtung, dass Kettering sein Versprechen im Hinblick auf Dragan nicht einhalten würde."

„Hat Jugović versucht sich bei Ihnen Geld zu leihen?" Korffs Blick wanderte von Harms zu Bunermann. Beide schüttelten den Kopf.

Korff schnitt ein neues Thema an: „Letzte Nacht ist Cheline Keller erschossen worden. Wie gut haben Sie Frau Keller gekannt?"

Korff sah, dass seine beiden Gesprächspartner von dieser Mitteilung regelrecht schockiert waren. Es dauerte einige Zeit, bis Bunermann sich gefasst hatte. Seine Stimme klang jetzt besonders heiser: „Nicht sehr gut. Sie war nur einige Male in Spenge. Zu den anderen Spielerfrauen hat sie wenig Kontakt gehabt. Ich habe mich nur gelegentlich mit ihr unterhalten und das auch nur sehr oberflächlich."

Harms nickte, um Bunermanns Aussage zu bestätigen.

Korff erhob sich. „Ich will Ihre Zeit nicht weiter in Anspruch nehmen. … Haben Sie eigentlich mal darüber nachgedacht, das morgige Spiel zu verlegen. Das wäre doch möglich gewesen, oder?"

Harms nickte. Sein Gesichtsausdruck war ernst. „Ich denke schon. Wir haben auch darüber gesprochen. Die Mannschaft hat am Dienstagabend abgestimmt. Die Mehrheit war dafür, das Spiel morgen auszutragen."

7. Kapitel

Samstag, den 29. August 2009

Korff erwachte, weil die Sonne ungehindert in sein Schlafzimmer schien. Er hatte offenbar am Abend zuvor vergessen, die Vorhänge zuzuziehen. Er fluchte leise, drehte den Kopf aus der Sonne und blieb noch einen Augenblick liegen. Die andere Seite des Doppelbettes war leer – schon seit etwa zwei Jahren. Er benutzte das zweite Bett als Ablage für Zeitungen und Bücher, in denen er abends noch las, bevor er einschlief. Mehr als fünf oder sechs Seiten schaffte er aber selten. Vor Evas Besuch am Donnerstag hatte er das Schlafzimmer noch etwas aufgeräumt, so dass jetzt nur ein Buch und eine Landkarte auf dem Bett lagerten.

Korff schob seine Beine über die Bettkante und stand langsam auf. Sein Rücken schmerzte leicht, nach wenigen Schritten spürte er allerdings nichts mehr. Sein erster Gang führte zur Toilette, danach stellte er sich unter die Dusche. Langsam gewann er ein positives Verhältnis zu seiner Umgebung. Er trocknete sich ab, putzte die Zähne und zog sich an. Wenige Minuten später saß er auf seinem Fahrrad, das im Carport angekettet gewesen war.

Die Bäckerei war nur wenige hundert Meter entfernt. Mit frischen Brötchen und der Tageszeitung traf er etwa 15 Minuten später wieder in seiner Wohnung ein, wo er Kaffee aufsetzte und den Tisch deckte.

Beim Frühstücken ließ er sich Zeit. Als er drei Tassen Kaffee getrunken, zwei Brötchen verzehrt und ausgiebig Zeitung gelesen hatte, war es zehn Uhr. Bis zur Mittagszeit räumte er die Wohnung auf und bügelte Wäsche. Schließlich wusste er nicht, was er noch weiter tun sollte. Der BVB spielte heute in Frankfurt. Korff hatte in den letzten Tagen aber keinen Gedanken daran verschwendet mit nach Frankfurt zu fahren. Bei dem gegenwärtigen Stand der Ermittlungen musste er immer erreichbar sein. Er besaß eine Dauerkarte für die Heimspiele und hatte seine Dienstzeiten so gelegt, dass er diese Spiele besuchen konnte, doch zu einem der beiden Auswärtsspiele hatte er in dieser Saison noch nicht fahren können.

Er griff zum Telefon. Grohner meldete sich erst nach mehrmaligem Klingeln.

„Was machst du gerade?"

„Eigentlich nichts. Britta ist zu ihrer Mutter nach Münster gefahren und hat die Kinder mitgenommen. Ich wollte nicht mit und habe versprochen im Garten zu arbeiten."

„Ich fahr gleich noch einmal ins Büro, mit dem Fahrrad. Ich muss mich etwas mehr bewegen. Vielleicht komme ich hinterher kurz bei dir vorbei."

„Mach das, ich bin zuhause."

***

Der Bericht der Spurensicherung lag auf seinem Schreibtisch. Dreyer schien gestern Abend noch lange gearbeitet zu haben. Korff setzte sich und überflog den Bericht. Dann sah er sich einzelne Passagen etwas genauer an. Dreyers Leute hatten einen prächtigen Daumenabdruck auf der Rückseite des laminierten Pappstückchens gefunden, das die Täter zwischen die Notausgangstür und den Türrahmen des Hotels geklemmt hatten. Einen identischen Daumenabdruck hatte man auf dem Isolierband gefunden, mit dem Jugović gefesselt worden war. Es handelte sich also um dieselben Täter. Eine Abfrage des Daumenabdrucks im Zentralregister hatte allerdings zu keinem Treffer geführt. Weitere Spuren hatten die Mörder nicht hinterlassen.

Korff griff nach der Ermittlungsakte und heftete den Bericht ab. Dabei blieb sein Blick an dem Zeitungsartikel mit dem Kettering-Interview hängen. Er musste sich dringend mit Kettering unterhalten. Weshalb nicht heute?

Während er weiter nachdachte, öffnete sich die Tür und Grohner, in sportiver Freizeitkleidung, kam herein. Er schnaufte noch ein wenig und ließ sich auf seinen Schreibtischstuhl fallen.

„Hallo Klaus, rate mal, wie ich hergekommen bin!"

Korff maß seinen Kollegen mit großen Augen. Dann grinste er: „Du solltest dir mal etwas Originelleres einfallen lassen. Das mit dem Fahrrad war meine Idee."

„Mal im Ernst: Was hältst du von einer kleinen Radtour? Das Wetter ist gut und Britta kommt erst am späten Abend zurück. Wir könnten uns einen schönen Tag machen."

Korff nickte. „Keine schlechte Idee. Wir sollten dann aber das Angenehme mit dem Nützlichen verbinden."

„Was meinst du damit?"

„Wir fahren nach Spenge und besuchen Kettering, sofern er zu Hause ist. Morgen ist die Kommunalwahl, dann dürfte der Wahlkampf heute ja wohl vorbei sein. Hinterher setzen wir uns irgendwo hin und trinken ein Bier."

Grohner nickte begeistert. „Im Garten ist ohnehin nicht so viel zu tun."

„Aber zuerst noch die Pflicht." Korff schob Grohner die Ermittlungsakte mit dem Bericht der Spurensicherung herüber und wartete so lange, bis Grohner den Bericht gelesen hatte.

***

Der Anstieg nach Theesen über die für den Durchgangsverkehr gesperrte Köckerwaldstraße hatte es in sich. Oben in Theesen wandten sich Korff und Grohner schnaufend nach links und fuhren über die Heidsieker Heide nach Jöllenbeck, wo sie um 16 Uhr an der Eisdiele auf dem Dorfplatz eine kurze Pause einlegten.

„Glaubst du, dass Kettering etwas mit den Morden zu tun hat?“ Sie saßen etwas abseits, dennoch hatte Korff seine Stimme gesenkt.

Grohner hob die Schultern. „Kann ich mir eigentlich nicht vorstellen, es sei denn, Jugović hat ihn tatsächlich erpresst.“

„Jugović war sicherlich kein typischer Erpresser. Ich glaube nicht, dass er über konkretes Material verfügt hat, um beweisen zu können, dass Kettering irgendwo Schwarzgeld gebunkert hat. Vermutlich wollte er nur etwas herumstochern und hat gehofft, dass für ihn etwas dabei herausspringt. Schließlich befand er sich in einer akuten Notlage. Die Berliner Zuhälter saßen ihm im Nacken.“

„Was erwartest du dann von einem Gespräch mit Kettering?“

Korff zuckte die Achseln. „Ich habe keine konkreten Erwartungen, vielleicht erhalten wir weitere Hintergrundinformationen. Kettering ist ein übler Bursche, das ist eigentlich Grund genug, ihm auf den Zahn zu fühlen.“

„Na gut.“ Grohner grinste und beugte sich wieder über seinen Eiskaffee. „Ich lade dich ein. Du kannst dich ja in Spenge revanchieren.“

Nachdem Grohner gezahlt hatte, setzten die beiden ihre Fahrt fort. Über das Nagelholz erreichten sie Lenzinghausen. Unterwegs hatten sie reichlich Gelegenheit, sich bei langsamer Fahrt weiter über den Fall zu unterhalten.

Von Lenzinghausen aus ging die Strecke nur noch abwärts, so dass die beiden ihre Räder rollen lassen konnten. In Sichtweite des Kettering'schen Hauses schlossen sie ihre

Fahrräder ab und stellten sie an einen Laternenpfahl. Grohner zog einen Kamm aus der Gesäßtasche, fuhr sich damit durch die Haare und reichte ihn dann an Korff weiter, der ebenfalls seine durch den Fahrtwind lädierte Frisur richtete.

„Auf geht's. Mal sehen, was Kettering uns zu sagen hat." Korff, der die Örtlichkeiten kannte, ging voraus. Als die beiden noch vierzig oder fünfzig Meter von dem Kettering'schen Haus entfernt waren, öffnete sich das kleine Eingangstor, das den Vorgarten von der Straße abtrennte. Ein großer, strohblonder Mann mit Sonnenbrille, dunkel gekleidet, stieg in einen auf der gegenüberliegenden Straßenseite geparkten Mercedes älteren Baujahres, startete den Motor und fuhr los.

Während die beiden Kriminalbeamten weiter auf das Haus zugingen, sagte Korff halblaut: „Merk dir mal die Autonummer, ich versuch's auch."

Grohner, der über ein ausgezeichnetes Gedächtnis verfügte, nickte grinsend: „Schon registriert."

***

Der Hausherr führte seine beiden Besucher in den hallenartigen Empfangsraum seines geräumigen Bungalows. Joachim Kettering war mittelgroß, sein rundes Gesicht glänzte rötlich. Er trug eine dunkelgrüne Cordhose, ein dazu passendes rot-grün kariertes Hemd und leichte Wildlederschuhe.

Nachdem man in der Sitzgruppe, die vor dem offenen Kamin stand, Platz genommen hatte, ergriff Korff das Wort: „Herr Kettering, wir ermitteln in den Mordsachen Jugović und Keller. Sie haben Dragan Jugović im Sommer nach Spenge geholt und sein Engagement als Handballspieler finanziert?"

Kettering spielte den Naiven. „Ist das strafbar? Habe ich mir dadurch etwas zuschulden kommen lassen?“ Er lächelte.

Korff ließ diese Provokation an sich abprallen. „Zunächst einmal nicht, sofern die Beträge, die Jugović von Ihnen erhalten hat, ordnungsgemäß versteuert worden sind.“

Kettering war plötzlich konzentriert und ernst. „Was veranlasst Sie, das in Frage zu stellen?“

„Wir haben in Jugovićs Unterlagen Hinweise darauf gefunden, dass er daran gezweifelt hat.“

„Sie glauben doch nicht, dass ich mich als Mäzen des TuS Spenge in den Zeitungen ablichten lasse und gleichzeitig den von mir engagierten Spieler mit Schwarzgeld bezahle. Ich gehe davon aus, dass auch mein Finanzbeamter Zeitung liest.“

„Dennoch müssen wir vermuten, dass das an Jugović geflossene Geld nicht ganz sauber ist. Zumindest Jugović scheint das geglaubt zu haben.“

Kettering erhob sich. „Entschuldigung, ich bin ein schlechter Gastgeber. Darf ich Ihnen etwas anbieten? Sie sehen etwas erhitzt aus.“

Die beiden Kriminalbeamten lehnten ab. Kettering schien die Zeit genutzt zu haben, um nachzudenken. Er wandte sich jetzt mit einem etwas gequälten Gesichtsausdruck an Korff: „Sie haben Recht. Jugović und seine Freundin waren offenbar der Meinung, ich würde mein finanzielles Engagement beim TuS Spenge mit Schwarzgeld bestreiten. Jugović wollte mich erpressen, nicht direkt, er erwähnte mehrfach in Gesprächen, dass er sich in finanziellen Schwierigkeiten befände. Er bat mich um finanzielle Unterstützung. Als ich das ablehnte, fragte er, ob ich dem Finanzamt gegenüber ein reines Gewissen hätte.“ Kettering lachte. „Er hat mich dann kurze Zeit später erneut angerufen und wurde drängender.

Einen Tag nach seiner Ermordung rief mich seine Freundin an. Sie glaubte offenbar, dass ich für den Tod ihres Freundes verantwortlich sei. Wenn ich gewusst hätte, welche Menschen ich da nach Spenge geholt habe …“ Kettering ließ den Satz unvollendet.

Korffs Stimme bekam einen ironischen Klang: „Ist es nicht ein Riesenzufall, dass beide Personen, kurz nachdem sie versucht haben, Sie zu erpressen, das Zeitliche segneten?“

Kettering fuhr mit der Zunge über seine Lippen. Er hatte seine zur Schau getragene Selbstsicherheit verloren. „Das könnte man glauben, aber es hat diesen Zufall tatsächlich gegeben.“

„Hat Jugović gesagt, wofür er das Geld benötigte?“

„Er sprach von Altschulden. Irgendwelche Leute in Berlin schienen ihm ein Ultimatum gesetzt zu haben.“

„Herr Kettering, wir haben in Jugovićs Wohnung diesen Zettel gefunden.“ Korff schob ihm eine Kopie des Zettels hin, auf der er den Betrag in Höhe von 20.000 Euro gelb markiert hatte.“

Kettering schaute auf den Zettel, dann lächelte er.

„Damit kann ich nichts anfangen. Wenn Herr Jugović solche Zettel schreibt, so ist das seine Sache. Von mir hat er – außer seinen monatlichen Bezügen – kein Geld bekommen.“

Korff lächelte zurück. „Herr Kettering, wir haben aber im Schlafzimmerschrank des Ermordeten eine Summe von … na, raten Sie einmal … genau 20.000 Euro gefunden. Wie erklären Sie sich das?“

Kettering blieb unberührt. „Ich bin Privatier, kein Kripobeamter. Ich muss solche Funde nicht erklären. Das ist Ihre Aufgabe.“

Grohner, der seine Erregung nicht mehr zügeln konnte,

schaltete sich ein: „Herr Kettering, gelegentlich fehlt es mir etwas an Geduld, deshalb frage ich direkt: Wo waren Sie in der Nacht vom 23. auf den 24. August und am Abend des 27. August?"

Korff verfluchte Grohner im Stillen. Warum musste sein Kollege jetzt mit der Tür ins Haus fallen?

Äußerlich blieb Kettering gelassen, nur seine Augen verengten sich. „Sie werden Verständnis dafür haben, dass ich weitere Aussagen nur in Gegenwart meines Anwalts mache."

Ohne auf eine mögliche Antwort seiner Gesprächspartner zu warten, griff er nach seinem Handy, das auf dem Tisch lag, stand auf, ging im Zimmer auf und ab und wählte eine Nummer. Nachdem er seinen Gesprächspartner erreicht hatte, entfernte sich Kettering etwas von den beiden Beamten und sprach mit leiser Stimme. Korff und Grohner konnten nicht verstehen, was er sagte. Sie sahen aber, dass er mehrfach nickte.

Dann wandte sich Kettering wieder seinen beiden Besuchern zu. „Mein Rechtsanwalt hat mir geraten, weitere Gespräche mit Ihnen nur in seiner Gegenwart zu führen."

Korff blieb ganz ruhig. Er nickte wie beiläufig und sagte in geschäftsmäßigem Ton: „Gut. Dann möchten wir Sie für Montag, 15 Uhr, nach Bielefeld aufs Präsidium einladen. Sie kennen die Örtlichkeiten?"

***

„Und jetzt?" Korff und Grohner standen neben ihren Fahrrädern und blickten die Lange Straße hinunter.

„Ich kenne hier nur das ‚Gasthaus zur Ziege', das ist ein paar Straßen von hier entfernt." Korff deutete mit seinem rechten Arm in Richtung Stadtmitte.

„Gut." Grohner war einverstanden. Sie ließen die Räder die abschüssige Straße hinabrollen und bogen dann an der Ampel nach rechts ab. Bald erreichten sie den Blücherplatz.

Im „Gasthaus zur Ziege" hatten sich trotz der frühen Zeit – es war gerade 18 Uhr – schon einige Gäste versammelt. Das bevorstehende Handballspiel gegen den VfL Eintracht Hagen beherrschte die Thekengespräche. Die beiden Kriminalbeamten stellten sich an die Theke und orderten zwei Biere.

Von einem älteren Mann, der neben ihm saß, erfuhr Korff, dass der BVB in Frankfurt 1:1 gespielt hatte. Korff wusste nicht, ob er sich ärgern oder freuen sollte.

„Ohne Dragan wird das heute ein schweres Spiel", bekam Korff dann von der linken Seite mit, „Küppers wird ihn schwerlich ersetzen können."

Der Angesprochene, ebenfalls ein älterer Mann, wischte sich mit dem Handrücken über den Mund, stellte das Bierglas ab und nickte. „Küppers fehlen die Nerven. Der macht seine Tore nur, wenn die Mannschaft hoch führt."

„Hagen ist nicht ohne, die Mannschaft soll sich enorm verstärkt haben."

Korff drehte sich nach links und sprach den Mann an: „Wir kommen von außerhalb. Was erzählt man sich denn hier in Spenge über den Mord an Dragan Jugović?"

Der Mann musterte Korff misstrauisch.

„Kommt ihr aus Hagen?"

Korff lächelte harmlos. „Nein, wir wohnen in Bielefeld und wollen uns die Spenger Mannschaft einmal ansehen. Ich habe in der Zeitung gelesen, dass Dragan Jugović ermordet worden ist."

„Ja, das ist für unsere Mannschaft ein schlimmer Verlust. Dragan hat in den Vorbereitungsspielen die meisten Tore geworfen.“ Der vorherige Gesprächspartner des Mannes hatte sich eingeschaltet. „Man erzählt, dass Dragan eine Prostituierte aus Berlin mitgebracht hat, mit der er zusammenlebte. Vermutlich hat ihr früherer Zuhälter Dragan auf dem Gewissen. Joachim Kettering hat das gestern Abend hier erzählt. Und der ist normalerweise gut informiert.“

Der andere Mann nickte.

Der groß gewachsene Wirt stellte die Biere auf die Theke. Korff wandte sich wieder Grohner zu. Beide griffen nach den Gläsern und prosteten sich kurz zu. Inzwischen verließen einige Gäste bereits das Gasthaus und machten sich auf den Weg zur Sporthalle.

„Was hältst du davon, wenn wir uns das Spiel sozusagen aus dienstlichen Gründen anschauen? Die Halle ist ganz in der Nähe.“

„Meinetwegen.“ Grohner blickte auf seine Armbanduhr. „Dann wird es heute Abend aber spät, wir müssen ja schließlich noch mit dem Rad nach Bielefeld zurück.“

Die beiden tranken aus, bezahlten und verließen die Gaststätte durch den Hintereingang, da sie ihre Fahrräder im Hof abgestellt hatten.

Vor der Sporthalle, die sich langsam zu füllen begann, befand sich ein Bratwurststand, den Korff sofort ansteuerte. Nachdem die beiden Kriminalbeamten ihren Hunger mit Bratwurst und Pommes gestillt hatten, betraten sie den Vorraum der Halle. An der Kasse erhielten sie neben den Eintrittskarten auch die aktuelle Ausgabe des HandballReports, in dem sie alles über die Spenger Mannschaftsaufstellung und die des Gegners erfuhren. Beim Durchblättern des Heftes entdeckte Korff auch einen Nachruf auf Dragan Jugović. Der Linkshänder wurde in höchsten Tönen gelobt und sein Tod als „schrecklicher

Verlust“ für die Spenger Mannschaft bezeichnet. Der Artikel schloss mit den Zeilen: „Wo die Mannschaft des TuS Spenge wirklich steht, werden wir heute Abend sehen. Heute sind die Zuschauer in besonderem Maße gefordert, die Mannschaft zu unterstützen.“

Korff und Grohner nahmen Platz. Zunächst betraten die Spieler der Gästemannschaft die Halle und stellten sich an der Mittellinie auf. Der Hallensprecher nannte die Rückennummern und die Namen der Spieler. Die mitgereisten Fans unterstützten jede Namensnennung mit einem Trommelwirbel. Plötzlich ging das Licht aus, lediglich aus dem Gang, der zu den Umkleideräumen führte, strahlte noch diffuses Licht. Gleichzeitig wurde eine Nebelmaschine in Gang gesetzt, während die einen Trauerflor tragenden Spieler des TuS Spenge einliefen; jeder der Spieler hatte einen Jungen aus der heimischen Mini-Mannschaft an der Hand. Der Soundtrack aus „Fluch der Karibik“ ertönte. Dann wurde das Licht wieder eingeschaltet. Der Hallensprecher nannte die Vornamen der Spenger Spieler, die Fans ergänzten lautstark die Nachnamen. Der jeweils genannte Spieler hob die Hand und begrüßte die Zuschauer.

Vor Spielbeginn erhoben sich die Zuschauer auf Geheiß des Hallensprechers zu einer Schweigeminute für Dragan Jugović. Dann pfiff einer der beiden Schiedsrichter das Spiel an. Korff und Grohner merkten sehr rasch, dass sie genau zwischen den Anhängern des TuS Spenge und den mitgereisten Fans des VfL Eintracht Hagen saßen. Gelungene Aktionen auf dem Spielfeld wurden entweder von den Zuschauern rechts oder von den Zuschauern links der beiden Kriminalbeamten bejubelt, nie von beiden Seiten.

Der TuS Spenge hatte einen schwachen Start, die ersten Würfe auf das gegnerische Tor waren zu unplatziert. Bald lag man mit drei Toren hinten. Arnd Küppers scheiterte zweimal in aussichtsreicher Position am gegnerischen Torwart. Man merkte der Spenger Mannschaft an, dass ihr das Selbstvertrauen fehlte. Nachdem das Schiedsrichtergespann mehrere strittige Entscheidungen gegen die Heimmannschaft gefällt hatte, richtete sich der Zorn der Spenger Fans gegen die Unparteiischen. Die laut gebrüllten Rufe von Zuschauern aus dem Spenger Block: „Schiri, geh mal zum Sehtest", „Fielmann, Fielmann" oder „Da pfeift ja mein Kanarienvogel besser" waren noch die harmloseren Artikulationen aus dem Publikum.

Mitte der ersten Halbzeit hatte sich die Leistung der Spenger Mannschaft stabilisiert. Vor allem Christian Müller, der am Kreis spielte, konnte sich durch mehrere schöne Tore in Szene setzen. Auch Arnd Küppers gelangen zwei Treffer von der Rechtsaußenposition, die er auf Geheiß des Trainers nach etwa zehn Minuten eingenommen hatte. Die beiden Mannschaften waren jetzt etwa gleichwertig.

Nachdem ein Spieler der Heimmannschaft gefoult worden und er mit seinem vom Schweiß nassen Trikot zwei Meter über den Hallenboden gerutscht war, erschien ein junger Mann mit einem Mopp, um den Hallenboden wieder trocken zu wischen. Ein Zuschauer aus dem Gästeblock, dem die Aktion zu lange dauerte, rief lauthals: „Du kannst ruhig schneller laufen, auch wenn du hier in einer geschlossenen Ortschaft bist." Mit diesem Spruch entlockte er den Fans beider Mannschaften ein Lachen.

Zur Halbzeit lag die Heimmannschaft mit einem Tor zurück. In der Pause stellten sich Korff und Grohner an die Theke, die sich im Hallenfoyer befand, und tranken noch zwei Flaschen Bier. Den Gesprächen im Umfeld entnahmen die beiden, dass die Stimmung der Fans nur bedingt optimistisch war.

Nach der Halbzeit konnte die Spenger Mannschaft in Führung gehen, da sich ihr Torwart steigerte und reihenweise gefährliche Würfe der gegnerischen Mannschaft parierte. Die Spieler des VfL Eintracht Hagen hielten aber Anschluss. Kurz vor Spielende führte die Hagener Mannschaft wieder mit einem Tor. Die Hallenuhr zeigte nur noch wenige Sekunden, als Arnd Küppers in aussichtsreicher Situation gefoult wurde. Die Gestik der Schiedsrichter war eindeutig: Siebenmeter.

Die Zuschauer sahen, dass kein Spenger Spieler in dieser Situation die Verantwortung auf sich nehmen wollte, zumal zwei Spieler kurz zuvor ihre Siebenmeter verworfen hatten. Ein von Harms offenbar nominierter Spieler schüttelte den Kopf und drehte sich weg. Schließlich fasste sich Arnd Küppers ein Herz, nahm den Ball und ging langsam zum Siebenmeterpunkt.

„Das wird nichts", hörte Korff seinen Nebenmann sagen, der zum Spenger Anhang gehörte, „dem fehlen die Nerven."

Als der Pfiff des Schiedsrichters ertönte, täuschte Küppers einen Wurf in die rechte untere Torecke an, behielt den Ball aber in der Hand. Eine erneute Wurfbewegung, und der Ball klatschte gegen den linken Torpfosten. Kein Treffer und damit kein Ausgleich, denn das Spiel war mit diesem Wurf beendet. Küppers sank in die Knie und vergrub sein Gesicht in den Händen. Korff sah, dass Britta Fahlberg, die bei den anderen Spielerfrauen in der ersten Reihe saß, sich enttäuscht vom Spielfeld abwandte.

„Dragan hat in der Vorbereitung alle Siebenmeter verwandelt. Der hätte ihn reingemacht." Korffs Nebenmann zerknüllte enttäuscht seinen HandballReport und erhob sich.

Korff blickte zur Spenger Auswechselbank. Holger

Harms stand einige Sekunden lang wie versteinert neben der Bank und rührte sich nicht. Dann ging er auf das Spielfeld und versuchte seine Spieler zu trösten.

Während die Spieler der Gästemannschaft lautstark „Auswärtssieg, Auswärtssieg“ skandierten und ihrer Freude freien Lauf ließen, schlichen die Spenger Spieler mit hängenden Schultern Richtung Umkleideräume. Die Fans standen fassungslos auf der Tribüne.

In der Pressekonferenz, die wenige Minuten nach Spielende auf dem Spielfeld stattfand, verwies Trainer Harms vor allem auf die Unsicherheiten im Spenger Abwehrblock, die sich durch den Ausfall von Dragan Jugović ergeben hätten.

„Wir werden sicherlich noch einige Tage brauchen, um uns von dem Schock des Mordes an Dragan Jugović zu erholen. Mit ihm hätten wir das heutige Spiel nicht verloren. Wir geben trotzdem nicht auf. In der Mannschaft steckt genug Substanz, um oben mitzuspielen.“

Die wenigen Zuschauer, die auf der Tribüne stehen geblieben waren, applaudierten verhalten.

Korff stieß Grohner in die Seite. „Komm, wir sprechen noch einmal mit Küppers.“

Sie stiegen die Treppe hinunter, überquerten das Spielfeld und drangen in den dunklen Gang ein, der zu den Umkleidekabinen führte. Aus dem Umkleideraum 1 kamen gerade zwei Spenger Spieler, die ihre mit Rollen versehenen Sporttaschen hinter sich her zogen. Die beiden Spieler hatten geduscht, ihre Haare waren frisch gestylt. Korff und Grohner drängten sich durch die geöffnete Tür in die Kabine.

Die Handballspieler hatten ihre verschwitzten Trikots auf den Fußboden der Umkleidekabine geworfen. Küppers, der mit gesenktem Kopf und einem um die Hüfte geschlungenen Handtuch auf einer Bank saß, war jetzt allein im Raum. Auch er hatte bereits geduscht. In seiner rechten Hand hielt er eine Flasche Bier. Neben der Tür stand ein Kasten Bier, aus dem aber nur wenige Flaschen fehlten. Die Niederlage war wohl auf die Stimmung der Spieler geschlagen. Kaum jemand hatte nach dem Spiel etwas trinken wollen.

Küppers hob den Kopf und blickte die beiden Kriminalbeamten an. Er schien einen Augenblick überrascht und sagte dann: „Haben Sie das Spiel gesehen? Ich hab's versemmelt. Wenn ich den letzten Siebenmeter reingemacht hätte …" Er brach ab.

Küppers' Selbstmitleid kam bei Korff nicht gut an. Er musste sich zwingen Küppers freundlich anzublicken. „Haben Ihnen Ihre Mannschaftskameraden etwa Vorwürfe gemacht? Von denen wollte doch auch keiner werfen."

„Meine Kameraden haben nichts gesagt, aber ich weiß doch selbst, dass …" Küppers ließ auch diesen Satz unvollendet. Er blickte auf den Boden vor sich.

Grohner, der zunächst abwartend hinter Korff gestanden hatte, machte einen Schritt auf Küppers zu. „Kannten Sie Cheline Keller?"

Küppers nickte. „Ja, flüchtig", sagte er dann. „Sie ist ein- oder zweimal mit Dragan hier in Spenge gewesen. Ich habe gehört, dass auch sie ermordet worden ist." Der Hüne verzog sein Gesicht und setzte die Flasche an den Mund.

Grohner fragte weiter: „Herr Küppers, können Sie sich vielleicht noch einmal an die Szene vor Jugovićs Wohnung erinnern? Ist Ihnen wirklich nichts weiter aufgefallen? Jede Kleinigkeit kann uns weiterbringen."

Der Handballspieler schüttelte den Kopf. „Ich habe immer wieder über diese Begegnung nachgedacht. Da war nichts Auffälliges, an das ich mich erinnern kann." Den letzten Satz brachte Küppers vermutlich lauter als beabsichtigt heraus. Doch dann zögerte er. Er blickte die beiden Kommissare an. „Wenn Sie mich so fragen … Ich bin mir nicht sicher, es ist möglich, dass ich mich getäuscht habe." Küppers machte eine Pause und nahm einen weiteren Schluck. „Aber es kann sein, dass einer der beiden Männer, die Dragan zu seiner Wohnung begleitet haben, einen leichten Gehfehler hatte. Jedenfalls glaube ich gesehen zu haben, dass dieser Mann sein linkes Bein leicht nachgezogen hat, für einen Nicht-Fachmann kaum erkennbar. Ich verstehe ein wenig davon, weil ich nach einer Kreuzbandverletzung selbst längere Zeit in physiotherapeutischer Behandlung war."

„Vielleicht hilft uns das." Grohner wollte Küppers zunicken, doch dieser hatte sich abgewandt und führte die nahezu leere Flasche abermals zum Mund.

Korff und Grohner ließen einen deprimierten Küppers zurück, der seinen Frust an diesem Abend wohl in Bier ertränken würde. Sie wandten sich nach rechts, überquerten das leere Spielfeld und strebten dem Ausgang zu. Nur noch wenige Zuschauer standen an der Theke und diskutierten über das Spiel.

Die Fahrräder lehnten an einer Mauer neben dem Bratwurststand. Es war dunkel geworden. Die Rückfahrt nach Bielefeld stand an.

8. Kapitel

Sonntag, den 30. August 2009

Am Sonntagnachmittag um kurz nach halb vier stand Korff mit leichtem Gepäck am Bielefelder Hauptbahnhof und wartete auf den ICE. Neben ihm saß ein junges Paar auf einer Bank und wiegte sich stumm im Takt der Musik, die aus ihren Kopfhörern kam. Die beiden waren in sich gekehrt und sahen nur selten einmal auf. Ein drahtiger Mittvierziger, elegant gekleidet und sichtlich nervös, wieselte auf dem Bahnsteig umher und spähte immer wieder in die Richtung, aus der der Zug einfahren sollte. In seiner rechten Hand hielt er einen Blumenstrauß. „Vielleicht sein erstes Date“, vermutete Korff.

Die Sommersonne meinte es noch einmal gut. Der Himmel war nahezu wolkenlos und ein leichter Wind sorgte dafür, dass die Temperatur von deutlich über 20 Grad von den Wartenden als angenehm empfunden wurde.

Wider alle Erfahrung war der Zug pünktlich. Korff wartete geduldig, bis die Reisenden den ICE verlassen hatten und bestieg dann nach dem jungen Paar, das sich noch schnell nach vorn gedrängt hatte, den Zug. Er ließ sich auf den für ihn reservierten Sitzplatz fallen und schloss für einen Augenblick die Augen.

Die Fahrt nach Berlin verlief ereignislos. Kurz vor halb sieben erreichte der Zug den Bahnhof Friedrichstraße, wo Korff von Kappelmann erwartet wurde. Trotz der zahlreichen Reisenden, die über den Bahnsteig eilten, sah Korff seinen Freund und Exkollegen sofort. Die beiden Männer begrüßten sich herzlich, dann dirigierte Kappelmann Korff zur S-Bahn-Station und beide fuhren mit der S 1 nach Zehlendorf, wo die Kappelmanns ein kleines Haus bewohnten.

Melanie Kappelmann erwartete Korff an der Haustür. Korff sah ihr an, dass sie sich freute. Die beiden umarmten sich kurz, dann zog sie ihn in das Haus hinein. Die beiden fünf- und sechsjährigen Jungen saßen im Wohnzimmer, schauten konzentriert fern und schienen ihre Umgebung nicht wahrzunehmen. Nachdem sich ihr Vater halblaut geräuspert hatte, erhoben sie sich und gaben Korff die Hand. Sie lösten dabei nur widerwillig den Blick vom Bildschirm.

Mit der Bemerkung „Du hast bestimmt noch nicht zu Abend gegessen" führte Kappelmann seinen Gast ins Esszimmer, wo der Tisch bereits gedeckt war. Dann rief er die beiden Jungen, die nur murrend den Fernseher ausstellten. Melanie Kappelmann hatte einen Salat vorbereitet, dazu gab es Brot und Aufschnitt.

Nach dem Abendbrot und den üblichen Gesprächen, die sich um die beiden Kinder, frühere gemeinsame Erlebnisse, Fußball und Korffs kompliziertes Privatleben drehten, holte Kappelmann eine Flasche eiskalten Wacholder aus dem Kühlschrank und schenkte Korff, sich selbst und seiner Frau ein. Die beiden Jungs saßen bereits wieder im Wohnzimmer und sahen sich den Film zu Ende an.

„Magst du das Zeug immer noch?" Korff erinnerte sich an gemeinsame Zechabende, an denen nicht nur Bier getrunken worden war.

Kappelmann grinste. „Siehst du doch. Erinnert mich an die Heimat." Seine Frau schüttelte sich, nachdem sie das Schnapsglas eher widerwillig zum Mund geführt und geleert hatte.

„Ratet mal, was ich euch mitgebracht habe." Korff stand auf, ging zu seiner Reisetasche und entnahm ihr eine Flasche. „Wacholder! Der ist durch die Fahrt allerdings etwas warm geworden."

Jost und Melanie Kappelmann lachten, Korff schloss sich ihnen an.

Als Melanie Kappelmann die beiden Jungen um halb neun nach oben begleitete, um sie bettfertig zu machen, informierte Korff Jost Kappelmann über seinen aktuellen Fall.

Kappelmann hörte aufmerksam zu. Dann sagte er: „Ich habe Kurschatz und seine beiden Gorillas, ‚Godzilla‘ Kant und ‚Bosko‘ Berger, morgen für 13 Uhr vorgeladen. Kurschatz ist unseren bisherigen Erfahrungen nach ein Mann mit Manieren, der wird pünktlich erscheinen.“

Korff nickte. „Wir wollen es hoffen.“

Kappelmann blickte auf seine Armbanduhr. „Kurschatz gilt eigentlich nicht als gewalttätig. Darum wundere ich mich, dass ihr ihn zweier Morde verdächtigt. Wenn du möchtest, können wir noch kurz zur Oranienburger Straße fahren und dort irgendwo ein Bier trinken. Vielleicht laufen uns ja Kurschatz oder einer seiner Leute über den Weg. Dann kannst du dir schon ein Bild machen. Die sind eigentlich jeden Abend da, für den Fall, dass die Mädchen irgendwelche Probleme haben.“

Korff nickte.

„Gut.“ Kappelmann stand auf. Er rief nach oben: „Schatz, wir fahren noch mal kurz in die Stadt. Klaus will sich das Tätigkeitsfeld seiner morgigen Zeugen ansehen.“

„Ist gut, ihr dürft aber nur gucken“, klang es nicht ganz ernst gemeint warnend von oben zurück.

Kappelmann lachte. „Mach dir keine Sorgen, du bist in ganz Berlin konkurrenzlos attraktiv.“

***

Korff und Kappelmann stiegen an der U-Bahnstation Oranienburger Tor aus und bogen dann in die Oranienburger Straße ein. Kappelmann führte Korff zunächst durch das Tacheles, eine Bauruine, die sich zu einem Hort der alternativen Kunst- und Kulturszene entwickelt hatte. Dann schlenderten die beiden die Oranienburger Straße entlang Richtung Alexanderplatz. An der wieder aufgebauten Neuen Synagoge blieben sie stehen.

„Lass uns hier umkehren. Ich hab Durst auf ein Bier."

Korff nickte. Kappelmann steuerte ein kleines Kellerlokal an, das auch draußen auf dem Bürgersteig Sitzmöglichkeiten bot.

Nachdem die beiden einen tiefen Zug aus ihren Biergläsern genommen hatten und über die auch zu dieser Uhrzeit noch belebte Straße blickten, machte Kappelmann Korff auf eine hübsche junge Frau mit kurzem Rock und langen weißen Stiefeln aufmerksam, die auf der gegenüberliegenden Straßenseite neben einem asiatischen Restaurant stand und auf Kunden wartete: „Das ist eines von Kurschatz' Mädchen."

Die auffällig geschminkte junge Frau blickte gelangweilt auf die vorbeiflanierenden Menschen. Nach ein paar Minuten kam ein weiteres ähnlich junges, ebenfalls sehr hübsches und nahezu identisch gekleidetes Mädchen mit einem älteren Mann aus einem der Hauseingänge. Der Mann nickte dem Mädchen zu und entfernte sich eilends Richtung Alexanderplatz. Die beiden Mädchen rauchten zusammen eine Zigarette und unterhielten sich, dann wechselte das zweite Mädchen auf die andere Straßenseite.

„Die Geschäfte scheinen ja gut zu laufen."

Kappelmann nickte. „Nach allem was man so hört, verdienen Kurschatz und andere Zuhälter hier an der Oranienburger fast so viel wie mittelständische Unternehmer."

„Na ja, dafür haben Zuhälter aber extrem familienunfreundliche Arbeitszeiten … andererseits gibt es natürlich kaum Probleme mit der Gewerkschaft."

Kappelmann lachte. „Komm, lass uns noch einen Kaffee trinken." Er wies auf ein in der Nähe des Tacheles gelegenes Kaffeehaus mit dem Namen „espresso-ambulanz". „Kurschatz und seine Leute pflegen dort gelegentlich einzukehren."

Sie zahlten und gingen die wenigen Schritte bis zu dem Café und setzten sich.

Korff studierte die Karte und bestellte bei der Kellnerin einen doppelten Espresso Macchiato, Kappelmann entschied sich für einen Cortado.

Korff ließ seinen Blick durch den Raum wandern. An einem kleinen Tisch im Hintergrund des Lokals sah er einen bulligen, dunkelhaarigen Mann, der ihm bekannt vorkam. Er befand sich in angeregtem Gespräch mit einem zweiten Mann, der ebenfalls sehr kräftig aussah.

Korff deutete mit dem Kopf auf die beiden und sagte leise: „Der rechte von den beiden ist einer der Männer, die ich in Herford bei der Brauereibesichtigung gesehen habe. Er ist derjenige, der Jugović den Faustschlag verpasst hat."

Kappelmann nickte. „Das ist ‚Godzilla' Kant, der Mann neben ihm ist Kurschatz."

Kurschatz lachte gerade, auch Kant fiel in das Lachen ein. Kurschatz, ein muskulöser Zweimetermann mit intelligenten Augen und freundlichen Gesichtszügen, trug einen dunklen Anzug und ein schlichtes weißes Hemd. Die in seinem Metier verbreitete Gepflogenheit, goldene Ringe oder Ketten zu tragen, war an ihm nicht festzustellen. Wer Kurschatz nicht kannte, mochte ihn für den Geschäftsführer eines Hotels oder Restaurants halten. „Vermutlich hat er als Zweitwohnsitz noch ein Einfamilienhaus mit gepflegtem Vorgarten in einer bevorzugten Wohnlage", dachte Korff und musste grinsen.

In diesem Augenblick winkte Kurschatz der Kellnerin, die auch sofort erschien. Sie wusste vermutlich genau, mit wem sie es zu tun hatte. Kurschatz zahlte, dann verließen er und Kant das Café. Sie bogen nach rechts ab, Richtung Synagoge. Ihr Arbeitstag war noch lange nicht zu Ende.

Kurze Zeit später gab auch Jost Kappelmann der Kellnerin ein Zeichen. Bis sie an den Tisch der beiden Kriminalbeamten trat, dauerte es allerdings eine Weile.

9. Kapitel

Er hatte Angst, schreckliche Angst, die sehr rasch das anfängliche Glücksgefühl über die erfolgreiche Flucht verdrängt hatte. Er kauerte im hintersten Winkel des Hohlraumes am Brückenpfeiler und wagte sich nicht zu rühren. Es kam ihm so vor, als bewegten sich die Seiten der kleinen Höhle auf ihn zu, so als wollten sie ihn zerquetschen. Er schloss die Augen und verbarg sein Gesicht in den Händen.

Nach einer endlos langen Zeit und völliger Stille hörte er draußen Kommandos. Er kroch etwas näher an die Öffnung des Hohlraumes heran. Er sah, dass die Männer und Jugendlichen aus seinem Dorf am Ufer des Flusses standen, nur einige Schritte vom Brückenpfeiler entfernt. Er konnte einzelne Personen erkennen, es waren seine Spielkameraden und deren Väter. Die Soldaten hielten sie in Schach.

Plötzlich begannen die Soldaten zu schießen. Blut spritzte, die Getroffenen schrien, einige Männer und Jungen versuchten davonzulaufen. Ein wildes Durcheinander entstand. Weitere Schüsse aus den Maschinenpistolen beendeten das Chaos.

Nach wenigen Augenblicken war alles vorüber. Die männliche Dorfbevölkerung lag auf den Steinen. Wenn hier und da noch jemand zuckte, ging einer der Soldaten hin und beendete das Leben durch einen gezielten Schuss in den Kopf.

Er wollte schreien, laut schreien, bekam aber keinen Ton heraus. Er war paralysiert. Plötzlich bemerkte er, dass sich das Blut der Toten zu einem Rinnsal vereinigt hatte und in die kleine Höhle lief. Zuerst tropfte es nur, dann wurde es immer mehr. Schließlich rauschte es in einem gewaltigen Schwall auf ihn zu. Er drohte in dem Blut zu ertrinken. Er rang nach Luft und schlug wild mit den Armen um sich.

Erst durch den Schrei seiner Frau, die er durch sein wildes

Umherschlagen getroffen hatte, wurde er wach. Wieder einer dieser Träume. Die Erlebnisse ließen ihn nicht los.

Montag, den 31. August 2009

Korff hatte am Morgen seine Tasche gepackt, sich von Melanie Kappelmann verabschiedet und sich für die Gastfreundschaft bedankt. Dann verließ er gemeinsam mit Jost Kappelmann das Haus. Während Kappelmann in seine Dienststelle fuhr, stieg Korff am Bahnhof Friedrichstraße aus und schloss dort seine Tasche in ein Schließfach ein. Nach einem ausgedehnten Spaziergang, der ihn zum Gendarmenmarkt, zur Museumsinsel und in den Dom führte, erreichte er kurz nach 12 Uhr das Polizeigebäude an der Brunnenstraße und suchte mit Kappelmann die Kantine auf, wo die beiden ihr Mittagessen einnahmen.

Es war kurz nach 13 Uhr, als drei stattliche Männer Kappelmanns Dienstzimmer betraten. Kurschatz begrüßte die anwesenden Polizeibeamten jovial lächelnd per Handschlag. Dann stellte er seine beiden Begleiter vor: „Das sind die Herren Kant und Berger, meine beiden engsten Mitarbeiter."

Die beiden „Mitarbeiter" waren – wie ihr Chef – dezent gekleidet. Kant, etwas kleiner als Kurschatz, dafür aber deutlich breiter, hatte ein südländisches Aussehen. Er trug seine gegelten schwarzen Haare zurückgekämmt. Berger hatte eine hohe Stirn; von seiner ehemals blonden Haarpracht war nur ein Kranz übrig geblieben, der sich um seinen Hinterkopf zog. Berger wirkte gemütlich, aber das täuschte sicherlich. Sein breites Kreuz ließ erahnen, dass er in diversen Fitnessstudios Tonnen von Eisen gestemmt hatte.

Kappelmann wies auf die Stühle. Die beiden Polizeibeamten und ihre drei Gäste setzten sich.

Korff eröffnete das Gespräch: „Herr Kappelmann hat Ihnen mitgeteilt, weshalb ich Sie sprechen möchte. Ich komme aus Bielefeld und ermittle in der Mordsache Jugović."

Kurschatz nickte. „Wir fragen uns natürlich, wie wir Ihnen in dieser Angelegenheit weiterhelfen können." Ein erstes Abtasten – Kurschatz schien die Ruhe selbst zu sein.

Korff lächelte verbindlich. „Darf ich davon ausgehen, dass Sie Dragan Jugović gekannt haben?"

Kurschatz ging auf den freundlichen Ton Korffs ein und lächelte zurück. „Sicher, das dürfen Sie."

Korff richtete seinen Blick auf Kant und Berger. „Sie waren am 14. August in Herford und haben dort vor der Brauerei mit Jugović gesprochen." Den beiden „Mitarbeitern" war bekannt, dass die Polizei über ihre Fahrt nach Bielefeld informiert war. Schließlich war Kurschatz aufgefordert worden, die betreffenden Männer mitzubringen.

Die beiden nickten. Berger ergriff das Wort: „Ja, das stimmt. Wir haben uns mit Jugović getroffen."

„Worum ging es?"

Kurschatz mischte sich in das Gespräch ein. „Geschäftliche Dinge, Jugović schuldete mir noch Geld."

Korff wandte sich wieder an Berger: „Dabei sind Sie handgreiflich geworden."

„Nein, wir haben uns ganz gepflegt unterhalten."

Korff blickte jetzt zu Kant hinüber. „Sie haben Jugović einen Faustschlag verpasst und damit das Gespräch beendet. Wenn Sie das ‚gepflegt' nennen …"

Kant äußerte sich nicht. Er schien nicht sehr gesprächig zu sein. Berger erklärte: „Das war mehr ein freundschaftlicher Klaps. Allzu zimperlich darf man im Inkasso-Geschäft nicht sein."

Korff wechselte zum nächsten Punkt. „Sind Sie in Jugovićs Wohnung gewesen?"

Berger antwortete erneut. „Nein. Wir haben ihn, als wir in Bielefeld waren, auf seinem Handy angerufen und uns dann mit ihm, auf seinen Wunsch hin, vor der Brauerei in Herford verabredet."

„Wären Sie bereit, uns Ihre Fingerabdrücke zu überlassen, damit wir das überprüfen können? Sie würden damit unsere Arbeit erleichtern. Wir haben in der Wohnung zahlreiche uns unbekannte Fingerabdrücke gefunden, die wir gerne mit Ihren abgleichen würden."

Die beiden schauten zu Kurschatz hinüber. Der nickte den beiden zu und wandte sich dann an Korff. „Wenn wir damit die unnötigen Verdächtigungen beenden können ... Im Übrigen sind die Fingerabdrücke meiner Mitarbeiter der Polizei durchaus bekannt." Korff blickte zu Kappelmann, der nickte.

„Woher kannten Sie Jugović?"

„Dragan kam eines Tages zu mir, um mit mir über Cheline zu sprechen. Er hatte Cheline irgendwo kennen gelernt und sich in sie verliebt. Scheint die wirklich große Liebe gewesen zu sein." Kurschatz machte eine Pause. „Da Cheline für mich gearbeitet hat, haben wir uns auf eine moderate Ablösesumme in Höhe von 80.000 Euro geeinigt. 40.000 wurden angezahlt. Als Dragan mit der zweiten Rate, das waren 20.000 Euro, nicht rüberkam, habe ich meine beiden Mitarbeiter einige Tage später zu ihm geschickt, damit sie sich mal erkundigten, was Sache war." Kurschatz blickte zu Kant und Berger hinüber. Die beiden nickten bestätigend.

„Jugović erklärte den beiden vor der Brauerei, dass er das Geld nicht habe und bat um einen Zahlungsaufschub. Nachdem meine Mitarbeiter mit Jugović gesprochen hatten, erhielt ich wenige Tage später Besuch von einigen seiner Bielefelder Freunde. Es gab da einige handgreifliche Auseinandersetzungen. Wir haben uns dann geeinigt, meine Forderungen an Jugović zunächst einmal zurückzustellen."

Kurschatz hatte sicherlich sorgfältig überlegt, ob er wegen 40.000 Euro einen gewaltsamen Konflikt riskieren sollte. Andererseits musste er auch darauf achten, dass er in der Szene nicht in den Geruch kam, seine Interessen nicht mehr verteidigen zu können.

„Wann genau war das?"

„Am 19. August."

„Was waren das für Leute?"

„In der Mehrzahl vermutlich Landsleute von Jugović, er selber hat an der Aktion auch teilgenommen." Kurschatz zögerte. „Da waren durchaus einige härtere Kaliber dabei. Ich hatte das Gefühl, die gehen notfalls auch über Leichen."

Korff überlegte. Dabei konnte es sich nur um Bojan Pasić und einige seiner Freunde gehandelt haben. Pasić war offenbar in Berlin aufgetaucht und hatte die Interessen von Dragan Jugović wahrgenommen. Er würde noch einmal mit ihm sprechen müssen.

„Und dann? Haben Sie sich gerächt? Das muss doch ziemlich blamabel für Sie gewesen sein, von so ein paar Jungs aus der Provinz vorgeführt zu werden!"

Kurschatz nickte. „In der Tat. Wenn man in unserem Metier Schwächen zeigt, verliert man den Respekt. Da wäre sicherlich noch etwas von mir gekommen. Ich mag es nicht, wenn jemand zu meinen Ungunsten einen Vertrag bricht. Doch dann hörte ich, dass man Jugović umgelegt hat."

Korff beugte sich nach vorn und fixierte Kurschatz. „Und Sie haben mit der Sache nichts zu tun? Schließlich ist Jugović nur vier Tage später erschossen worden."

Kurschatz blieb ruhig. „Natürlich nicht. Ich kann doch denken. Es war mir schon klar, dass ich zu den Verdächtigen gehören würde."

„Ich weiß nicht, ob Ihnen bekannt ist, dass vor ein paar Tagen auch Cheline Keller ermordet worden ist." Korff hatte seine Stimme ein wenig gesenkt.

Kurschatz schüttelte den Kopf. Alle Gelassenheit wich aus seinem Gesicht. „Das wusste ich nicht. Eine Frau wie Cheline bringt man nicht um. Das ist eine gnadenlose Verschwendung. Cheline hatte viele Talente – wenn Sie wissen, was ich meine."

„Ich kann es mir denken. Übrigens: Cheline Keller war schwanger."

Kurschatz schloss kurz die Augen. „Scheiße!" Er schien sichtlich berührt.

Korff wartete einen Augenblick, dann fragte er: „Wo waren Sie und Ihre Mitarbeiter am Abend des 23. August?"

Kurschatz sah Korff voller Verachtung an und schwieg. Schließlich bequemte er sich zu einer Antwort: „Vermutlich müssen Sie mich das fragen. Ich war eine Zeitlang mit Cheline liiert. Sie glauben doch nicht ernsthaft, dass ich irgendetwas mit ihrem Tod oder dem Mord an ihrem Freund zu tun haben könnte?"

„Ich benötige Ihre Aussagen, um ausschließen zu können, dass Sie als Täter in Betracht kommen. Wir können uns dann auf andere Spuren konzentrieren."

„Gut. Wir sind jeden Abend in unserem Revier an der Oranienburger Straße. Wenn man ein Revier behaupten will, muss man dort präsent sein. Am späten Abend des 23. August war mein Mitarbeiter Berger sogar in einen kleinen Zwischenfall verwickelt, der von der Polizei aufgenommen worden ist. Herr Kant und ich haben als Zeugen ausgesagt. Sie können das leicht überprüfen."

Kappelmann schaltete sich ein. „Können Sie diesen ‚Zwischenfall' etwas genauer darstellen?"

„Natürlich." Kurschatz nickte bereitwillig. „Ein Freier hatte versucht, eines unserer Mädchen zu bestehlen. Da hat Herr Berger den Mann zur Rede gestellt und ihn veranlasst, das gestohlene Geld wieder herauszugeben." Korff musste schmunzeln. Im Polizeibericht war der Zwischenfall sicherlich etwas anders beschrieben worden.

Kappelmann erhob sich. „Vielen Dank. Sie werden verstehen, dass ich diese Aussage sofort überprüfe." Er ging schnellen Schrittes zur Tür.

Korff räusperte sich. Er blickte Kurschatz und seine beiden „Mitarbeiter" an. „Hatten Sie nach dem 19. August noch einmal Kontakt zu Jugović?"

Kurschatz überlegte kurz. „Ja, ich habe ihn angerufen und ihm gesagt, dass ich nicht bereit sei, auf die Restsumme vollständig zu verzichten. Er könne seine Freunde ruhig noch einmal nach Berlin schicken. Wir seien jetzt vorbereitet."

„Was hat Jugović darauf geantwortet?"

„Er hat versucht mich zu beschwichtigen. Er wollte offenbar keine weitere Eskalation."

„Gut." Eine kurze Pause entstand. Dann fragte Korff: „Haben Sie noch weitere Informationen über Dragan Jugović, die uns bei der Mordermittlung weiterhelfen könnten?"

Berger suchte den Blickkontakt mit Kurschatz. Als dieser nickte, meinte der „Mitarbeiter": „Die Freunde von Jugović sind mit großem Gerät nach Berlin gekommen. Einer von ihnen hatte sogar eine MP dabei. Die Jungs waren auch gut ausgebildet, das waren richtige Profis. Und so etwas kommt aus der Provinz ... Wir haben uns etwas gewundert."

Korff lächelte knapp. „Sie sollten Bielefeld nicht unterschätzen." Er wandte sich wieder an Kurschatz: „Für den 23. August scheinen Sie ja ein Alibi zu besitzen. Wie sieht es damit für den späten Abend des 27. August aus? An diesem Abend ist Cheline Keller erschossen worden", fügte er erläuternd hinzu.

„Wir waren in unserem Revier. An diesem Abend hat es – soweit ich weiß – keine besonderen Vorkommnisse gegeben. Unsere Mädchen werden sicherlich bezeugen können, dass wir an diesem Abend da waren, wir sind an jedem Abend da."

Die Tür wurde geöffnet, Kappelmann war zurück. Er nickte Korff bestätigend zu, der sich daraufhin erneut an Kurschatz wandte: „Gut, wir haben keine weiteren Fragen mehr. Vielen Dank für Ihre Hinweise." Er stand auf. Kurschatz, Berger und Kant erhoben sich ebenfalls, nickten den beiden Kriminalbeamten zu und verließen den Raum.

Kappelmann atmete laut hörbar aus. Dann informierte er Korff: „Gegen Berger läuft eine Anzeige wegen Körperverletzung. Er hat am 24. August um 0.15 Uhr einen Freier zusammengeschlagen. Ein Bekannter des Verprügelten hat dann die Polizei gerufen. Kurschatz und Kant haben an dem Abend als Zeugen ausgesagt."

Die beiden hatten den Vernehmungsraum verlassen und gingen langsam über den Flur, der nach Reinigungsmitteln roch.

Korff nickte bedächtig. „Es ist schon erstaunlich, dass ein Mann wie Kurschatz so ohne Weiteres mit der Polizei kooperiert. Das kann nur bedeuten, er hat in diesem Punkt ein absolut reines Gewissen oder er hat Dreck am Stecken."

Kappelmann schüttelte den Kopf. „Oder er möchte so schnell wie möglich seine Geschäfte weiterführen, ohne dass ihm die Polizei irgendwo reinpfuscht."

„Oder das. Mein Zug fährt in gut einer Stunde. Kannst

du mir von dem Vorgang am 23. August eine Kopie zukommen lassen? Die Fingerabdrücke von Kant und Berger finde ich dann ja wohl in der Zentralkartei?"

„Natürlich. Ich schicke dir den Bericht umgehend." Kappelmann zögerte. „Es besteht immer noch die Möglichkeit, dass Kurschatz auf andere Helfer zurückgegriffen hat. Wir werden versuchen herauszufinden, mit welchen Personen Kurschatz sonst noch zusammenarbeitet."

„Gut. Obwohl … mein Verdacht Kurschatz gegenüber hat eher abgenommen."

„Fährst du ab Bahnhof Friedrichstraße?"

„Ja."

„Ich bring dich noch zum Zug."

***

Korff nahm den Zug um 16.38 Uhr. Nachdem er es sich auf seinem Platz bequem gemacht hatte, schloss er für einen kurzen Moment die Augen. Er öffnete sie wieder, als der Zug anruckte.

Kurschatz hatte einen glaubhaften Eindruck gemacht. Er war intelligent und konnte sich leicht ausrechnen, dass bei einem Mord an Jugović der Verdacht sehr rasch auf ihn fallen würde. Korff gab sich keinen Illusionen hin. Diese Berliner Spur würde sehr wahrscheinlich nirgendwo hinführen. Viele andere Spuren hatten sie allerdings nicht. Was blieb, war noch die vage Beschreibung von einigen Nachbarn Jugovićs in Babenhausen, die einen verdächtigen Wagen gesehen zu haben glaubten, und die weitere Auswertung der Mails von Jugović.

Interessant, vielleicht auch für die Ermittlung, waren allerdings die Hinweise der Berliner Zuhälter auf die Existenz einer Gruppe organisierter Serben in Bielefeld, die gewalttätig zu sein schienen. Er musste dringend noch einmal mit Bojan Pasić sprechen.

Der ICE hatte inzwischen die Außenbezirke Westberlins erreicht. Korff zog sein Handy aus dem am Garderobenhaken aufgehängten Jackett und wählte die Nummer von Grohner, der sich sofort meldete. Korff berichtete ihm von den Ermittlungen in Berlin, die wohl wenig zur Aufklärung des Falles beitragen würden.

Grohner informierte Korff im Gegenzug über das Gespräch mit dem gescheiterten Bürgermeisterkandidaten Kettering: „Kettering ist bei der gestrigen Kommunalwahl mit Pauken und Trompeten durchgefallen. Er ist nur knapp über fünf Prozent gekommen."

„Was hat Kettering zu den gegen ihn erhobenen Vorwürfen gesagt?"

„Nichts. Er war im Beisein seines Rechtsanwalts nicht eben gesprächig. Fast immer hat der Rechtsanwalt, ein ebenso unangenehmer Typ wie Kettering, geantwortet. Die Aussagen in Kürze: Kettering hat Jugović weder mit Schwarzgeld bezahlt noch hat er irgendetwas mit Jugovićs Tod zu tun. Er gibt lediglich zu, dass er den Eindruck hatte, Jugović habe versucht ihn zu erpressen."

„Hast du ihn noch einmal auf die 20.000 Euro angesprochen, die wir gefunden haben?"

„Er hat sogar eingeräumt, dass man auf einzelnen Scheinen möglicherweise Fingerabdrücke von ihm finden wird. Er meint, das wären dann Scheine, die Jugović von ihm im Rahmen seines sportlichen Engagements erhalten habe."

„Was sagte Kettering zu Cheline Keller?"

„Kettering kannte Cheline Keller. Jugović hatte sie ihm bei irgendeiner Gelegenheit vorgestellt. Nach der Ermordung ihres Freundes hat Cheline Keller Kettering angerufen und über ihre prekäre finanzielle Situation geklagt. Kettering hatte auch hier den Eindruck, dass die Ermordete bei ihm etwas Geld locker machen wollte. Direkt erpresst habe sie ihn aber nicht."

„Wo war Kettering zum Zeitpunkt der Morde?"

„Er behauptet, bis zirka 23 Uhr auf einer Wahlveranstaltung gewesen zu sein. Danach will er in der ‚Meierei', einem örtlichen Gasthaus, noch zwei oder drei Bier getrunken haben. Ich prüfe das gleich noch nach. Die Wahlveranstaltung hat jedenfalls stattgefunden."

Korff war enttäuscht. „Hm, das war ja nicht viel." Auch bei Kettering schienen sie nicht weiterzukommen.

„Wenn wir ehrlich sind, haben wir gegen Kettering nichts in der Hand. Jugovićs Zettel mit den paar Zahlen ist nur ein dünnes Indiz."

Korff musste Grohner beipflichten.

„Übrigens, die Ergebnisse der ballistischen Untersuchung liegen vor. Das eine Projektil stammt aus einer Glock M 17, Kaliber 9 x 19 mm, die andere Waffe ist eine Beretta 92, ebenfalls Kaliber 9 x 19 mm. Beide Waffen sind nicht registriert."

„Was ist mit der Kugel aus dem toten Hund?"

„Die stammt aus einer dritten Waffe."

„Was?"

„Ja, Küppers' Hund ist nicht mit einer der beiden Waffen erschossen worden, aus denen die Schüsse auf Jugović und Cheline Keller abgegeben worden sind."

„Rätselhaft. Das macht die Sache ja noch komplizierter."

„Du sagst es."

Abschließend berichtete Korff noch von den Aussagen der Zuhälter über die Gruppe der schwer bewaffneten Bielefelder Serben.

„Du glaubst, dass Pasić in Berlin gewesen ist?“

„Wer sonst? Sein Security-Unternehmen bildet doch wohl den perfekten Rahmen für ein solches Auftreten.“

„Kann sein. Du meinst, da steckt mehr dahinter?“

„Ich weiß nicht. Wir sollten morgen unbedingt noch einmal mit Pasić sprechen. Vielleicht müssen wir ihm nur die richtigen Fragen stellen.“

„Gut, bis morgen. Ich soll dir übrigens ausrichten, dass Pol Pot uns um neun Uhr sehen will.“

***

Als Bojan Pasić am Abend das Haus in der Lortzingstraße verließ und auf den Bürgersteig trat, standen plötzlich zwei Männer neben ihm. Bevor Pasić reagieren konnte, drückte ihm einer der beiden einen Pistolenlauf in den Rücken. Die beiden drängten ihn durch das Eingangstor zurück auf das Grundstück.

An der Tür verstärkte sich der Druck in Pasićs Rücken. „Öffnen“, lautete die kurze, leise gesprochene Anweisung. Pasić zog die Magnetkarte durch den Schlitz und die Tür ließ sich aufdrücken. Seine Hoffnung, in der Eingangshalle auf jemanden zu treffen, und sei es nur eine Reinigungskraft, erfüllte sich nicht. Die Halle war leer und die beiden Männer schoben ihr Opfer weiter bis zu der Tür mit der Aufschrift „Pasić Security“.

Pasić wurde gezwungen auch diese Tür zu öffnen. Die beiden Männer bugsierten ihn in den Flur des Büros und zogen die Tür hinter sich zu.

„Hinlegen, auf den Bauch!“

Pasić blickte die beiden Männer an. Ihm kam ein fürchterlicher Verdacht. Nach kurzem Zögern und mangels einer Alternative legte er sich auf den Flur. Während einer der Eindringlinge neben ihm stehenblieb und ihn mit der Waffe bedrohte, untersuchte der andere die Büroräume und signalisierte seinem Partner nach wenigen Sekunden, dass sich außer ihnen niemand in den Räumen aufhielt.

Pasić hörte das Geräusch eines von einer Rolle abgerissenen Klebestreifens und spürte, dass seine Füße zusammengebunden wurden. Durch einen Tritt in die Seite bedeuteten ihm die Eindringlinge sich auf den Rücken zu legen. Pasić drehte sich um, da hatte der Schmächtigere der beiden Männer schon seine Handgelenke gepackt und begann damit, diese ebenfalls mit dem Klebeband zu fesseln.

Pasić war den beiden Männern jetzt hilflos ausgeliefert. Ihm war bewusst, dass seine Chancen, aus dieser Situation herauszukommen, gegen Null tendierten.

10. Kapitel

Dienstag, den 1. September 2009

Bereichsleiter Kriminaloberrat Paul-Heinrich Pott war kurz nach 9 Uhr in dem gemeinsamen Büro von Korff und Grohner erschienen und hatte sich von Korff über dessen Dienstreise nach Berlin berichten lassen. Er guckte unzufrieden, als Korff seine Ausführungen beendet hatte.

„Außer Spesen ist also nichts gewesen", meinte er lakonisch.

„Na ja, ganz so negativ sollten wir das nicht sehen. Wir wissen zumindest mit einiger Sicherheit, dass Jugović wohl nicht von diesen Berliner Zuhältern ermordet worden ist." Korff wollte seine Dienstreise nicht als völlig unnütz bewerten lassen. „Außerdem habe ich erfahren, dass allem Anschein nach Bojan Pasić einige Tage vor Jugovićs Ermordung mit mehreren schwerbewaffneten Männern in Berlin aufgetaucht ist und Kurschatz und seine Leute eingeschüchtert hat."

„Willst du damit sagen, dass wir den oder die Täter im Umfeld von Pasić suchen müssen?"

„Nein, keineswegs. Aber wir sollten noch einmal mit Pasić sprechen und ihn fragen, was er da für Leute um sich geschart hat. Wir sollten uns auch die Waffen dieser Leute anschauen."

„Gut. Wie sieht es mit anderen Spuren aus?" Pott zögerte, dann setzte er nach: „Jetzt ist mehr als eine Woche vergangen. Langsam sollten wir der Öffentlichkeit mit einigen Ergebnissen gegenübertreten können. Auch die Staatsanwaltschaft wird langsam ungeduldig." Pott blickte seine Mitarbeiter erwartungsvoll an.

Grohner schüttelte leicht den Kopf. „Von wirklich heißen Spuren kann man nicht sprechen. Wir haben Aussagen von Jugovićs Nachbarn, die in den Tagen vor dem Mord an mehreren Abenden ein noch nicht näher identifiziertes Fahrzeug am Wildhagen gesehen haben wollen. Die ballistische Untersuchung hat ergeben, dass die Morde an Jugović und Cheline Keller von denselben Tätern verübt worden sind. Wir haben sehr wahrscheinlich auch einen Fingerabdruck von einem der beiden Täter, die Recherche im Zentralregister ist allerdings ergebnislos verlaufen."

„Hm. Das klingt ja nicht sehr erfolgversprechend." Ein unausgesprochener Vorwurf Potts schwang in dem Satz mit.

Korff ignorierte den Ansatz von Kritik. Freundlich sagte er: „Du sagst es. Die Art der Ermordung von Jugović und Cheline Keller lässt vermuten, dass die Tat ein Racheakt war. Die Mörder müssen also zumindest mit Jugović vorher in irgendeiner Weise Kontakt gehabt oder Beziehungen unterhalten haben. Darauf werden wir unsere Ermittlungen weiter konzentrieren."

„Tja, darauf könnte es hinauslaufen." Pott machte eine kurze Pause. „Andererseits: Wie passt das mit dem Überfall auf den Mitspieler von Jugović zusammen?"

„Darauf können wir uns im Augenblick auch noch keinen Reim machen, zumal der Hund des Mitspielers mit einer anderen Waffe erschossen worden ist als Jugović."

Für einen Augenblick sprach niemand. Pott erhob sich und ging zur Tür. Dort drehte er sich noch einmal um. „Ich möchte, dass ihr alle Hebel in Bewegung setzt, um den Fall so schnell wie möglich aufzuklären. Zeinitz kann so lange bei euch bleiben, wie ihr ihn braucht." Dann verschwand er, kam aber nach wenigen Sekunden noch einmal in das Büro zurück, wobei er auf den verwaisten Schreibtisch deutete, der vor ein paar Tagen für Zeinitz in ihr Büro geschoben worden war. „Wo ist Zeinitz?"

Grohner informierte seinen Chef: „Der kommt später. Er hat gestern mit seinem Mitspieler, der an der Uni arbeitet, die gespeicherten Mails von Jugović durchgesehen. Er hat mich gestern Nachmittag angerufen und gesagt, die Arbeit dauere wohl bis spät in die Nacht."

Pott brummte etwas Unverständliches und stürzte hinaus.

Grohner feixte. „Hast du gesehen, wie deprimiert er war? Er hatte sich schon so auf eine schöne Pressekonferenz gefreut, in der er zusammen mit der hübschen Frau Staatsanwältin von großen Fortschritten in der Ermittlung hätte berichten können."

Korff blieb ernst. „Mir wäre wohler, wenn wir ein paar Schritte weiter wären. Pott scheint tatsächlich ziemlich unter Druck zu stehen."

„Immerhin hat er den Druck jetzt an uns weitergegeben. Übrigens, das Alibi von Kettering ist wasserdicht, zumindest bis 0.30 Uhr. Ich war gestern Abend noch kurz in der Meierei und habe dort mit einigen Stammgästen gesprochen."

„Danach hätte er aber noch nach Babenhausen fahren und die Tat begehen können. Germer hat den Todeszeitpunkt immerhin auf spätestens 3 Uhr morgens festgelegt."

„Die Zeugen haben aber übereinstimmend ausgesagt, dass Kettering einiges intus hatte, als er die Kneipe verließ. Ich möchte bezweifeln, dass er noch zu durchdachten Aktionen in der Lage war."

„Vielleicht hat sich Kettering nur den Anschein gegeben betrunken zu sein, um sich ein Alibi zu beschaffen. Zuzutrauen wäre es ihm."

Grohner antwortete nicht, er zuckte nur mit den Achseln.

„Apropos. Hast du eigentlich schon etwas über Ketterings samstäglichen Besucher herausgefunden? Vielleicht hat sich Kettering ja nicht selber die Hände schmutzig gemacht."

Grohner nickte, dann verkündete er: „Ja, das Auto ist auf einen gewissen Jasper Milde zugelassen, Wohnort Bünde."

„Und weiter?"

„Milde ist dem Staatsschutz nicht unbekannt. Früher gehörte er zur militanten Neonazi-Szene. Gewaltbereitschaft ist bei ihm zweifellos vorhanden. Er scheint sich in der Hierarchie etwas weiter nach oben gearbeitet zu haben. In der letzten Zeit ist er mehrfach mit Kettering gesichtet worden. Er ist inzwischen so etwas wie Ketterings Adjutant."

„Wir sollten Milde mal auf den Zahn fühlen." Korffs Blick fiel auf die Wanduhr. Es war kurz vor 10 Uhr. Er erhob sich.

„Gut, ich fahre jetzt noch einmal zu Bojan Pasić und unterhalte mich mit ihm über seinen Berlin-Besuch Anfang des Monats."

Grohner stand ebenfalls auf. „Ich komme mit, hier liegt momentan nicht viel an."

***

Korff und Grohner stellten ihren Wagen in der Lortzingstraße ab und gingen die paar Meter bis zum Domizil der Pasić Security zu Fuß. Es war kurz nach 10 Uhr und es schien ein schöner Tag zu werden.

Als die beiden Kriminalbeamten das Eingangstor zum Grundstück durchschritten, öffnete vor ihnen gerade jemand die Haustüre. Die beiden Polizisten beschleunigten ihre Schritte und drängten sich hinter dem elegant gekleideten Mann in die Eingangshalle. Der Mann guckte etwas verwundert, wandte sich dann aber nach rechts und schob den Schlüssel in die Tür, die zum Bürobereich von Pasić Security gehörte. Plötzlich stutzte er, dann betrat er die Büroräume.

„Wir möchten zu Herrn Pasić." Korff war dem Mann gefolgt und wollte ihm gerade seinen Ausweis zeigen, da bemerkte er, dass der Mann erstarrte. Korff folgte dem Blick des Mannes und sah, dass vor ihnen eine Gestalt auf dem Boden lag.

„Bleiben Sie hier stehen", ordnete Korff an. „Wir sind von der Kriminalpolizei." Der Mann nickte, der Anblick der auf dem Boden liegenden Gestalt schien ihm in die Glieder gefahren zu sein. Korff machte noch drei Schritte, dann kniete er nieder. Pasić lag auf dem Rücken, seine starren, glasigen Augen zeigten, dass er tot war.

„Was ist mit Bojan?" Der Mann, der mit Korff und Grohner die Büroräume betreten hatte, beugte sich nach vorn.

„Er ist tot." Korff machte dem Mann deutliche Zeichen, stehen zu bleiben und nicht noch weiter nach vorn zu kommen.

Grohner telefonierte bereits, um den Notarzt und die Spurensicherung zu verständigen, dann fasste er den Mann am Oberarm und ging mit ihm zurück in die Eingangshalle.

Korff sah sich den Toten genauer an. Bojan Pasić schien bereits längere Zeit tot zu sein. Sein beigefarbenes Leinenhemd war im Brustbereich blutgetränkt, das Blut war dunkel verfärbt und hatte das Hemd fest mit der Haut des Toten verklebt. Die Mörder hatten Pasićs Hand- und Fußgelenke mit Klebeband gefesselt. Auch der Mund war zugeklebt worden. Das Gesicht des Toten wies Spuren von

Misshandlungen auf. Die Parallelen zum Mord an Jugović waren unübersehbar.

Korff zog sich zurück. Er wollte die Arbeit der Spurensicherung nicht unnötig erschweren. In der Eingangshalle warteten Grohner und der unbekannte Mann. Korff begab sich zu ihnen.

In diesem Augenblick traf ein Streifenwagen der Polizei ein, nur wenige Minuten später fuhr der Kleintransporter der Spurensicherung vor. Grohner ging nach draußen, um die Streifenbeamten einzuweisen. Dann betrat Hermann Dreyer mit zwei Begleitern die Eingangshalle, kam auf Korff zu und ließ sich kurz informieren. Er streifte den weißen Overall über und öffnete die Tür zu den Büroräumen. Seine beiden Begleiter hatten sich ebenfalls umgezogen und folgten ihm.

Korff wandte sich an den Unbekannten, der sich inzwischen eine Zigarette angezündet hatte und tief inhalierte. Er schien irgendwie geistesabwesend zu sein. „Wie heißen Sie?"

„Er heißt Gavrilo Grabež. Bojan Pasić war sein Chef. Mehr habe ich aber noch nicht aus ihm herausbekommen", übernahm Grohner, der inzwischen zurückgekehrt war, die Antwort. Grabež schwieg. Korff winkte einen uniformierten Kollegen heran, der ebenfalls in der Halle stand.

„Leisten Sie Herrn Grabež einen Augenblick Gesellschaft. Wir fahren gleich mit ihm ins Präsidium, zuvor möchten wir uns den Tatort noch etwas genauer anschauen."

Der Polizist nickte. Grabež zeigte keine Reaktion.

Korff und Grohner betraten erneut den Bürobereich der Pasić Security. Dreyer beugte sich gerade über den Ermordeten und begutachtete die Fesselung.

„Wenn das nicht dieselben Täter wie bei dem Jugović-Mord vor einer Woche waren … Hier, dasselbe Klebeband, die gleiche Art von Fesselung. Übrigens handelsübliche Ware, bekommst du in jedem Baumarkt." Dreyer wies auf die zusammengebundenen Knöchel des Toten. Korff nickte.

Der Notarzt, ein mittelgroßer, etwa fünfzigjähriger Mann mit grauer Igelfrisur und rotgeäderten Wangen, kam herein. Er grüßte Dreyer, Korff und Grohner und beugte sich dann über die Leiche. Nach einer kurzen Inaugenscheinnahme brummte er: „Deshalb hätte ich mich nicht so zu beeilen brauchen. Der Mann ist ja schon mehrere Stunden tot."

„Seit wann?" Korff blickte den Arzt erwartungsvoll an.

Der Mediziner hatte inzwischen den rechten Unterarm des Toten befühlt. „Mit großer Sicherheit deutlich vor Mitternacht. Die Leichenstarre hat bereits eingesetzt. Genaueres kann ich Ihnen sagen, wenn ich die Körpertemperatur gemessen habe."

Während Grohner bei dem Mediziner und Dreyer blieb, steuerte Korff die hinteren Büroräume an. Auch hier war ein Mitarbeiter der Spurensicherung bei der Arbeit.

„Irgendetwas Auffälliges?"

Der Mann zuckte mit den Achseln und wies auf den Fuß des Schreibtisches, an dem Pasić gearbeitet hatte.

„Da muss mal ein PC gestanden haben, der fehlt jetzt." Korff sah nur die Kabelverbindungen, die auf dem Boden lagen. „Den scheinen die Täter mitgenommen zu haben."

„Vermutlich. Gibt's sonst noch etwas?"

„Bislang noch nicht. Wir haben ja auch gerade erst mit der Arbeit begonnen."

***

„Möchten Sie auch einen Kaffee?"

Gavrilo Grabež nickte. Korff und Grohner saßen mit Grabež im Vernehmungsraum und Korff versuchte den offenbar verstörten Zeugen für das anstehende Gespräch locker zu machen.

Als Grohner mit dem Kaffee zurück war, schob Korff Grabež einen Becher hin. Grabež nahm den Kaffee und trank vorsichtig.

„Herr Grabež, Sie waren ein enger Mitarbeiter von Bojan Pasić ?"

„Ja, schon seit mehreren Jahren."

„Seit wann besteht das Unternehmen?"

„Das weiß ich nicht so genau, damals war ich noch nicht dabei. Bojan hat mir mal erzählt, dass er das Unternehmen nach seiner Rückkehr aus Bosnien gegründet hat, das muss in der zweiten Hälfte der 1990er Jahre gewesen sein."

„Ich dachte, Bojan Pasić sei in Deutschland geboren."

„Das ist er auch, er hat zwischendurch mal eine Zeitlang in Bosnien gelebt."

„Welche Aufgaben haben Sie in dem Unternehmen?"

„Wenn wir Aufträge erhalten, fahre ich zu den Kunden raus, checke die Örtlichkeiten und stelle dann die entsprechenden Gruppen von Bewachungspersonal zusammen, damit der Job reibungslos abgewickelt werden kann. Ansonsten arbeite ich im Office."

„Wer sind Ihre Kunden?"

„Von Großindustriellen, die eine Gartenparty ausrichten, bis hin zu Sportvereinen, die größere Feste feiern, und Schülern, die Abi-Partys veranstalten, alles Mögliche eben, manchmal auch Personenbegleitung, gelegentlich auch ins Ausland."

„Hatte Pasić noch andere fest angestellte Mitarbeiter?"

„Fest angestellte Mitarbeiter? Da gibt es nur noch Timo Rauer, der ist zurzeit aber im Urlaub, er macht eine Trekkingtour durch Island."

„Und die übrigen Mitarbeiter?"

„Die haben hauptberuflich andere Jobs, manche sind auch arbeitslos. Wenn wir Leute brauchen, rufe ich sie an und engagiere sie für den betreffenden Auftrag."

„Wie groß ist dieser Personenkreis?"

Grabež überlegte kurz, dann sagte er: „Das sind etwa 15 Leute."

„Arbeiten bei Ihnen ausschließlich Serben?"

„Ja, bis auf Rauer. Bojan sagte immer, dass man sich auf seine eigenen Landsleute verlassen kann."

„Kannten Sie Dragan Jugović?"

„Natürlich. Dragan war in den letzten Monaten häufig bei uns im Office. Als er noch in Berlin spielte, hat er uns immer besucht, wenn er in Bielefeld war."

„Wie war das Verhältnis zwischen Pasić und Jugović?"

„Bojan und Dragan waren Freunde, wirkliche Freunde, wenn Sie wissen, was ich meine. Der eine hätte für den anderen alles gegeben."

Korff nickte. „Hat Jugović auch für Ihren Chef gearbeitet?"

„Ja, gelegentlich, wenn er es mit seinem Job als Handballspieler vereinbaren konnte. Seitdem Dragan wieder in Bielefeld wohnt, sollte ich bei der Rekrutierung von Personal immer zuerst Dragan fragen, ob er Interesse an einem Auftrag hatte."

„Hat es bei den letzten Einsätzen von Dragan Jugović irgendwelche Probleme oder Zwischenfälle gegeben?"

„Soweit ich weiß, nein. Dragan war auch eher an unproblematischen Aufträgen beteiligt."

Grohner hatte dem Gespräch bislang nur schweigend

zugehört. Jetzt wandte er sich an Grabež: „Als Sie vorhin die Tür zum Büro aufschlossen, haben Sie einen Augenblick gezögert. Was war da?"

Grabežs Blick wanderte hinüber zu Grohner. „Ich habe mich gewundert, dass die Tür nicht richtig abgeschlossen war. Der letzte Besuch hatte die Tür nur ins Schloss gezogen, ohne sie abzuschließen."

„Weshalb hat Sie das gewundert?"

„Na ja, weil ich wusste, dass ich der Erste war, der das Büro betreten würde. Bojan wollte heute Morgen nach Münster zu einem Geschäftstermin. Heute lag nicht viel an, deshalb bin ich auch etwas später gekommen."

„Waren Sie in der vorletzten Woche mit in Berlin?"

Grabež blickte überrascht, so als wolle er fragen, woher Korff diese Information besaß. Nach einem kurzen Zögern nickte er schließlich. „Ja, ich war auch mit dabei. Wir haben Kurschatz und seinen Leuten gezeigt, dass sich Dragan nicht alles gefallen lässt."

„Können Sie sich vorstellen, dass die Morde an Jugović und Pasić auf das Konto von Kurschatz gehen?"

„Das weiß ich nicht. Ich hatte den Eindruck, dass Kurschatz und seine Leute von unserem Besuch ziemlich beeindruckt waren. Ich glaube nicht, dass sie sich danach noch mal nach Bielefeld getraut haben, ausschließen will ich das aber nicht."

„Einer von den Kurschatz-Leuten hat mir erzählt, dass Pasić und seine Begleiter mit Waffen großen Kalibers in Berlin aufgetaucht seien."

Grabež lachte. „Das ist Quatsch. Einige unserer Leute hatten Gaspistolen dabei. Das war alles. Die Kurschatz-Leute scheinen die Hosen ziemlich voll gehabt zu haben, die haben vermutlich gar nicht richtig hingeguckt."

Korff glaubte ihm nicht, ließ sich das aber nicht anmerken. „Herr Grabež, wie erklären Sie sich die Morde an Dragan Jugović, Cheline Keller und Bojan Pasić? Wenn es die Berliner Zuhälter nicht waren, muss es ja jemand anders gewesen sein."

Grabež schüttelte heftig den Kopf. „Ich weiß es nicht. Seitdem ich Bojan gefunden habe, denke ich nur darüber nach. Ich komme zu keinem Ergebnis."

„Ich frage Sie auch, weil nicht auszuschließen ist, dass Sie das nächste Opfer sein könnten." Korff sah, dass Grabež erschrak. Mit diesem Gedanken hatte sich Grabež offenbar noch nicht beschäftigt.

„Hat es in den letzten Monaten – völlig unabhängig davon, ob Dragan Jugović daran beteiligt war – irgendwelche Aufträge für Pasić Security gegeben, die mit Konflikten verbunden waren?"

„Nein. Bojan hätte mir davon berichtet. Da war nichts!"

„Kennen Sie Joachim Kettering?" Korff hatte diese Frage einfach ins Blaue gestellt, umso überraschter war er, als Grabež nickte.

„Ja, natürlich. Dragan hat mich vor etwa vierzehn Tagen darum gebeten, Kettering eine Zeitlang zu observieren. Bojan war damit einverstanden. Ich bin Kettering dabei sogar einmal bis nach Luxemburg gefolgt."

„Hat er Sie auf der langen Strecke nicht bemerkt?"

„Nein, ich konnte immer genug Abstand halten, weil ich einen Peilsender an seinem Fahrzeug befestigt hatte."

„Und – was hat Kettering in Luxemburg gemacht?"

Grabež grinste. „Er hat vermutlich Schwarzgeld geholt. Er ist jedenfalls auf direktem Wege von Trier aus über die Grenze gefahren und hat eine der großen Banken aufgesucht. Nach einer guten halben Stunde kam er wieder aus dem Bankgebäude heraus und fuhr dann zurück nach Spenge. Unterwegs an der Mosel hat er noch einen Winzer besucht und einige Kisten Wein mitgenommen. Nach etwa zwölf Stunden war er wieder zu Hause. Ich habe die ganze Aktion fotografisch dokumentiert."

„Können Sie uns diese Fotos zur Verfügung stellen?"

„Ja, ich kann sie Ihnen zumailen." Während Grohner Grabež einen Zettel mit der Mail-Adresse zuschob, fragte Korff weiter: „Ist Kettering von Pasić oder Jugović auf die Luxemburg-Fahrt angesprochen worden?"

Grabež zuckte mit den Achseln. „Das weiß ich nicht."

„Eine andere Frage: War Ihnen bekannt, dass Pasić gestern Abend noch Besuch erwartete?"

„Nein, Bojan führt … führte aber einen Kalender, der befindet sich in seinem Büro."

„Den Kalender kennen wir. Er enthält keine Angaben. Wann haben Sie gestern das Büro verlassen?"

Grabež überlegte kurz. „Das muss so gegen 18 Uhr gewesen sein. Bojan war noch dort, um sich auf das Gespräch in Münster vorzubereiten."

„Haben Sie beim Verlassen des Büros irgendetwas Auffälliges bemerkt?"

„Nein, ich glaube aber, dass ich gestern Abend auch nicht besonders achtsam gewesen bin."

„Wie haben Sie den gestrigen Abend verbracht?"

„Ich war gestern Abend bis halb elf im Fitnessstudio. Danach war ich noch kurz auf dem Boulevard.

„Gibt es jemanden, der das bestätigen kann?"

„Ja, natürlich. Aber Sie glauben doch wohl nicht, dass ich … ?"

Korff schüttelte den Kopf. „Reine Routine."

Nachdem ihm Grabež zwei Namen von Personen genannt hatte, die über seinen Aufenthalt am gestrigen Abend Auskunft geben konnten, fragte Korff weiter: „Sie kannten Bojan Pasić und Dragan Jugović. Was verbindet die beiden, dass sie auf ein und derselben Mordliste stehen? Da muss es doch – abgesehen von ihrer Jugendfreundschaft – etwas geben oder gegeben haben, das …" Korff suchte nach den passenden Worten.

Grabež überlegte, schüttelte dann den Kopf und schwieg.

„Herr Grabež, würden Sie für uns eine Liste mit den Namen aller bei Bojan Pasić beschäftigten Personen anfertigen? Am besten jetzt gleich?"

Grabež nickte. Grohner reichte ihm einen Schreibblock und einen Kugelschreiber. „Wenn Sie auch die Anschriften der betreffenden Personen kennen und ebenfalls aufschreiben würden, wäre das für uns sehr hilfreich."

***

Kurz nachdem Grabež das Präsidium verlassen hatte, kam Zeinitz ins Büro. Er wurde von einem schlaksigen, hochgewachsenen Mann begleitet, dessen Alter Korff auf etwa 25 Jahre schätzte. Zeinitz wedelte mit einer Mappe, die offenbar eine ganze Anzahl ausgedruckter Papierseiten enthielt.

„Das ist mein Mitspieler Ivica Tomas, er ist Doktorand an der Fakultät für Linguistik und Literaturwissenschaft." Zeinitz wies dabei auf seinen dunkelhaarigen Begleiter, der den beiden Kommissaren freundlich lächelnd die Hand gab und erklärte: „Meine Muttersprache ist Kroatisch, ich spreche und verstehe Serbisch aber auch sehr gut. Wir …"

Zeinitz unterbrach ihn: „Ein Wahnsinn. Jugović hat alle Mails seit 2001 archiviert. Viele von denen waren in Serbisch abgefasst. Ohne Ivica hätte ich mit den meisten Mails gar nichts anfangen können." Jörg Zeinitz schob seinem Begleiter einen Stuhl hin und setzte sich ebenfalls. Dann schlug er die Mappe auf. Auf Korffs fragenden Blick hin erklärte er: „Wir haben zunächst versucht die Mails schriftlich zu übersetzen. Das haben wir bereits nach kurzer Zeit aufgegeben. Danach hat Ivica die Mails nummeriert, sie gelesen und ihre Inhalte als Zusammenfassung auf Band gesprochen."

„Und? Ist was Interessantes dabei?"

„Vielleicht. Aus ein paar Mails geht hervor, dass Jugović und Pasić Mitte der 1990er Jahre gemeinsam längere Zeit in Serbien und Bosnien waren."

„Ja und?"

„Das ist doch die Zeit, in der Jugović nicht Handball gespielt hat. Ihr erinnert euch … In dieser Zeit war er doch plötzlich aus Nettelstedt verschwunden."

„Ja, richtig."

Ivica Tomas griff nach den Ausdrucken. „Ich habe mit Jörg vereinbart, dass ich die interessanten Mails genauer übersetzen werde. Die Inhalte der Mails legen nahe, dass Jugović und Pasić im Jahre 1994 am Bosnienkrieg teilgenommen haben."

Korff merkte auf und ließ sich dann seine Enttäuschung nicht anmerken, dass sich die Auswertung der Mails noch weiter verzögern würde. Er wandte sich an Tomas: „Jörg hat bereits mit unserem Chef vereinbart, dass Sie einen Werkvertrag erhalten. Sie werden Ihre Arbeit vergütet bekommen. Wir stehen etwas unter Zeitdruck, es wäre schön, wenn wir die Ergebnisse bald bekommen würden."

Tomas nickte, dann stand er auf und verabschiedete sich.

Korffs Magen knurrte. Er blickte seine beiden Kollegen an: „Wir sollten erst mal einen Happen essen gehen. Mal sehen, welche Leckereien die Kantine heute zu bieten hat." Er erntete von seinen Kollegen nur ein müdes Lächeln.

***

Korff legte den Hörer auf und blickte seine beiden Kollegen an. Nach der Rückkehr aus der Kantine hatte Korff bei Dr. Germer, dem Gerichtsmediziner, angerufen. „Wieder zwei Schüsse aus zwei verschiedenen Waffen. Jeder für sich wäre tödlich gewesen. Viel mehr konnte mir Dr. Germer aber noch nicht sagen. Morgen früh ist der Bericht da."

„Also keine Überraschung. Pasić ist das dritte Opfer der beiden Killer. Und wir haben immer noch keine heiße Spur." Grohner knüllte einen Zettel zusammen, auf den er zuvor etwas gekritzelt hatte, und versuchte damit den Papierkorb zu treffen. Es misslang. „Wir haben noch nicht darüber nachgedacht, ob es sich nicht doch um einen Fall von organisiertem Verbrechen handeln könnte. Was ist, wenn es hier um Streitigkeiten zweier rivalisierender Banden geht? Die Professionalität, mit der die Morde begangen wurden, spricht jedenfalls dafür. Pasićs Security-Unternehmen könnte doch eine perfekte Tarnorganisation für eine Bande sein, die Schutzgelder erpresst, mit Drogen handelt oder mit was-weiß-ich Geld verdient."

Jörg Steinitz deutete auf die von Grabež angefertigte Liste, die noch auf Grohners Schreibtisch lag. „Wir sollten die Personen überprüfen, die Grabež als Mitarbeiter von Pasić Security aufgelistet hat. Vielleicht ergeben sich da Anhaltspunkte."

Korff nickte. „Anhand der Firmenunterlagen lässt sich hoffentlich auch feststellen, ob Grabež jemanden vergessen hat, möglicherweise absichtlich."

„Ich kümmere mich darum." Grohner griff nach der Liste und erhob sich. „Ich fahre noch einmal in Pasićs Büro und gleiche die Liste mit den dort hoffentlich vorhandenen Personalunterlagen ab."

„Gut. Mach uns vorher zwei Kopien der Liste. Dann

können Jörg und ich gleich hier mit der Überprüfung der Mitarbeiter anfangen. Vielleicht sind ja alte Kunden dabei."

11. Kapitel

Mittwoch, den 2. September 2009

Korff, Grohner und Zeinitz hatten am Abend zuvor bis gegen 22 Uhr die Liste der Pasić-Mitarbeiter abgearbeitet. Grohner hatte herausgefunden, dass die von Grabež erstellte Liste vollständig gewesen war. Die Überprüfung hatte nur wenig erbracht. Zwei der auf der Liste stehenden Personen hatten vor einigen Jahren Jugendstrafen wegen gefährlicher Körperverletzung erhalten, waren danach aber nicht mehr aufgefallen; gegen eine weitere Person lief aktuell ein Verfahren wegen verweigerter Unterhaltszahlungen. Hinweise auf organisierte Kriminalität gab es nicht.

Als sich die drei Kriminalbeamten am Vormittag um 9 Uhr wieder trafen, lagen die ersten Ergebnisse der Spurensicherung und der gerichtsmedizinischen Untersuchung vor.

Korff und Grohner blätterten in den beiden Berichten und lasen sich und Zeinitz abwechselnd interessante Passagen vor. Danach war Pasić am frühen Abend des 31. August gegen 20 Uhr erschossen worden. Zwei Kugeln unterschiedlichen Kalibers hatten Pasić in die Brust getroffen, der Tod war unmittelbar danach eingetreten. Pasić war zuvor gefesselt und misshandelt worden. Die aus dem Körper entfernten Projektile entsprachen der Munition, die bei den Morden an Dragan Jugović und Cheline Keller verwendet worden waren; eine genauere kriminaltechnische Untersuchung stand allerdings noch aus. Das Klebeband stammte von derselben Rolle wie das bei der Fesselung von Jugović verwendete Material.

Pasić schien den Tätern die Tür aufgemacht zu haben, denn die Spurensicherung hatte an der Tür keine Anzeichen einer gewaltsamen Öffnung entdeckt.

An dieser Stelle informierte Zeinitz seine beiden Kollegen: „Pasić hat vorgestern nach 18 Uhr keine Telefonanrufe mehr erhalten oder getätigt."

Die Bürotür wurde geöffnet und Pott trat ein. Wer ihn kannte, konnte an seinem Gesichtsausdruck ablesen, dass er schlecht gelaunt war.

„Hier", er warf eine Ausgabe des Westfalen-Blattes auf Korffs Schreibtisch. Korff kannte die Schlagzeile bereits. „Mordserie in Bielefeld!!" stand da in großen Lettern. In dem dazugehörigen Artikel wurden die drei Morde in Zusammenhang gebracht. Der Journalist kritisierte die Informationspolitik der Staatsanwaltschaft, stellte Vermutungen über die Existenz organisierter Kriminalität in Bielefeld an und fragte nach einer möglichen Fortsetzung der Mordserie.

„Ich kenne den Artikel. Er enthält keine wesentlichen Fehler." Korff blickte Pott entwaffnend an. Er war sich keiner Versäumnisse bewusst, konnte sich aber gut vorstellen, dass sein Chef unter enormem Druck stand.

„Staatsanwältin Kasper fürchtet Unruhen unter der serbischen Bevölkerung, weil sich die Morde offenbar gezielt gegen Personen mit serbischer Staatsangehörigkeit richten. Sie sieht die Gefahr von Auseinandersetzungen zwischen verschiedenen Migrantengruppen."

Korff stöhnte leise. „Die Dame scheint ja eine lebhafte Fantasie zu besitzen. Hoffentlich profitiert auch ihr Ehemann oder Lebensgefährte davon." Da Pott auf die etwas anzügliche Bemerkung nicht reagierte, erklärte Korff: „Wir werten im Augenblick die Mails von Jugović aus. Vielleicht ergeben sich dadurch neue Hinweise und Ansatzmöglichkeiten." Er machte eine kurze Pause und fuhr dann fast beschwörend fort: „Paul-Heinrich, du musst noch etwas Geduld haben. Wir tun, was wir tun können. Mach das Frau Kasper klar. Du kommst doch gut mit ihr aus, auf dich hört sie."

Besonders die letzte Bemerkung schien Pott überzeugt zu haben. Er überlegte einen Augenblick, schließlich nickte er. „Gut, ich spreche mit ihr." Dann ging er zur Tür.

Grohner blickte Korff an und kniff das rechte Auge zweimal nacheinander zu. Dabei lächelte er. Auch Zeinitz nickte Korff anerkennend zu. „Da hast du Pol Pots schwache Stelle erwischt. Er ist ja doch leicht auszurechnen."

Korff nickte und grinste ebenfalls. „Wir müssen mit unseren Ermittlungen vorankommen. Ich kann Pott schon verstehen, wenn er Druck macht. Immerhin sind drei Menschen ermordet worden." Grohner und Zeinitz schwiegen.

Zeinitz erhob sich als Erster. „Ich fahre jetzt zu Ivica Tomas. Ich soll ihm bei der weiteren Durchsicht der Mails helfen."

Auch Grohner wandte sich zum Gehen. „Ich habe gleich noch einen Termin mit einem Anwohner vom Wildhagen. Der Mann war bis gestern im Urlaub. Er ist seinerzeit am Sonntagmorgen, das heißt am Morgen nach der Tat, abgereist. Die anderen Nachbarn nennen ihn ‚Blockwart' und haben gesagt, dass er sich um die Nachbarschaft besonders kümmert und immer Augen und Ohren auf hat."

Korff wandte sich seinem Computer zu. „Gut. Ich werde mich noch ein wenig mit Joachim Kettering beschäftigen. Wir treffen uns hier um 16 Uhr."

***

Grabež hatte bereits am vergangenen Abend die Fotos, die bei der Observation Ketterings entstanden waren, als Bilddateien geschickt. Es handelte sich um etwa 20 Fotos, die in unterschiedlichen Situationen aufgenommen worden waren. Korff druckte die Fotos aus und sah sie sich noch einmal genauer an.

Die ersten Fotos zeigten Ketterings Auto, einen BMW-Geländewagen, auf der Autobahn, weitere Fotos dokumentierten, dass Kettering den Grenzübergang nach Luxemburg in Wasserbillig benutzt hatte. Die nächsten Fotos zeigten Kettering, als er die luxemburger Zweigstelle einer großen deutschen Bank betrat. Da die Fotos mit Datum und Uhrzeit versehen waren, konnte man erkennen, dass sich Kettering etwa 40 Minuten lang in der Bank aufgehalten hatte, als er sie wieder verließ.

Es stand zweifelsfrei fest: Kettering hatte am 18. August 2009 die Bank am Senninger Berg besucht. Dass er unversteuertes Bargeld mitgenommen hatte, ließ sich anhand der Fotos allerdings nicht beweisen. Dennoch boten ihm die Fotos einen guten Grund, Kettering noch einmal vorzuladen.

Korff holte sich aus der Kantine zwei belegte Brote und aus dem Getränkeautomaten einen Becher mit Kaffee. Dann sah er noch einmal die Liste mit den Pasić-Mitarbeitern durch. Sein Blick wanderte vom Ende der Liste zurück auf den ersten Namen. „Marko Petrović" stand da. Korff entschloss sich, mit Petrović zu sprechen.

Gerade als er aufstehen und das Büro verlassen wollte, klingelte das Telefon. Korff griff zum Hörer und meldete sich.

„Hallo Klaus, wie ich höre, interessiert ihr euch für Jasper Milde?" Korff erkannte sofort die Stimme Eckart Bellmanns. Bellmann, bei den Bielefelder Polizeibeamten als Intimfeind Paul-Heinrich Potts bekannt, leitete das zum Staatsschutz gehörende KK 31.

„Hallo Ekki, hast du Informationen für uns?"

„Ihr ermittelt in den Mordsachen Jugović und Pasić, oder?"

„Ja."

„Ich möchte dich darum bitten, etwaige Ermittlungen gegen Jasper Milde im Zusammenhang mit den beiden Mordfällen sofort einzustellen. Das wird euch nicht weiterbringen."

Korff brauchte einen Augenblick, bis er begriff. „Du meinst …?"

„Ja, Milde ist unser Mann. Das ist natürlich absolut vertraulich. Ich kann dir aber versichern, dass Milde mit den beiden Morden nichts, aber auch gar nichts zu tun hat. Es hat lange gedauert, bis wir Milde in der Nähe Keterings parken konnten. Ich habe Sorge, dass die Arbeit des letzten Jahres durch eure Ermittlungen wertlos wird."

„Ist in Ordnung. Milde spielt für uns ab sofort keine Rolle mehr. Wäre ja auch reine Zeitverschwendung."

„Gut. Stimmt es übrigens, dass Pott nach der Kommunalwahl Mitglied der SPD geworden ist?"

Korff lachte. „Wir haben hier auch schon darüber spekuliert. Pott ist ja bekanntlich ein Siegertyp. Das würde zu ihm passen. Wenn ich hier irgendwo seinen Aufnahmeantrag finde, mache ich eine Kopie und schicke sie dir für dein Dossier."

Jetzt lachte Bellmann. Er hatte vor einiger Zeit eine nicht ernst gemeinte Akte über Pott angelegt, die er nur guten Freunden zeigte. Die Akte enthielt fantasievolle Schriftstücke über Pott, die diesen in einem schlechten Licht dastehen ließen. „Ich habe mich in der letzten Zeit kaum noch mit der Akte beschäftigen können. Ich bin natürlich für jede Ergänzung dankbar. Ich erwarte deine Unterlagen in Kürze." Er lachte noch einmal und legte dann auf.

Inzwischen war es 13 Uhr. Grohner kam herein und ließ sich in seinen Bürostuhl fallen. Er schielte auf das zweite Brot, das noch auf Korffs Schreibtisch lag. Korff schob es ihm wortlos hin und berichtete dann von dem Anruf Bellmanns.

„Das ist ja ein dicker Hund“, war Grohners einziger Kommentar. Nachdem er sich das letzte Stück von dem belegten Brot in den Mund geschoben hatte, gab er seinerseits einen kurzen Bericht von seinen Erkundigungen: „Der Zeuge hat das ominöse Auto ebenfalls mehrfach abends am Wildhagen gesehen. Er hat dem Auto keine große Bedeutung beigemessen, konnte es mir aber genauer beschreiben als die anderen Nachbarn. Er ist sich ziemlich sicher, dass es ein schwarzer Golf gewesen ist. Der Nachbar meint auch, dass das Fahrzeug ein Herforder Nummernschild gehabt habe, er will dafür aber nicht, wie er sagt, ‚seine Hand ins Feuer legen‘.“

Korff nickte. „Hm, nicht schlecht. Das ist ja schon deutlich mehr, als wir bislang erfahren haben, gibt aber immer noch nicht genug für eine gezielte Fahndung her.“

„Ja, leider. Wir sollten uns aber trotzdem eine Liste aller Halter schwarzer Golfs vom Kraftfahrt-Bundesamt schicken lassen, am besten für die Stadt Bielefeld und den Kreis Herford.“

„Einverstanden.“

„Gut, ich kümmere mich darum.“

Korff reichte Grohner die Fotos, die ihm Grabež zugemailt hatte. „Es spricht viel dafür, dass Kettering Geld auf Konten in Luxemburg hat. Die Fotos von Grabež sind eindeutig, obwohl man sie vor Gericht nicht als Beweis akzeptieren wird. Wenn sie allerdings dem Finanzamt zugespielt worden wären, hätte man vielleicht weitergehende Ermittlungen angestellt und Kettering wäre eventuell in Bedrängnis geraten. Wenn Kettering deswegen von Jugović und Cheline Keller erpresst worden ist, könnte er natürlich versucht haben, sich die beiden vom Hals zu schaffen. Pasić wird seinem Freund Jugović sicherlich Abzüge von den Fotos gegeben haben."

Grohner schüttelte den Kopf. „Irgendwie passen die einzelnen Fakten trotzdem nicht so recht zusammen. Weshalb sollte Jugović versuchen, von Kettering Geld zu erpressen, wenn er sich zuvor dazu entschlossen hatte, die noch ausstehende Restsumme gar nicht mehr an Kurschatz zu zahlen? Das ist doch nicht logisch, oder? Ich will damit sagen, dass sich Jugović die Erpressung Ketterings eigentlich hätte schenken können."

Korff überlegte einen Augenblick. „Hm. Was ist, wenn die Entscheidung, Kurschatz in Berlin zu überfallen, aus der Not entstanden ist? Jugović hatte vielleicht vor, Kurschatz die Restsumme zu geben, das heißt vertragstreu zu sein, aber nachdem Kettering es zunächst abgelehnt hatte, Geld herauszurücken, haben Jugović und Pasić sich für die gewaltsame Lösung entschieden und sind nach Berlin gefahren, um Kurschatz und seinen Leuten einen Denkzettel zu verpassen. Als die Pasić-Leute zurück in Bielefeld waren, hatte sich Kettering die Sache offenbar überlegt und hat Jugović aus Angst vor dem Finanzamt, mit dem Jugović gedroht hatte, die 20.000 Euro übergeben, die er ein oder zwei Tage zuvor aus Luxemburg geholt hatte. Jugović hat keine Skrupel gehabt das Geld anzunehmen, zumal er jetzt auch noch im Besitz der Fotos war."

Grohner nickte bedächtig. „Gut, so könnte es zusammenpassen." Doch dann hielt er inne und schüttelte erneut den Kopf. „Deine Argumentation enthält noch eine Lücke. Beim ersten Erpressungsversuch kannte Jugović die Fotos von der Luxemburg-Fahrt Ketterings noch nicht. Was hatte Jugović gegen Kettering in der Hand?"

„Das weiß ich nicht. Vielleicht hat Jugović durch die Art und Weise der Bezahlung oder vielleicht durch eigene Erfahrungen mit früheren Sponsoren, die ebenfalls mit Schwarzgeld gezahlt haben, die richtige Ahnung gehabt. Vielleicht hat sich Kettering auch nur durch irgendeine Bemerkung verraten."

Grohner war noch nicht überzeugt. „Falls deine Vermutung stimmt, kannst du aber nicht erklären, weshalb die Opfer mit Kugeln aus zwei verschiedenen Waffen getötet worden sind, sofern Kettering der Mörder ist. Weshalb sollte Kettering Cheline Keller in den Unterleib schießen, um auch ihr Kind zu töten? Soviel Hass wird er ihr beziehungsweise Jugović gegenüber wohl kaum empfunden haben."

Korff gab sich geschlagen. „Tja, vermutlich hast du Recht." Er wies auf die von Grabež angefertigte Liste, die vor ihm lag: „Wenn du Zeit hast, fahr mit mir zu Petrović." Auf Grohners fragenden Blick hin erklärte Korff: „Petrović arbeitet als freier Mitarbeiter bei Pasić Security. Er steht ganz oben auf der von Grabež angefertigten Liste, das heißt, Grabež hat als erstes an ihn gedacht, Petrović scheint also ein besonders wichtiger Mitarbeiter gewesen zu sein."

„Also gut, schenken wir uns die Mittagspause. Pol Pot wird uns dafür belohnen."

***

Marko Petrović wohnte in Bielefeld-Baumheide. Die beiden Kommissare fanden das Mehrfamilienhaus nach kurzem Suchen in der Siebenbürger Straße. Da die Sonne noch kräftig schien, stellten sie ihren Wagen auf einem schattigen Parkplatz unter einer Linde ab. Auf ihr Klingeln wurde nach kurzer Zeit der Summer betätigt und Grohner drückte die Haustür auf. Petrović, ein kräftiger dunkelhaariger Mann mit Dreitagebart und einer martialischen

Tätowierung auf dem linken Oberarm, erwartete die Besucher vor der Eingangstür seiner Wohnung, die sich in der zweiten Etage befand. Er trug ein ärmelloses weißes Muscle-Shirt und eine schwarze Trainingshose.

Korff hielt Petrović seinen Dienstausweis entgegen und sagte verbindlich: „Wir würden uns gerne mit Ihnen über den Mord an Bojan Pasić unterhalten. Herr Grabež hat uns Ihren Namen genannt."

Petrović nickte bereitwillig. Er führte die beiden Besucher in seine Wohnung. Im akkurat aufgeräumten Wohnzimmer deutete er auf zwei bequeme Sessel. Korff und Grohner setzten sich.

Korff ergriff das Wort, nachdem auch Petrović Platz genommen hatte: „Sie haben bei Bojan Pasić gearbeitet. Ist Ihnen etwas Ungewöhnliches aufgefallen oder haben Sie Vermutungen, wer hinter dem Mord stecken könnte?"

Petrović schien einen Augenblick zu überlegen. Dann meinte er: „Wir hatten vor etwa zwei Wochen eine Auseinandersetzung mit ein paar Berliner Zuhältern. Bei dem Mord an Bojan könnte es sich möglicherweise um einen Racheakt dieser Typen handeln."

„Wie ist es zu diesem Konflikt gekommen?"

„Einer unserer Freunde hat sich in eine Frau verliebt, die für diese Typen gearbeitet hat. Unser Freund hat zunächst akzeptiert, dass er für seine Freundin Ablöse zahlen musste. Als die Typen dann aber weiteres Geld haben wollten und unserem Freund Schläger auf den Hals geschickt haben, weil er nicht zahlen konnte, hat Bojan entschieden, dass wir den Typen eine Lehre erteilen sollten. Ich habe in Berlin die Lage sondiert und wir sind dann einen Tag später aufmarschiert und haben die Jungs ein wenig eingeschüchtert. Die hatten die Hosen gestrichen voll."

„Wie wir gehört haben, sind Sie sogar mit schweren Waffen angerückt?“

„Na ja, wir haben ihnen schon ein wenig demonstriert, dass wir keine Anfänger sind.“ Marko Petrović kicherte leise. Offenbar erinnerte er sich an Einzelheiten dieser Aktion.

Grohner fragte: „Woher hatten Sie die Waffen?“

„Die hat uns Bojan zur Verfügung gestellt. Er hat sie nach der Aktion wieder eingesammelt.“

„Wo sind die Waffen jetzt?“

„Keine Ahnung.“

„Waren Sie mit diesen Waffen häufiger unterwegs?“

„Nein, nur dieses eine Mal.“

„Wer von Pasićs Leuten kann denn mit einer Maschinenpistole umgehen?“

„Bojan ist ein Waffennarr. Der kommt mit allen Waffen zurecht. Es gibt noch zwei oder drei andere, die eine militärische Ausbildung haben.“

Korff schaltete sich wieder ein: „Der Mann mit der Berliner Freundin, über den Sie vorhin gesprochen haben, war Dragan Jugović. Kannten Sie Jugović näher?“

Petrović nickte. „Ja klar. Dragan war häufig bei uns in Bielefeld. Bojan und Dragan sind … waren alte Freunde.“

Korff kam eine Idee. „Dragan Jugović war im Jahre 1994 nicht in Deutschland. Wissen Sie, wo er sich in dieser Zeit aufgehalten hat?“

„1994?“ Petrović machte große Augen. „Da war Krieg in Bosnien. Dragan und Bojan waren dort und haben für unsere Sache gekämpft. Wir haben sie dafür bewundert.“

„Wie alt sind Sie?“

„28.“

„Dann werden Sie doch wohl kaum Jugović und Pasić verabschiedet haben, als sie nach Jugoslawien gegangen sind.“

Petrović nickte abermals. „Das stimmt. Ich kannte Dragan und Bojan zu diesem Zeitpunkt noch nicht. Die beiden haben aber später öfters davon berichtet."

Korff hörte aufmerksam zu. „Wissen Sie Näheres darüber? Ist Ihnen bekannt, wo die beiden gekämpft haben?"

„Nein." Die Antwort kam sehr rasch, ohne dass Petrović nachgedacht haben konnte. „Bojan hat nach seiner Rückkehr sein Unternehmen gegründet. Ich arbeite erst seit 2001 ab und zu für ihn."

„Wer weiß mehr über die Zeit, in der Jugović und Pasić in Jugoslawien gewesen sind?"

„Wenn einer etwas darüber weiß, dann Gavrilo. Das ist … ich meine, das war Bojans rechte Hand."

„Was machen Sie beruflich?"

„Ich arbeite als Kraftfahrer."

„Wo waren Sie am Montag zwischen 18 und 22 Uhr?"

„Fragen Sie das, weil Sie glauben, dass ich Bojan umgebracht habe?" Petrovićs Stimme klang leicht aggressiv.

Korff schüttelte den Kopf. „Nein. Es ist eine Routinefrage, die wir allen im Rahmen des Falles befragten Personen stellen müssen."

Petrović überlegte einen kurzen Augenblick, dann sagte er: „Montags und dienstags bin ich immer auf der langen Tour nach Süddeutschland. Ich übernachte dann montags in der Nähe von Mannheim. Mittwochs habe ich dafür frei. Ich gebe Ihnen den Namen meines Beifahrers, der wird meine Angaben bestätigen." Petrović nannte Korff einen Namen und eine Handynummer.

„Wir müssen das überprüfen, reine Formsache." Korff hatte sich die Angaben notiert und stand auf. Auch Grohner erhob sich.

***

Pünktlich um 16 Uhr betrat Zeinitz mit einem Stapel von Papieren, die er in einer Mappe bei sich trug, das Büro. Er nickte seinen beiden Kollegen zu, die sich gerade Kaffee geholt hatten. Grohner blätterte in den Ermittlungsakten, Korff recherchierte im Internet.

„Na, wie sieht's aus? Der Lösung des Falles schon etwas näher gekommen?" Zeinitz' Miene und der gespielt großspurige Unterton in seiner Stimme verrieten, dass er auf etwas Wichtiges gestoßen war.

Korff ging auf das Spiel ein. Sein Blick löste sich betont langsam vom Bildschirm. „Richtig weitergekommen sind wir nicht. Die Vermutung, dass Dragan Jugović und Bojan Pasić im Jahre 1994 gemeinsam in Jugoslawien gewesen sind und dort auf serbischer Seite gekämpft haben, hat sich bestätigt. Das ist aber wohl nicht so wichtig."

Zeinitz blickte so enttäuscht wie ein Kind, dem man gerade sein Lieblingsspielzeug weggenommen hatte. „Das wollte ich euch auch so ähnlich erzählen."

Korff und Grohner lachten. „Dann war die Analyse der Mails ergiebig?", fragte Korff. „Nein, im Ernst, diese Sache könnte uns weiterbringen."

Zeinitz' Stimmung hob sich wieder. „Und ob. Ich kann euch genau berichten, was Jugović und Pasić im Jahre 1994 in Bosnien gemacht haben."

„Schieß los!"

„Hier", Zeinitz legte den Papierstapel auf den Tisch und begann zu blättern. „Diese Mail ist vom 11. Februar 2004. Ivica hat sie übersetzt: ‚Lieber Dragan, aus Anlass meines 10. (!) Geburtstages schicke ich dir viele Grüße. Ich hoffe, es geht dir gut und du bist sportlich erfolgreich. Du kannst dich immer an mich wenden, falls du Hilfe brauchst. Schließlich hast du mich damals rausgehauen, als mich die Bosniaken am Haken hatten.'"

„Wenn er im Jahre 2004 von seinem zehnten Geburtstag spricht, muss die Aktion ja wohl im Jahre 1994 stattgefunden haben. Dragan Jugović hat Bojan Pasić also im Krieg das Leben gerettet. Mir hat Pasić erzählt, Jugović habe ihn im Urlaub vorm Ertrinken bewahrt."

„Weshalb hat Pasić so ein Geheimnis daraus gemacht, dass er als Soldat an den Kriegshandlungen teilgenommen hat?" Grohner blickte in die Runde.

Jörg Zeinitz meldete sich zu Wort: „Wir haben anhand der Mails herausgefunden, dass Jugović und Pasić vermutlich in einer von Ratko Mladić befehligten Einheit in Bosnien gekämpft haben. Es ist jedenfalls mehrere Male von einem gewissen ‚Ratko' die Rede, von dem die beiden mit Hochachtung sprechen. Ivica meint, dass es sich dabei um Ratko Mladić handeln muss, der nach Ende des Krieges untergetaucht ist und bis heute als Kriegsverbrecher gesucht wird."

Korff nickte bedächtig. „Dann ist die Sache klar. Die beiden wollten es nicht an die große Glocke hängen, dass sie unter Mladić gekämpft haben."

„So richtig verstanden habe ich die Ereignisse in Jugoslawien damals nicht. Wenn ich mich richtig erinnere, so haben die Serben sowohl gegen die Kroaten als auch gegen die muslimische Bevölkerung in Bosnien gekämpft. Worum ging es dabei eigentlich?" Grohner, der sich nur wenig für Politik interessierte und sich zumeist mit dem Sportteil der Tageszeitung begnügte, sah seine beiden Kollegen fragend an.

Auch Zeinitz blickte ein wenig unsicher.

„Dein Freund Ivica weiß das vermutlich sehr genau. Ich habe vorhin schon ein wenig recherchiert. Bei Wikipedia kann man nachlesen, dass Jugoslawien in den 1980er Jahren sehr hoch verschuldet war. Die reicheren Republiken

Slowenien und Kroatien wollten die Armutsregionen im Süden Jugoslawiens nicht weiter finanziell unterstützen und haben sich nach dem Zerfall der Sowjetunion für unabhängig erklärt. Die Serben waren nicht bereit, das zu akzeptieren und haben deshalb Krieg geführt, um die Einheit Jugoslawiens unter serbischer Dominanz zu erhalten. Die Serben konnten ihre Ziele letztlich nicht durchsetzen und mussten die Unabhängigkeit von Slowenien und Kroatien akzeptieren."

„Und was war mit Bosnien? Bosnien spielte in diesem Krieg doch auch eine Rolle – oder?"

„In Bosnien leben sowohl orthodoxe Serben, katholische Kroaten als auch muslimische Bosniaken, die zahlenmäßig in der Mehrheit sind."

„Ja und?"

„Auch Bosnien wurde 1992 unabhängig. Das wollten die Serben ebenfalls nicht akzeptieren und deshalb herrschte zwischen 1992 und 1995 Krieg zwischen serbischen, kroatischen und bosniakischen Militärverbänden. Es kam zu lang andauernden Kämpfen mit vielen Toten auf allen Seiten. Die Serben haben versucht, die in Bosnien lebenden Muslime aus bestimmten Regionen zu vertreiben, das heißt im Prinzip eine ethnische Säuberung durchzuführen."

„Und daran haben Bojan Pasić und Dragan Jugović mitgewirkt?"

„Möglicherweise. Wir sollten uns noch einmal mit Grabež unterhalten. Er weiß vermutlich wesentlich mehr darüber, was Bojan Pasić und Dragan Jugović in Jugoslawien gemacht haben, als er uns bislang gesagt hat."

***

Gavrilo Grabež öffnete die Haustür und blickte seine beiden Besucher überrascht an.

„Herr Grabež, es haben sich weitere Fragen ergeben, wir müssten uns noch einmal mit Ihnen unterhalten." Korff hatte sich nach vorn geschoben und blickte Grabež auffordernd an.

Grabež zögerte kurz, dann bat er seine beiden Besucher herein und bot ihnen in der geräumigen Küche zwei Stühle an. Grabež schien gerade gegessen zu haben. Er räumte rasch Geschirr und Essensreste beiseite, während Korff und Grohner sich setzten. Aus einem der Nebenräume waren Kinderstimmen und die Geräusche eines Fernsehers zu hören.

Korff blickte sich in der Küche um, dann wandte er sich Grabež zu. „Herr Grabež, ich will nicht lange drum herumreden. Es laufen zwei Mörder frei herum, die bereits drei Menschen umgebracht haben, darunter Ihre Freunde Bojan Pasić und Dragan Jugović."

Grabež lehnte sich zurück und betrachtete seine an den Fingerspitzen zusammengedrückten Hände. Er nickte.

„Wenn wir den Mord an Cheline Keller mal ausklammern, so muss es zwischen Bojan Pasić und Dragan Jugović Verbindungen geben, durch die sie in das Visier der Mörder geraten sind. Wir sind jetzt darauf gestoßen, dass Ihre beiden Freunde im Jahre 1994 gemeinsam in Ex-Jugoslawien gekämpft haben. Wir glauben, dass hier der Schlüssel für die Morde liegen könnte."

Korff machte eine kurze Pause und beobachtete Grabež genau. Grabež hatte Korff konzentriert zugehört und mehrere Male leicht genickt.

„Was wissen Sie über die Aktivitäten Ihrer beiden Freunde im Jahre 1994 in Jugoslawien?"

Grabež schwieg.

Korff unternahm einen neuen Anlauf. „Waren Sie auch in Jugoslawien?“

Grabež schwieg weiter, dann stieß er hervor: „Nein, aber ich wäre mitgegangen, wenn ich gekonnt hätte. Meine Frau war damals schwanger und brauchte meine Unterstützung.“

„Was genau haben die beiden seinerzeit in Jugoslawien gemacht? Wo waren sie im Einsatz?“

Grabež schwieg wieder.

Grohner wurde langsam ungeduldig. „Es dürfte doch auch in Ihrem Interesse sein, dass der Mord aufgeklärt wird. Vielleicht sind Sie der Nächste auf der Liste der Mörder!“

Grabež schien noch einen Augenblick mit sich zu ringen, dann antwortete er: „Also gut. Bojans und Dragans Familien stammen aus Bosnien. Sie gehören zur serbischen Minderheit in Bosnien und wurden von der muslimischen Bevölkerung unterdrückt und drangsaliert. Wir wollten Bosnien wieder für Serbien zurückerobern, jedenfalls bestimmte Regionen. Junge Serben aus ganz Europa sind damals in ihre Heimat zurückgekehrt. Auch Bojan und Dragan wollten mithelfen. Bojans Cousine war von einem bosniakischen Soldaten vergewaltigt worden.“

„Haben Ihre beiden Freunde unter dem Befehl von Ratko Mladić gekämpft?“

Grabež zögerte, dann nickte er. „Ja, die beiden haben mir mal davon erzählt.“

„Was haben die beiden berichtet?“

Grabež zögerte erneut. Er tat sich schwer, vermutlich fühlte er sich seinen beiden Freunden oder auch seinem Volk gegenüber zur Loyalität verpflichtet. Schließlich sagte er: „Nun ja, es war nicht immer ein sauberer Krieg. Ratko Mladić hat nur unsere serbische Nation verteidigt. Jetzt wird er gesucht. Kein Serbe, dem sein Vaterland etwas bedeutet, wird ihn verraten."

Korff, der sich halbwegs im Internet über die Geschehnisse in Jugoslawien informiert hatte, fragte: „Was wollen Sie mit Ihrer Bemerkung über den nicht-sauberen Krieg sagen? Waren Pasić und Jugović an Kriegsverbrechen beteiligt?"

„Das weiß ich nicht. Sie können sich aber vorstellen, dass in einem solchen Krieg nicht alles entsprechend der Genfer Konventionen abläuft."

„Waren Pasić und Jugović auch in Srebrenica?"

„Nein. Die Kämpfe um Srebrenica fanden erst im Juli 1995 statt. Soweit ich weiß, waren Bojan und Dragan da bereits wieder in Deutschland."

***

Als Korff und Grohner das Haus verließen, dämmerte es bereits. Sie hatten ihren Wagen in einiger Entfernung von Grabežs Wohnung geparkt. Unschlüssig standen die beiden auf dem Bürgersteig. Dann fragte Grohner: „Was war in Srebrenica? Ich kann mich nicht mehr erinnern."

„Ich wüsste es auch nicht mehr, wenn ich mich vorhin nicht kundig gemacht hätte. Lass' uns noch irgendwo ein Bier trinken, dann erkläre ich es dir."

„Einverstanden. Hier in der Nähe ist die ‚Tangente'."

Wenig später betraten sie die kleine Kneipe. Im hinteren Bereich fanden sie einen leeren Tisch und setzten sich. Bei der Kellnerin, die kurze Zeit später auftauchte, bestellten sie Bier.

„Srebrenica", erklärte Korff, „steht für Völkermord an 7.000 bis 8.000 muslimischen Männern und männlichen Jugendlichen durch bosnische Serben unter dem Befehl von Ratko Mladić. Im Verlauf der Kämpfe in Bosnien hatten sich zahlreiche muslimische Bosniaken in die von UNO-Blauhelmen errichtete Schutzzone um Srebrenica geflüchtet. Die Schutzzone wurde im Juli 1995 von serbischen Einheiten unter Mladić eingenommen und dann wurden die jüngeren Männer ausgesondert und exekutiert. Die Blauhelm-Soldaten der UNO waren zu schwach, um diese Aktion zu verhindern."

„Grabež hat aber behauptet, Jugović und Pasić seien nicht dabei gewesen?"

„Das kann ja auch sein. Es hat aber auch zuvor an zahlreichen anderen Orten in Bosnien Übergriffe gegeben, sowohl von serbischer als auch von muslimischer Seite."

„Glaubst du, dass wir damit das Motiv für die Morde gefunden haben?"

Die Kellnerin brachte die Biere. Sie stellte die Gläser auf zwei Bierdeckel und zog mit ihrem Kugelschreiber über jeden Deckelrand einen kurzen Strich.

Korff griff nach seinem Glas und prostete Grohner wortlos zu. Nachdem sie getrunken hatten, sagte er: „Vielleicht. Ein anderes Motiv haben wir bislang noch nicht. Du hast schon recht, ich kann mir nur schwer vorstellen, dass Kettering mit zwei Pistolen, rechts und links, wie einst Django, die Personen exekutiert hat, die ihn erpressen wollten. Dagegen spricht ja auch die Aussage von Küppers, der zwei Personen gesehen hat."

„Tja, aber wo fangen wir an?"

„Ich habe noch keine Ahnung. Lass uns morgen weiter darüber nachdenken. Trink aus, ich fahre dich nach Hause." Korff war hungrig, müde und abgespannt. Er wusste, dass Grohner zu Hause erwartet wurde, deshalb verzichtete er darauf, ihm vorzuschlagen, in der Kneipe noch etwas zu essen.

Sie zahlten und verließen die Kneipe. Als sie im Auto saßen und Korff den Wagen gestartet hatte, fragte Grohner: „Wie läuft es eigentlich mit dieser Frau, die du in der Brauerei kennen gelernt hast? Eva, so hieß sie doch?“

Korff lachte. Es war das erste Mal, dass Grohner danach fragte. Er hatte schon viel eher mit dieser Frage gerechnet. Vielleicht hatte Grohner auch darauf gewartet, dass Korff das Thema anschnitt.

„Schwierig. Sie hat mich bislang dreimal besucht, blieb dann immer nur kurze Zeit. Ich weiß kaum etwas von ihr.“

„Sie ist doch verheiratet. Hat sie mal über ihre Ehe gesprochen?“

Auf der Teutoburger Straße beschleunigte Korff den Wagen. Der Feierabendverkehr war bereits abgeflaut. „Nein, Gespräche, die auch nur ansatzweise in diese Richtung gehen, blockt sie sofort ab.“

„Seltsam. Ihr habt also eine rein sexuelle Beziehung?“

Korff nickte. „Sieht ganz so aus. Ich habe nicht den Eindruck, dass sich Eva von ihrem Mann trennen möchte.“

„Und du wäre dir an einer dauerhaften Beziehung mit ihr gelegen?“

„Ich weiß es nicht. Momentan genieße ich unsere Begegnungen, körperlich meine ich. Möchte ich mehr? Ich glaube nicht.“ Korff hob die Schultern, dann verlangsamte er die Fahrt und hielt vor Grohners Haus an.

Nachdem Grohner ausgestiegen war, fuhr Korff unkonzentriert weiter. Wenn er ehrlich war, dachte er noch oft an Conny, mit der er mehr als ein Jahr lang zusammengewohnt hatte. Gelegentlich fuhr er an ihrer Wohnung in der Voltmannstraße vorbei und warf einen Blick auf die Fenster ihrer Wohnung. Bislang war es ihm noch nicht gelungen, ihr „zufällig“ auf der Straße zu begegnen.

Anrufen wollte er nicht, schließlich hatte sie sich von ihm getrennt – nicht umgekehrt.

In der Beziehung zu Eva vermisste Korff das Gefühl der unbedingten Vertrautheit, das er bei Conny verspürt hatte. Wenn er ehrlich war, so empfand er keine zärtlichen Gefühle für Eva, mit „Liebe" ließ sich ihr Verhältnis sicher nicht definieren. Andererseits erwartete er von der Beziehung zu Eva auch nicht zu viel. In den ersten Monaten, nachdem Conny ausgezogen war, hatte Korff ein paar Male – meistens im Anschluss an Heimspiele des BVB – ein vor den Toren Münsters gelegenes Bordell besucht, um, wie er sich einredete, „nicht ganz aus der Übung zu kommen". Es musste ja auch nicht jeder in Bielefeld wissen, dass er als Polizist ein Bordell aufsuchte. Das ganze Prozedere und das Rotlichtambiente waren allerdings nicht dazu angetan, seine Fantasie zu beflügeln und führten dazu, dass er den Beischlaf mehr oder weniger mechanisch ausführte. Emotionen waren auch hier nicht gefragt.

Als Korff wenig später zu Hause ankam und in seinen unzureichend bestückten Kühlschrank blickte, vermochte das seine schlechte Stimmung nicht zu verbessern.

12. Kapitel

Donnerstag, den 3. September 2009

„Rekapitulieren wir einmal …"

Korff, Grohner und Zeinitz saßen im kleinen Besprechungszimmer. Ihnen gegenüber rutschte der etwas zu lang geratene Pott, den Korff gebeten hatte, an der Lagebesprechung teilzunehmen, auf dem für ihn unbequemen Stuhl hin und her.

„Wir stützen uns bei unseren gegenwärtigen Ermittlungen hauptsächlich auf die bei Jugović gefundenen Mails. Demnach waren Jugović und Pasić im Jahre 1994 in Bosnien und haben auf serbischer Seite gekämpft. Möglicherweise waren sie auch an einem der Massaker beteiligt."

Pott war von dem Ermittlungsansatz nicht überzeugt. „Gut, das war vor 15 Jahren. Und das soll zu drei Morden in Bielefeld geführt haben – in der heutigen Zeit? Tut mir leid, da fehlt mir der logische Zusammenhang."

„Es ist bislang der einzige Faden, der von dem Mord an Jugović zu dem Mord an Pasić führt."

Pott schüttelte den Kopf. „Da kann es tausend andere Fäden geben … Vielleicht hatten Jugović und Pasić im letzten Jahr einen Autounfall, bei dem jemand zu Tode gekommen ist, und dessen Bruder, Onkel oder Neffe inszeniert jetzt die große Abrechnung. … Um das klarzustellen: Einen solchen Ermittlungsansatz fände ich genauso wenig überzeugend."

Korff ließ sich nicht beirren, er sprach in ruhigem Ton weiter. „Das ist theoretisch auch möglich. Aber davon wissen wir nichts. Wir können uns nur an die Fakten halten."

Pott blieb skeptisch. „Du sprichst immer nur von Jugović und Pasić. Was ist mit dieser Cheline Keller?"

Korff schüttelte den Kopf. „Cheline Keller sollten wir

nur als ‚Anhängsel' von Jugović betrachten. Ich glaube nicht, dass sie in dieser Mordserie einen eigenen Stellenwert besitzt."

„Und die Berliner Zuhälter?"

„Eine kalte Spur. Mein Berliner Kollege Kappelmann hat mir gemailt, dass es keinerlei Anhaltspunkte dafür gibt, dass der Zuhälter und seine beiden Schläger, die ja für den Zeitpunkt des Mordes an Jugović ein Alibi besitzen, mit anderen Jungs zusammenarbeiten, die für sie Mordaufträge durchführen."

Grohner schaltete sich in das Gespräch ein, das bislang nur zwischen Pott und Korff stattgefunden hatte. „Da die Verbindung Jugović-Pasić unsere einzige bedeutsame Spur ist, sollten wir versuchen herauszufinden, was sie hergibt."

Korff nickte. „Das ist auch meine Meinung."

Pott zuckte die Achseln, er war immer noch nicht überzeugt. „Der Überfall auf Küppers passt aber nicht in dieses Erklärungsmuster, oder?"

„Da hast du Recht." Korff nickte Pott zu. „Der Familienhund der Küppers ist ja auch mit einer anderen Waffe erschossen worden als Jugović, Keller und Pasić. Von daher spricht der Überfall auf Küppers nicht unbedingt gegen unsere Vermutung."

Pott vermochte keine neuen Einwände vorzubringen. Korff blickte in die Runde. „Was haltet ihr von der Hypothese: Irgendjemand hat herausgefunden, dass Jugović und Pasić an Kriegsverbrechen beteiligt waren, und dieser Jemand will die beiden dafür bestrafen?"

Zeinitz warf den Kugelschreiber, den er auseinander- und wieder zusammengebaut hatte, auf den Tisch. „Was bedeuten würde, dass das Mordmotiv Rache ist. Dafür spricht ja auch der Schuss in den Unterleib von Cheline Keller."

Grohner nickte. „Ja, soweit waren wir schon. Wir können jetzt die Täter aber etwas genauer beschreiben. Es könnte sich um zwei Leute handeln, die Jugović und Pasić aus Bosnien kennen und die ihnen dann hier wieder über den Weg gelaufen sind. Das würde auch den großen zeitlichen Abstand zwischen den Ereignissen in Bosnien und den Morden heute erklären."

„Also zwei Bosniaken, die ein Massaker überlebt haben?"

„Warum nicht?"

Korff hatte zuletzt geschwiegen. Jetzt nickte er Grohner zu. „Ich denke auch in diese Richtung. Die beiden könnten seinerzeit als Flüchtlinge oder Asylbewerber nach Deutschland gekommen sein und schon viele Jahre in Bielefeld oder Umgebung leben. Plötzlich sehen sie irgendwo einen der beiden Mörder ihres Vaters, Onkels oder Bruders und erkennen ihn wieder. Für sie ist klar, dass dieser Mensch sterben muss."

Zeinitz sah Korff und Grohner fragend an. „Das könnte ein brauchbarer Ansatz sein. Wie gehen wir vor?"

„Wir brauchen zunächst eine Liste mit allen Menschen aus Bosnien, die seit 1994 nach Bielefeld gekommen sind. Wir müssen diese Personen dann überprüfen."

„Ich habe keine Vorstellung davon, wie viele Menschen seinerzeit hierher gekommen sind. Wenn das mehrere Hundert waren, benötigen wir einige Wochen, um alle zu überprüfen. Die Zeit haben wir nicht."

Grohner machte auf eine weitere Schwierigkeit aufmerksam: „Es kann auch sein, dass die Täter aus dem Kreis Herford stammen. Immerhin glaubt einer von Jugovićs Nachbarn ein Auto mit einem Herforder Kennzeichen gesehen zu haben."

„Wir sollten Listen mit Migranten und Fahrzeugbesitzern für beide Kreise erstellen und dann beide Listen miteinander abgleichen: einerseits die Namen der Bosniaken und andererseits die Namen der Besitzer von schwarzen Golfs – um diesen Fahrzeugtyp handelte es sich doch?"

„Ja, das könnte den Arbeitsaufwand begrenzen. Vielleicht entwischen uns die Täter dadurch aber auch. Stell dir vor, die Täter haben das Fahrzeug nur ausgeliehen oder geleast."

„Das Risiko müssen wir eingehen."

Pott hatte sich an den Überlegungen nicht beteiligt. Er stand auf und wandte sich zur Tür. „Lange lässt sich die Staatsanwältin nicht mehr hinhalten. Sie hat schon vorgeschlagen, einen Experten vom LKA hinzuziehen."

Korff spürte, dass sich sein Puls beschleunigte. Er bemühte sich deshalb um innere Ruhe. Trotzdem fiel seine Reaktion heftig aus. „Das ist doch Blödsinn, Paul-Heinrich. Das weißt du doch auch. Was soll so ein Kollege besser oder anders machen können als wir?"

Pott zuckte die Achseln und verließ den Raum.

***

Es war kurz vor 14 Uhr, als es klopfte. Ohne auf ein „Herein" zu warten, wurde die Tür geöffnet und Joachim Kettering und sein Rechtsanwalt Dr. Gerlich traten ein.

Korff erhob sich von seinem Stuhl und trat den beiden entgegen. „Herr Kettering, entschuldigen Sie, dass wir Sie noch einmal bemühen mussten, aber für uns haben sich neue Erkenntnisse ergeben." Korff bemühte sich, seiner Stimme einen verbindlichen Klang zu geben.

Dr. Gerlich ergriff das Wort. Er verzichtete auf jede Grußformel. „Ihre Erkenntnisse müssen schon erheblich sein, wenn Sie die erneute Zeugenbefragung rechtfertigen wollen."

„Da haben Sie Recht. Die Erkenntnisse sind schon interessant und wir würden gerne, bevor wir die Ermittlungsergebnisse weiterleiten, mit Ihnen darüber sprechen."

Korff wies auf die beiden leeren Stühle, die vor seinem Schreibtisch standen. Kettering und Dr. Gerlich setzten sich. Grohner hatte sich hinter seinen eigenen Schreibtisch zurückgezogen und betrachtete die Szenerie aus der Distanz.

„Sehen Sie, wir haben vor ein paar Tagen diese interessanten Fotos bekommen, die Ihnen nicht unbekannt sein dürften." Korff legte die Fotos, die er von Grabež erhalten hatte, vor Kettering und Dr. Gerlich auf die Tischplatte. Die beiden betrachteten die Fotos ausgiebig. Ketterings Bewegungen wurden zunehmend fahriger.

Korff erkundigte sich, an Kettering gewandt: „Fahren Sie häufiger nach Luxemburg?" Kettering blickte seinen Anwalt an und schwieg. Der Anwalt antwortete für seinen Klienten: „Gelegentlich. Herr Kettering fährt gelegentlich ins Ausland, mal nach Luxemburg, mal nach Belgien oder auch in die Niederlande, wie das viele Bundesbürger tun, die sich für andere Länder und deren Kultur interessieren."

„Bei der Fahrt am 18. August 2009 stand aber, da wir den Zeitplan durch die Fotos dokumentieren können, die Landeskultur nicht im Vordergrund. Hier ging es ganz simpel darum, in Luxemburg eine Bank aufzusuchen, Geld abzuheben und wieder zurück nach Deutschland zu fahren."

„Dass Herr Kettering aus Luxemburg Geld geholt hat, lässt sich mit diesen Fotos nicht beweisen."

Korff lächelte die beiden freundlich an. „Was halten Sie von folgender Geschichte: Vor ein paar Wochen kommt Herr Jugović zu Herrn Kettering und bittet ihn um etwas Geld, da er bei einigen Leuten in Berlin, die als nicht sehr zimperlich bekannt sind, noch Schulden hat. Herr Kettering lehnt ab, da er sein Engagement im Handballbereich finanziell überschaubar halten möchte. Später überlegt er, dass es doch besser sei, für den Notfall finanziell gewappnet zu sein. Ein guter Freund von Herrn Jugović lässt Herrn Kettering observieren und siehe da – er hat Glück. Herr Kettering fährt – wie er das offenbar häufiger zu tun pflegt – nach Luxemburg, um eine Bank aufzusuchen. Die dabei entstandenen Fotos sind für Herrn Jugović Anlass, erneut bei Herrn Kettering vorstellig zu werden. Als Herr Jugović die Fotos präsentiert und mit einer Anzeige beim Finanzamt droht, zeigt sich Herr Kettering – gerade auch in Anbetracht der bevorstehenden Kommunalwahl – ziemlich beeindruckt und überreicht Herrn Jugović die verlangte Summe in Höhe von 20.000 Euro."

„Reine Spekulation, ich bewundere Ihre blühende Fantasie." Dr. Gerlich bemühte sich ein empörtes Gesicht zu machen, Korff merkte aber sofort, dass Gerlich ein lausiger Schauspieler war.

„Wir haben immerhin festgestellt, dass es sich bei den in der Wohnung von Herrn Jugović gefundenen Banknoten in Höhe von 20.000 Euro um neue Geldscheine mit fortlaufender Nummerierung handelt, die zudem nicht in Deutschland gedruckt worden sind. Wir werden nachweisen können, wo diese Banknoten erstmalig in Umlauf gebracht worden sind. Herr Kettering hat selbst eingeräumt, dass auf einigen dieser Geldscheine seine Fingerabdrücke sein könnten. Das lässt sich leicht überprüfen."

Dr. Gerlich schwieg.

Korff wandte sich wieder an Kettering: „Gestatten Sie mir, das Szenario weiter zu entwickeln. Ihnen wird später klar, dass Sie erpressbar bleiben. In einer solchen Situation liegt es doch nahe, dass man darüber nachdenkt, wie man den Erpresser loswerden kann."

„Bereits bei seiner letzten Befragung als Zeuge hat Herr Kettering nachweisen können, dass er für den Zeitpunkt des Mordes an Herrn Jugović ein einwandfreies Alibi besitzt." Die Stimme des Rechtsanwalts hatte an Schärfe gewonnen.

Korff blieb ruhig und nickte. „Rein theoretisch muss man, wenn man sich von einem Erpresser befreien will, nicht selber Hand anlegen. Wir sind sicher, dass Herr Kettering in der politischen Szene, in der er verkehrt, die eine oder andere Person kennt, die ihm in einer solchen Angelegenheit behilflich sein könnte."

Joachim Kettering schüttelte heftig den Kopf. Er schien wirklich erregt zu sein. „Ihr Szenario stimmt nur teilweise. Dragan Jugović wollte Geld von mir, das ist richtig. Das habe ich ja auch schon ausgesagt. Bei einem zweiten Treffen zeigte er mir die Fotos und schlug vor, dass ich ihm 20.000 Euro als Vorschuss auf sein Spielergehalt geben solle, dafür sollten die monatlichen Zahlungen und die ausgehandelte Erfolgsprämie im Falle des Aufstiegs entsprechend gekürzt werden. Ich bin auf diesen Vorschlag eingegangen, weil ich ihm helfen wollte. Ich möchte noch einmal ganz deutlich sagen, dass ich nicht erpresst worden bin und deshalb auch kein Motiv für den Mord an Dragan Jugović habe."

Korff nickte bedächtig. „Das klang bis vor kurzem noch etwas anders. Wir sind mit unseren Nachforschungen in dieser Angelegenheit noch nicht am Ende. Was sagen Sie zu Ihren Geldgeschäften in Luxemburg? Diese Indizienkette ist lückenlos."

Dr. Gerlich schaltete sich ein: „Selbst wenn sie es wäre, ist das doch wohl eher eine Angelegenheit des Finanzamtes. Ihnen gegenüber ist Herr Kettering in dieser Sache zu keinerlei Aussage verpflichtet."

„Wenn Sie das so sehen … Wir werden unsere Erkenntnisse jedenfalls im Rahmen der Amtshilfe an das Finanzamt weiterleiten. Ich habe vorhin bereits ein informelles Gespräch mit Herrn Ketterings dortigem Sachbearbeiter geführt. Er ist sehr an unseren Unterlagen interessiert."

Korff bedeutete den beiden, dass das Gespräch zu Ende war. Kettering und Dr. Gerlich erhoben sich und verließen grußlos den Raum.

Grohner hatte während der Unterhaltung ein betont ernstes Gesicht gemacht. Jetzt musste er grinsen. „Perfekt. Du hast sie richtig abgewatscht. Das hat uns aber, was die Morde angeht, nicht wesentlich weitergebracht. Was hast du dir eigentlich von diesem Gespräch versprochen?"

„Eigentlich nichts. Wir wissen oder besser: glauben zu wissen, dass Kettering die Morde nicht begangen hat. Dennoch ist Kettering in meinen Augen ein Schmarotzer. Vielleicht kann ich ja erreichen, dass er wenigstens für seine Schwarzgeldgeschäfte zur Rechenschaft gezogen wird. Ich habe vorhin nicht geblufft. Ich hatte zuvor wirklich mit Ketterings Sachbearbeiter beim Finanzamt gesprochen."

Grohner hatte Korff selten so erlebt. Korff schien sich zu einem persönlichen Feldzug gegen Kettering aufgeschwungen zu haben. Eine unparteiliche Ermittlung konnte man das nicht mehr nennen.

***

Am späten Nachmittag waren die angeforderten Listen da. Das Kraftfahrt-Bundesamt hatte sehr schnell reagiert und alle Fahrzeughalter aufgelistet, die in der Stadt Bielefeld und dem Kreis Herford einen schwarzen Golf fuhren. Die für den Kreis Herford erstellte Liste kam auf knapp 60 Personen, die Bielefelder Liste auf etwas mehr als 80 Fahrzeughalter.

Wenig später trafen die Listen der Einwohnermeldeämter ein, die die Namen der Flüchtlinge aus dem ehemaligen Jugoslawien enthielten. Die Aufstellung der Städte und Gemeinden des Kreises Herford umfasste 82, die der Stadt Bielefeld 95 Personen.

Korff teilte die Listen zwischen sich, Grohner und Zeinitz auf. Nach längerer Diskussion entschied man sich dafür, die Frauennamen sowohl bei den Fahrzeughaltern als auch bei den Migranten unberücksichtigt zu lassen. Wenn der erste Durchgang ohne Erfolg bleiben sollte, würde man die Ermittlungen auch auf die Frauen ausdehnen.

Zeinitz hatte aus dem Internet mehrere Landkarten des ehemaligen Jugoslawien ausdrucken und vergrößern lassen, so dass man sich hinsichtlich der Herkunftsgebiete der Migranten Klarheit verschaffen konnte. Die Kriminalbeamten machten sich an die Arbeit.

Zwischendurch klingelte das Telefon. Grohner nahm das Gespräch an und reichte den Hörer dann an Korff weiter. „Hier, für dich."

Korff meldete sich und blieb dann eine ganze Zeitlang stumm. Schließlich lachte er und fragte: „Und was bedeutet das?"

Nachdem er einige Male „aha" und „prima" gesagt hatte, legte Korff auf.

„Petterings Sachbearbeiter vom Finanzamt war dran. Kettering und Dr. Gerlich sind vorhin bei ihm erschienen und Kettering hat eine Selbstanzeige gemacht, um einer offiziellen Ermittlung zuvorzukommen. Darauf gebe ich gleich 'ne Runde Kaffee aus."

„Was bedeutet das für Kettering?", wollte Zeinitz wissen.

„Das habe ich auch gefragt. Jetzt wird er zumindest die hinterzogenen Steuern der letzten Jahre nachzahlen müssen. Ob noch mehr Sanktionen anfallen, hängt von der Höhe der hinterzogenen Steuern ab."

„Dann ist das Kapitel Kettering damit für uns erledigt?"

„Ich denke ja."

***

Nach Abgleich aller Listen blieben neun Personen übrig, die aus Bosnien stammten, muslimisch waren und einen schwarzen VW Golf besaßen.

Inzwischen war es 20.30 Uhr. Korff gähnte verhalten. Er war müde und er sah, dass es seinen beiden Kollegen ebenso ging. „Ich schlage vor, dass wir die Personen zwischen uns aufteilen und sie morgen in Augenschein nehmen."

Grohner und Zeinitz nickten.

„Gut, dann sucht euch je drei Personen aus, um den Rest kümmere ich mich."

Etwas später verließen sie gemeinsam ihr Büro. Als sie über den Flur gingen, kamen sie an Potts Büro vorbei.

„Schon alles dunkel, gerade er könnte doch eine Erleuchtung gut gebrauchen." Zeinitz deutete auf den Spalt unter der Tür seines Abteilungsleiters.

Seine beiden Kollegen grinsten. „Werd du hier Chef, dann hast du auch geregelte Arbeitszeiten, unsere Karriere ist bereits ausgereizt", ging Grohner auf die Bemerkung des jüngeren Kollegen ein.

„Ich werde tun, was ich kann. Vielleicht könnt ihr ja meine Leistung zur Lösung des Falles besonders hervorheben?"

„Sehr gerne, wenn wir den Fall überhaupt lösen. Ich hab da noch Zweifel. Was ist, wenn unsere einzige Trumpfkarte nicht sticht?"

Korff und Zeinitz schwiegen.

13. Kapitel

Freitag, den 4. September 2009

Korff hatte gut geschlafen. Er hatte den Abend zunächst vor dem Fernseher zugebracht, nichts mehr gegessen und stattdessen zwei Flaschen Bier getrunken. Er war schon gegen 22 Uhr auf dem Sofa eingenickt, hatte dann um kurz vor 23 Uhr in einer kurzen Wachphase noch die Willensstärke besessen aufzustehen und sich ins Bett zu legen. Er war sofort wieder eingeschlafen und hatte nur einmal, als sich seine Blase bemerkbar machte, die Toilette aufsuchen müssen. Als er um 7.20 Uhr erwachte, fühlte er sich ausgeruht.

Die von Korff zu besuchenden Personen wohnten allesamt im Kreis Herford. Deshalb fuhr er nach dem Frühstück direkt nach Bünde, um Ervin Baljic, dem Ersten auf seiner Liste, einen Besuch abzustatten.

Ervin Baljic war im Jahre 1976 in Vlasenica in Bosnien geboren und lebte mit seiner Familie im Ortsteil Südlengern. Das Mehrfamilienhaus lag an der Hauptverkehrsstraße, die die Stadt Bünde mit der Gemeinde Kirchlengern verband, und war deshalb leicht zu finden. Als Korff klingelte, dauerte es eine Weile, bis die Tür einen Spalt weit geöffnet wurde, gerade so viel, wie die eingehängte Türkette erlaubte. Eine etwa 50-jährige, offenbar deutsche Frau blickte ihn durch den Spalt misstrauisch an.

„Was wünschen Sie?"

„Mein Name ist Korff. Ich würde mich gern kurz mit Herrn Ervin Baljic unterhalten."

„In welcher Angelegenheit?"

„Ich bin Kriminalbeamter und ermittle in einem Mordfall."

„Hat Sie das Ausländeramt geschickt?"

Der Frau, die ihre bereits ergrauten Haare kurz geschnitten trug, war anzusehen, dass sie die Tür am liebsten sofort wieder geschlossen hätte. Ihre wachen Augen zeigten deutliche Ablehnung.

Korff war irritiert. „Nein, ich arbeite bei der Bielefelder Kripo. Mit dem Ausländeramt habe ich nichts zu tun."

Korff hielt der Frau seinen Dienstausweis entgegen. Diese sah sich den Ausweis an und zögerte, dann sagte sie: „Warten Sie." Sie schob die Tür wieder zu.

Es dauerte eine Weile, bis sie zurückkam. Sie löste die Türkette und ließ Korff eintreten. Danach verschloss sie die Tür erneut.

Sie führte Korff in die Küche, wo fünf Personen um einen kleinen Tisch herum saßen: ein südländisch aussehendes Ehepaar mit zwei halbwüchsigen Kindern und ein etwa 50-jähriger Mann, vermutlich ein Deutscher, der an einer Zigarette sog. Vor ihm stand ein halbvoller Aschenbecher, daneben lag eine Zigarettenschachtel. Dass Kinder im Raum waren, die den Qualm einatmen mussten, schien den Mann nicht zu stören.

„Sie wundern sich vielleicht, aber wir haben unsere Gründe, vorsichtig zu sein." Als die Frau Korffs verständnisloses Gesicht sah, erklärte sie: „Die Ausländerbehörde hat vor zwei Tagen die Rückführung der Familie Baljic nach Bosnien verfügt. Wir sind hier" – sie deutete auf den rauchenden Mann – „um die Familie Baljic zu unterstützen und die Abschiebung zu verhindern."

Um das Misstrauen abzubauen, das man ganz offensichtlich gegen ihn hegte, erklärte Korff: „Ich bin in einer gänzlich anderen Angelegenheit hier. Wir vernehmen zurzeit einige Zeugen in einer Mordsache."

Er wandte sich an den südländisch aussehenden Mann, der ein schmales Gesicht hatte und offensichtlich von kleiner Statur war. Auf seinem Schoß saß ein kleiner Junge. „Sind Sie Herr Ervin Baljic?“

Der Mann nickte.

„Herr Baljic, besitzen Sie einen schwarzen VW Golf?“

Der Mann nickte wieder. „Ja, ein altes Auto“, sagte er. Man merkte Baljics Aussprache deutlich an, dass Deutsch nicht seine Muttersprache war.

„Weshalb fragen Sie ihn das? Ist etwas mit dem Auto?“, mischte sich der deutsche Mann ein, der bislang geschwiegen und sich eine neue Zigarette angezündet hatte. Er trug eine Brille mit runden Gläsern, durch die er Korff feindselig anblickte.

Korff musterte ihn kurz, dann sagte er freundlich: „Das werde ich Herrn Baljic schon noch erklären.“ Er machte eine kurze Pause und setzte dann nach: „Ich wundere mich allerdings, dass Herr Baljic Halter eines PKW ist.“

„Das ist schon in Ordnung.“ Die Frau hatte sich eingeschaltet. „Wir“ – sie deutete mit einer unbestimmten Geste auf den Mann – „haben Herrn Baljic das Auto voriges Jahr geschenkt. Es hat nur noch Schrottwert und liegt unter der sogenannten Vermögensschutzgrenze. Wir zahlen übrigens auch Steuern und Versicherung. Herr Baljic fährt mit dem Auto seine Landsleute und andere Migranten, wenn Arztbesuche anstehen oder größere Einkäufe zu machen sind.“

Korff wandte sich wieder an Baljic: „Herr Baljic, können Sie mir sagen, wo Sie in der Nacht vom 23. auf den 24. August waren?“ Als er in Baljic’ ratloses Gesicht blickte, fügte Korff erläuternd hinzu: „Der 23. August war ein Sonntag. Ich frage nach dem vorletzten Wochenende.“

„Ich weiß nicht, ich denke, ich war zu Hause.“

„Kann das jemand bezeugen?“

„Meine Frau, ja, meine Frau.“

Er sagte etwas in einer für Korff unverständlichen Sprache zu seiner Frau, die sofort heftig nickte.

„Meine Frau sagt ‚Ja'."

„Mich interessiert noch ein zweites Datum. Können Sie mir sagen, wo Sie am späten Abend des 27. August waren, das heißt am Donnerstag vor etwa einer Woche?"

Baljic antwortete ohne zu überlegen: „Auch zu Hause, ich bin abends zu Hause, immer." Er sagte wieder etwas zu seiner Frau, die nickte erneut.

Die grauhaarige Frau, die Korff die Tür geöffnet hatte, fragte in verbindlicherem Ton: „Weshalb stellen Sie diese Fragen?"

„In Bielefeld sind an den betreffenden Tagen Menschen erschossen worden. In der Nähe des einen Tatortes ist ein schwarzer Kleinwagen gesehen worden."

Die Frau blickte Korff ungläubig an. „Und jetzt glauben Sie, dass Herr Baljic etwas mit diesen Morden zu tun haben könnte? Haben Sie sich Herrn Baljic einmal genau angesehen? Der Mann hat Angst, schon seit Wochen. Er fürchtet sich vor der Abschiebung. Und Sie glauben, dass dieser Mann zwei Menschen erschossen hat? Das ist doch irre!"

Ehe Korff antworten konnte, meldete sich der ältere Mann zu Wort: „Da Herr Baljic ohnehin abgeschoben werden soll, kann man ihm doch noch rasch ein paar Morde anhängen, nicht wahr? Dann braucht ja keiner mehr ein schlechtes Gewissen zu haben."

Korff spürte, dass er langsam zornig wurde. Er konnte mit der Emotionalität dieser beiden Gutmenschen, die sich hier als Beschützer der Familie Baljic aufspielten, nichts anfangen. Er wollte nur den Mordfall aufklären. Je eher er die Unschuld von Ervin Baljic nachweisen konnte, desto besser war es für alle Beteiligten.

Er bemühte sich ruhig zu bleiben. „Ich habe Ihnen eben bereits gesagt, dass ich mit der bevorstehenden Abschiebung der Familie Baljic nichts zu tun habe. Ich kann dazu auch nichts sagen. Meine Aufgabe ist es, einen oder zwei kaltblütige Mörder zu fassen, die in den letzten Tagen drei Menschen regelrecht exekutiert haben."

„Dann verschwenden Sie hier aber Ihre Zeit." Es war die ältere Frau, die das Gespräch weiterführte. Baljic, seine Frau und die beiden Kinder saßen still da und verfolgten die Diskussion.

„Möglich. Aber das will ich jetzt gerade herausfinden."

„Das Dorf, in dem die Familie Baljic gewohnt hat, wurde während des Bosnienkrieges von Serben nahezu völlig zerstört. Die Ausländerbehörde ist jetzt der Meinung, dass für die Familie keine Gefahr mehr für Leib und Leben besteht und hat deshalb ihre Rückführung nach Bosnien verfügt."

„Ja – und?"

„Ja – und?", äffte die Frau, „es gibt im Heimatdorf der Baljics weder eine einigermaßen funktionierende Infrastruktur noch hinreichend Wohnraum, von Arbeitsplätzen ganz zu schweigen. Und die Eingliederungshilfe wird nur für ein paar Monate reichen. Die dient nur zur Beruhigung unseres schlechten Gewissens."

Korff fühlte sich zu einer weiteren Diskussion nicht in der Lage. Dazu wusste er zu wenig über die Hintergründe. Er stand auf und wandte sich an Ervin Baljic. „Darf ich Ihr Auto einmal sehen?"

Baljic nickte zögernd. Er ging zu einer Kommode, die im Flur stand, und zog ein Schlüsselbund aus einer der Schubladen. „Das Auto steht vorn an der Straße."

Der ältere Mann stand ebenfalls auf. Er fragte Korff: „Haben Sie etwas dagegen, wenn ich Sie begleite? Ich glaube, es ist besser, wenn Herr Baljic in der Wohnung bleibt."

Korff zuckte mit den Achseln, nahm den Schlüssel, nickte den am Tisch sitzenden Personen zu und verließ – den deutschen Mann im Gefolge – die Wohnung.

Baljic hatte das Auto ein paar Meter entfernt vom Haus geparkt. Korff sah, dass es sich um ein älteres Golf-Modell handelte, das gut und gerne seit mehr als 15 Jahren am Straßenverkehr teilnahm. Er streifte Latexhandschuhe über, öffnete die Fahrertür, schob den Sitz zurück und setzte sich hinter das Steuerrad. Zunächst durchsuchte er die Ablagefächer in den Türen, danach das Handschuhfach und strich über die Sonnenblenden. Dann stieg er aus und beugte sich mit seinem Oberkörper in den hinteren Teil des Fahrzeugs. Mit den Händen fuhr er in den Spalt zwischen Sitz und Rückenlehne und schaute unter die beiden Vordersitze, wurde aber auch hier nicht fündig. Zuletzt öffnete er den Kofferraum. Hier war ebenfalls nichts Auffälliges zu entdecken.

„Na, sind Sie zufrieden?" Der hämische Tonfall in der Stimme seines Begleiters war unüberhörbar.

Korff blieb ruhig. „Ja, durchaus." Er verschloss das Auto und wandte sich wieder dem Haus zu. Auf sein Klingeln öffnete ihnen die ältere Frau erneut die Wohnungstür.

Familie Baljic saß noch immer in der Küche. Korff setzte sich. „Herr Baljic, wo leben Ihre übrigen Familienangehörigen?"

Baljic bemühte sich um eine sprachlich korrekte Antwort: „Meine Eltern sind tot, Geschwister habe ich nicht."

„Wann sind Ihre Eltern verstorben?"

Als Baljic einen Augenblick nach den richtigen Formulierungen suchte, erklärte die ältere Frau: „Sein Vater ist während des Bosnienkrieges von Serben aus ihrem eigenen Dorf erschossen worden, seine Mutter ist ein halbes Jahr nach Kriegsende in einem Flüchtlingslager gestorben." Baljic nickte zustimmend.

„Herr Baljic, wir haben im Zusammenhang mit einem der Morde einen Daumenabdruck gefunden, der sehr wahrscheinlich von einem der Täter stammt. Ich würde gerne von Ihnen Daumenabdrücke nehmen, um damit ausschließen zu können, dass Sie an den Verbrechen beteiligt waren."

Korff hatte sehr langsam gesprochen. Baljic hatte die Frage und die dazugehörende Erklärung verstanden und nickte bereitwillig. Korff holte aus seiner Jackettasche die für die Abnahme der Abdrücke notwendigen Utensilien.

Nach der kurzen Prozedur verabschiedete er sich mit einem kurzen Nicken von dem Ehepaar Baljic. Passende Abschiedsworte fielen ihm angesichts der Lage der Familie nicht ein.

***

Der nächste Name auf seiner Liste führte Korff nach Herford. In der Graf-Kanitz-Straße wohnte der 28-jährige Dario Odrim. Vor dem gelb angestrichenen Mehrfamilienhaus parkte ein schwarzer VW Golf. Auf dem Klingelschild las Korff „Dario und Karin Odrim".

Eine junge Frau, Korff schätzte sie auf Mitte zwanzig, öffnete die Tür, nachdem er geklingelt hatte.

„Ja, bitte?"

Hinter ihr blickte, an das Bein seiner Mutter geklammert, ein kleines Mädchen neugierig auf den Besucher.

Korff lächelte dem Mädchen zu, stellte sich dann der Frau vor und zeigte seinen Ausweis. „Ich habe ein paar Fragen an Ihren Mann."

Die schlanke Frau, in T-Shirt und Jeans gekleidet, schien etwas irritiert: „Kommen Sie doch bitte herein."

Sie nahm das kleine Mädchen auf den Arm und ging in das Wohnzimmer, wo ein kleiner Junge, der offensichtlich noch nicht laufen konnte, auf einer Wolldecke saß und mit Plastikkegeln spielte. Er blickte kurz auf, spielte dann aber weiter. Um den Jungen herum lagen mehrere Kissen.

„Sie müssen entschuldigen, dass es hier ein wenig unaufgeräumt ist, aber bei zwei kleinen Kindern ..." Die Frau wies auf einen Sessel. Korff setzte sich.

„Ihr Mann ist nicht zu Hause?"

„Nein, er ist bei der Arbeit. Aber vielleicht kann ich Ihnen ja helfen?"

„Ja, vielleicht." Korff blickte sich im Wohnzimmer um. Die obligatorische Schrankwand fehlte, eine Anrichte und mehrere Regale, vermutlich aus dem Katalog eines großen schwedischen Möbelhauses sowie ein Tisch und mehrere Sessel gehörten zur Ausstattung des Zimmers. An der Wand hingen einige Familienfotos, u. a. Hochzeitspaare, Eltern mit Kindern sowie Einzelportraits. Es schien sich um Fotos von Familienangehörigen der beiden Eheleute zu handeln.

Draußen an der Tür klingelte es. Karin Odrim erhob sich. „Ich bin gleich wieder da", sagte sie und verließ das Zimmer. Der kleine Junge blickte seiner Mutter kurz nach, widmete sich dann aber wieder seinen Kegeln.

Korff stand auf und ging zu der Wand mit den Familienfotos. Auf einem Foto erkannte er Karin Odrim, die ein Brautkleid trug. Neben ihr stand ein dunkelhaariger, gut aussehender Mann, offenbar Dario Odrim. Ein weiteres Foto zeigte das Ehepaar Odrim mit einem Kind, das von Dario Odrim liebevoll gehalten wurde. Ein drittes, bereits etwas verblichenes Foto, das Korffs Interesse erregte, zeigte einen jüngeren Mann und einen Knaben in festlicher Kleidung.

Karin Odrim war wieder in das Zimmer getreten. „Entschuldigen Sie, eine Nachbarin …“, sagte sie.

Korff deutete auf das Hochzeitsfoto. „Wann haben Sie geheiratet?“

Karin Odrim lächelte. „Am 23. Juni vor vier Jahren.“

„Und das ist Ihr Mann als Jugendlicher?“ Korff tippte mit dem Finger auf das verblichene Foto mit dem Mann und dem Knaben.

„Nein. Das ist mein Schwiegervater“ – sie zeigte auf den Mann – „und das ist dessen jüngerer Bruder. Das Foto ist noch in Bosnien entstanden.“

Korff ging zum Fenster, das einen Blick zur Straße bot. „Gehört der schwarze VW Golf da draußen Ihrem Mann?“

„Ja. Weshalb fragen Sie?“

„Nun, im Zusammenhang mit einem Mordfall haben Zeugen einen schwarzen Golf in der Nähe des Tatortes beobachtet. Es gibt im Kreis Herford natürlich nicht nur einen schwarzen Golf, deshalb müssen wir alle Fahrzeuge und ihre Halter routinemäßig überprüfen. Dürfte ich mir Ihren Wagen kurz einmal ansehen?“

Karin Odrim nickte. „Ja, natürlich. Kommen Sie mit.“ Sie ging in den Flur und streifte den Wagenschlüssel von einem Haken, der sich in Türnähe befand, und reichte ihn Korff.

Korff ging nach draußen, schloss das Auto auf und untersuchte – mittlerweile routiniert – Innen- und Kofferraum. Er fand nichts Auffälliges. Karin Odrim war in der offenen Haustür stehen geblieben, das kleine Mädchen auf dem Arm.

Korff gab ihr den Schlüssel zurück. „Ihr Mann stammt aus Bosnien?“

Karin Odrim strich ihrer Tochter über das Haar und gab ihr einen Kuss auf die Wange, dann sagte sie: „Ja. Er ist während des Krieges nach Deutschland gekommen."

„Können Sie mir sagen, wo Ihr Mann am Abend des 23. August war? Der 23. August war ein Sonntag, vor knapp 14 Tagen."

Karin Odrim überlegte kurz, dann sagte sie: „Zuhause. Soweit ich weiß, war er zuhause. Mein Mann ist kein Kneipengänger. Wegen der Kinder gehen wir eigentlich nie aus."

„Wo ist Ihr Mann jetzt?"

„Mein Mann arbeitet bei der Stadt Herford als Friedhofsgärtner. Sie werden ihn jetzt" – sie zögerte kurz und blickte auf ihre Armbanduhr – „auf dem städtischen Friedhof ‚Zum Ewigen Frieden' finden." Als sie Korffs fragenden Blick sah, erklärte sie: „Sie kommen zum Friedhof, wenn Sie die Mindener Straße hoch Richtung Schwarzenmoor fahren. Oben an den Kasernen müssen Sie rechts abbiegen, kurze Zeit später geht's dann links rein."

Korff bedankte und verabschiedete sich. Dabei tätschelte er dem kleinen Mädchen, das sich noch immer auf dem Arm seiner Mutter befand, leicht die Wange. Das Mädchen lächelte, drehte dann aber den Kopf weg.

Für den Weg bis zum Friedhof brauchte Korff weniger als fünf Minuten. Noch in unmittelbarer Nähe des Eingangstores, wenige Meter vor einem imposanten Hochkreuz, traf Korff auf einen Mann in Arbeitskleidung, der ihn fast um Haupteslänge überragte. Er stand vor einer Schubkarre, die mit Grünabfall beladen war, und rauchte eine Zigarette.

Korff sprach ihn an: „Können Sie mir helfen? Ich suche Herrn Odrim."

Der Mann nickte. „Ja sicher. Dario ist dahinten." Er deutete nach schräg links in westliche Richtung. „Er hebt gerade ein Grab aus, kurz vor dem Ausgang Eimterstraße."

Korff stiefelte los. Der von einigen Findlingen gesäumte Weg führte leicht abwärts. Der Friedhof schien wirklich ein Ort der Ruhe und des Friedens zu sein. Dazu trug vermutlich der üppige Baumbestand bei, der die Wege beschattete und die Geräusche der Umgebung nicht durchdringen ließ.

Nach kurzer Zeit sah er einen Mann, der links in einem der Nebenwege einen Kleinbagger bediente und mit viel Gefühl eine Grube ausbaggerte, ohne die Grabstellen daneben zu beschädigen. Die Erde ließ er auf eine Plane fallen, die neben der Grabstelle lag.

Korff stellte sich neben den Bagger und lenkte die Aufmerksamkeit des Mannes auf sich, indem er an die Frontscheibe klopfte. „Sind Sie Dario Odrim?"

„Ja."

„Mein Name ist Korff. Ich muss Sie einen Augenblick sprechen." Korff hielt ihm seinen Ausweis entgegen.

Odrim sah auf den Ausweis, dann nickte er. Das Geräusch des Kleinbaggers erstarb und Odrim kletterte aus dem Führerhaus. Er war mittelgroß, schlank und hatte kurze dunkle Haare. Seine Augen blickten neugierig.

„Was kann ich fur Sie tun?"

„Es handelt sich um eine Routineermittlung. Wir überprüfen zurzeit alle Fahrzeughalter von schwarzen VW Golfs im Raum Herford-Bielefeld. Ein solches Fahrzeug wurde vor ein paar Tagen in der Nähe eines Tatorts gesehen. Ich habe deshalb einige Fragen an Sie."

„Ja? Ich hoffe, das dauert nicht zu lange. Um 14.30 Uhr findet die Beerdigung statt, bis dann muss ich hier fertig sein", ergänzte er.

Korff wies auf eine Parkbank aus Edelstahl, die in nicht allzu weiter Entfernung neben einer ausladenden Buche stand. „Ich denke, wir brauchen nur wenige Minuten."

Odrim nickte.

Nachdem beide auf der Parkbank Platz genommen hatten, die neben einem Gemeinschaftsgrabfeld für Urnen aufgestellt worden war, streckte Korff für einen kurzen Augenblick die Beine von sich und genoss die Sonnenstrahlen. Er musste sich dazu zwingen, das Gespräch fortzusetzen.

„Herr Odrim, ich habe vorhin schon mit Ihrer Frau gesprochen. Wir ermitteln in einem Mordfall. Wo waren Sie in der Nacht vom 23. auf den 24. August und am späten Abend des 27. August?"

Odrim überlegte kurz, dann sagte er: „Zu Hause. Ich bin zu Hause gewesen. Ich gehe nur einmal in der Woche zum Judotraining. Sonst bin ich meistens zu Hause."

„Sie sind während des Bosnienkrieges nach Deutschland gekommen?"

„Ja, mit meiner Mutter, mein Vater ist früh verstorben."

„Aus welchem Teil Bosniens stammen Sie?"

„Wir haben in einem kleinen Dorf in der Nähe von Goražde gewohnt. Mein Vater war Bauer."

In diesem Augenblick klingelte Odrims Handy. Odrim kramte es aus der Brusttasche seiner grünen Latzhose hervor. Korff nutzte die Unterbrechung, um seine Notizen zu ergänzen.

Odrim lauschte dem Anrufer, dann antwortete er: „Ja, ich mach gleich weiter. Ich werde rechtzeitig fertig, kein Problem, notfalls arbeite ich die Mittagspause durch." Auf Korffs fragenden Blick erklärte er: „Mein Chef ist da drüben." Odrim deutete auf einen leicht ansteigenden schmalen Weg, wo in einer Entfernung von etwa 100 Metern zwei Gärtner neben einem kleinen Trecker standen. „Er kann sehen, dass sich der Bagger nicht bewegt. Er fragt, warum ich nicht arbeite. Er macht sich Sorgen wegen der Beerdigung."

Korff nickte verständnisvoll. „Herr Odrim, bei dem Mordfall haben wir am Tatort einen Daumenabdruck gefunden, der möglicherweise vom Täter stammt. Ich möchte deshalb von Ihnen gern Abdrücke nehmen, um damit die Zahl der Verdächtigen zu reduzieren. Sind Sie damit einverstanden?"

Odrim zögerte, dann sagte er: „Wenn ich Ihnen damit helfen kann ... Meine Hände sind allerdings nicht sehr sauber."

„Das wird schon gehen." Korff kramte aus seinem Jackett die Utensilien hervor. Nachdem er die Daumenabdrücke genommen hatte, verabschiedete er sich von Dario Odrim und schlenderte zum Ausgang des Friedhofes.

***

Zlatan Pandža, der letzte Name auf Korffs Liste, wohnte in Enger an der Herforder Straße. Korff parkte sein Auto auf einem großen Parkplatz, der zu dem Restaurant gehörte, das dem Mehrfamilienhaus, in dem Pandža wohnte, gegenüberlag. Es war jetzt 13.15 Uhr, und da sich sein Magen bemerkbar machte, entschloss sich Korff zu einem kleinen Imbiss. Die an der Eingangstür des Restaurants angebrachte Speisekarte sah gut aus.

Nachdem er Platz genommen und die Speisekarte studiert hatte, entschied sich Korff für ein Nudelgericht. Dazu trank er ein alkoholfreies Bier.

Gestärkt überquerte er eine gute halbe Stunde später die Herforder Straße und klingelte bei Zlatan Pandža.

„Augenblick", schallte es aus der Wohnung.

Es dauerte noch fast zwei Minuten, bis die Tür geöffnet wurde. Vor Korff saß ein Mann in einem Rollstuhl. Beide Beine des Mannes waren eingegipst. Er blickte seinen

Besucher fragend an. Korff reichte dem Mann seinen Ausweis und sagte: „Mein Name ist Korff, ich bin Polizist."

„Ja. Was wünschen Sie?"

„Ich möchte Herrn Zlatan Pandža sprechen."

„Das bin ich."

Korff ließ sich seine Überraschung nicht anmerken. „Herr Pandža, ich habe im Rahmen einer Ermittlung einige Fragen an Sie. Fahren Sie einen schwarzen Golf?"

„Zur Zeit nicht, Sie sehen ja …" Pandža wies auf seine eingegipsten Beine. Dann sah er, dass Korff immer noch wartend in der Tür stand. „Kommen Sie bitte herein."

Pandža drehte den Rollstuhl auf der Stelle und fuhr bis in das Wohnzimmer. Korff schloss die Eingangstür und folgte Pandža, der zuvor offenbar auf dem Sofa gelegen hatte. Auf dem kleinen Tisch vor dem Sofa lag die Fernbedienung des Fernsehers, der immer noch lief.

„Bitte setzen Sie sich." Pandža wies auf den Zweisitzer, der unter dem Fenster stand, griff nach der Fernbedienung und schaltete den Fernseher aus.

Korff setzte sich. „Herr Pandža, wir ermitteln in einer Mordsache. Zeugen haben in der Nähe eines Tatortes einen schwarzen VW-Golf gesehen. Wir überprüfen nicht nur Sie, sondern alle betreffenden Fahrzeughalter. Sie können sich vorstellen, dass es im Kreis Herford eine große Anzahl von schwarzen Golfs gibt. Wo waren Sie in der Nacht vom 23. auf den 24. August?"

Pandža lachte gallig. „Da muss ich nicht lange nachdenken. Ich war hier zu Hause. Ich bin Dachdecker und hatte vor vier Wochen einen Arbeitsunfall, bei dem ich mir beide Unterschenkel gebrochen und die Wirbelsäule gestaucht habe. Seit dieser Zeit kann ich die Wohnung nur mit dem Rollstuhl verlassen."

„Kommen Sie allein zurecht?"

Pandža nickte. „Im Prinzip ja, nach meinem Unfall ist meine Mutter vorübergehend bei mir eingezogen. Sie kümmert sich um mich."

„Wo ist Ihre Mutter jetzt?"

„In der Stadt, sie wollte einkaufen."

Korff drehte sich um und blickte aus dem Fenster, das auf die Herforder Straße zeigte. „Wo ist Ihr Fahrzeug? Ich habe es draußen nicht gesehen."

„Ich habe das Auto meinem jüngeren Bruder geliehen. Sein Auto ist kaputt, er kann den Golf so lange fahren, bis ich ihn wieder brauche."

„Wie heißt Ihr Bruder?"

„Elvir … Elvir Pandža."

„Ihr Bruder wohnt nicht bei Ihnen?"

„Nein, er wohnt mit seiner Frau in Jöllenbeck, in der Dorfstraße."

„Sie stammen ursprünglich aus Bosnien. Sind Sie mit Ihrer Mutter nach Deutschland gekommen?"

Pandža nickte. „Mit meiner Mutter und meinem Bruder."

„Was ist mit Ihrem Vater?"

„Mein Vater ist tot." Zlatan Pandžas Gesichtszüge verhärteten sich.

Korff spürte an Pandžas Reaktion, dass er einen wunden Punkt berührt hatte. „Was ist mit ihm passiert?"

Pandža blickte zur Seite. „Wir wissen es nicht. Serbische Soldaten haben ihn und meine beiden älteren Brüder aus unserem Haus geholt, wir haben danach nichts mehr von ihnen gehört. Vermutlich haben sie sie umgebracht, wie Tausende andere auch. Wir wissen nicht einmal, wo sie begraben liegen."

***

Von Enger aus brauchte Korff eine halbe Stunde, bis er den Parkplatz des Präsidiums erreichte. Er war über Jöllenbeck gefahren, hatte Elvir Pandža aber in seiner Wohnung nicht angetroffen. Auch den schwarzen VW Golf hatte er nicht gesehen.

Als Korff sein Büro betrat, saßen Grohner und Zeinitz bereits an ihren Schreibtischen und diskutierten die Ergebnisse ihrer Ermittlungen.

Grohner hatte dafür gesorgt, dass ein Mitglied des kriminaltechnischen Dienstes für den Nachmittag zur Verfügung stand, um die von den drei Ermittlern genommenen Daumenabdrücke sofort mit dem am Tatort gefundenen Abdruck vergleichen zu können. Hermann Dreyer hatte darauf beharrt, die Auswertung der Daumenabdrücke höchstpersönlich vorzunehmen. Er musste allerdings schon nach kurzer Zeit den Wartenden mitteilen, dass in keinem der Fälle ein positives Ergebnis vorlag.

Es gelang Grohner nur schlecht, seine Enttäuschung zu verbergen: „Mist. Dabei war ich ziemlich sicher, dass wir mit unserer Strategie erfolgreich sein würden. Sollen wir noch einmal ganz von vorne beginnen?“

Korff schüttelte den Kopf. Er war noch nicht bereit, ihre Vorgehensweise als gescheitert anzusehen. „Es besteht natürlich immer noch die Möglichkeit, dass der Daumenabdruck von dem zweiten Täter stammt, der nicht Halter des Fahrzeugs ist.“

Grohner spitzte die Lippen. Er konnte das Argument nicht so einfach wegwischen. Man sah ihm aber an, dass er nicht wirklich überzeugt war.

Korff wandte sich an Jörg Zeinitz: „Lasst uns die einzelnen Fälle einmal durchsprechen. Fang du an, Jörg.“

„Von meinen Kandidaten kommt, glaube ich, keiner in Frage. Der erste auf meiner Liste liegt schon seit über zwei

Wochen im Krankenhaus. Ich habe die Angaben seiner Frau überprüft und im Krankenhaus angerufen. Einlieferungsdatum war der 19. August."

„Was hat der arme Mensch denn?"

„Er ist wirklich ein armer Mensch. Leberkrebs, Endstadium."

Korff und Grohner schwiegen.

„Mein nächster Kandidat war ein gewisser Besart Kodro. Der hat am 21. August geheiratet und ist dann mit seiner Frau für eine kurze Flitterwoche nach Mallorca geflogen. Er war zwar am 31. August wieder in Bielefeld, hätte also Bojan Pasić umbringen können. Da wir aber davon ausgehen, dass alle drei Morde von den gleichen Tätern begangen worden sind, können wir Kodro wohl auch streichen."

Korff nickte. „Und der dritte auf deiner Liste?"

„Der hatte mit seinem Auto vor etwa einem Vierteljahr einen Unfall und da er nicht sonderlich betucht ist, hat ihm ein Kumpel die kaputten Blechteile ab- und neue angeschraubt. Die neuen Teile stammen von einem Unfallauto und das war weiß. Mein dritter Kandidat hat die Ersatzteile aus Kostengründen noch nicht schwarz spritzen lassen. Ich habe mir das Auto angesehen, es sieht ein wenig zebramäßig aus … Ich will damit sagen, wenn dieses Auto am Wildhagen gestanden hätte, wäre das den Nachbarn bestimmt aufgefallen."

„Gut. Das leuchtet ein." Korff drehte sich zu Grohner. „Rolf, was ist mit deiner Liste?"

Grohner, der die Erklärungen von Zeinitz betont entspannt verfolgt hatte, weil er sie wohl schon kannte, richtete sich auf. „Bei mir sieht es etwas anders aus. Ich habe einen Kandidaten, der als Täter in Frage kommen könnte, auch wenn der Daumenabdruck nicht zu ihm passt."

Grohner machte eine kurze Pause, dann berichtete er: „Der Mann heißt Mirko Jahic. Er arbeitet hier im Cinemaxx. Er ist wegen Körperverletzung und illegalen Waffenbesitzes vorbestraft. Ich habe das vorhin noch recherchiert, nachdem ich wieder im Büro war. Er ist mit einer deutschen Frau verheiratet. Jahic hat für keine der drei Tatzeiten ein überprüfbares Alibi. Seine gesamte Familie ist im Bosnienkrieg umgekommen. Als wir über dieses Thema sprachen, wirkte er sehr aggressiv. Ich habe sein Auto untersucht, aber nichts gefunden, was auf die Taten hindeuten könnte." Grohner machte eine Pause, dann ergänzte er: „Die beiden anderen Personen, die ich aufgesucht habe, können wir meines Erachtens vernachlässigen. Der eine Mann ist in Herford in einer Diskothek als Türsteher tätig und war zumindest am 23. und am 31. August bis spät in der Nacht arbeiten, dafür gibt es verlässliche Zeugen. Der andere ist Assistenzarzt im Bielefelder Klinikum und hatte am 23. August Nachtdienst. Seine Familie lebt noch in Sarajewo. Der Assistenzarzt hat – soweit ich das feststellen konnte – keinen Grund für irgendwelche Rachefeldzüge."

Zum Schluss berichtete Korff von seinen Besuchen. „Mein erster Kandidat befindet sich unmittelbar vor seiner Abschiebung und macht den Eindruck eines gehetzten Kaninchens. Er hat in den letzten Wochen seine Wohnung kaum noch verlassen. Ich habe bei ihm kein Motiv erkennen können und halte ihn auch nicht für fähig, kaltblütig drei Morde zu begehen." Dann fasste Korff seine Gespräche mit Dario Odrim und Zlatan Pandža zusammen, wobei er deutlich machte, dass die Alibis sowohl von Dario Odrim als auch von dem Bruder Zlatan Pandžas noch einer genaueren Überprüfung bedurften.

Korff schwieg einen Augenblick. Als sich seine beiden Kollegen nicht äußerten, sagte er: „Ich schlage vor, dass wir uns Jahic, Odrim und Elvir Pandža etwas genauer anschauen. Mit Elvir Pandža muss ich ohnehin noch sprechen."

Grohner und Zeinitz nickten. Korff spürte aber, dass er seine beiden Kollegen nicht wirklich überzeugt hatte.

***

Während Korff noch einmal nach Jöllenbeck fuhr, um Elvir Pandža aufzusuchen, hatten sich Grohner und Zeinitz dazu bereit erklärt, Mirko Jahic und Dario Odrim abends zu observieren. Korff war sich bewusst, dass das keine systematische Überwachung sein konnte; über einen längeren Zeitraum ließ sich eine solche Aktion ohnehin nicht durchhalten – es sei denn, es ergaben sich dadurch weitere Verdachtsmomente. Da Grohner dem Cinemaxx-Mitarbeiter Jahic bereits bekannt war, sollte sich Zeinitz um Jahic kümmern. Grohner wollte dann, nachdem er Zeinitz eingewiesen hatte, weiter nach Herford fahren, um das Haus von Dario Odrim zu observieren.

Als Korff an Elvir Pandžas Wohnungstür klingelte, dauerte es nur einen kurzen Augenblick, bis ihm die Tür geöffnet wurde. Ein mittelgroßer, dunkelhaariger Mann in Jeans und Sweatshirt stand vor ihm.

Korff wies sich aus. „Herr Pandža", sagte er dann, „ich muss Ihnen in einer wichtigen Angelegenheit einige Fragen stellen. Es geht um das Fahrzeug Ihres Bruders."

Pandža blickte Korff mit ausdrucklosem Gesicht an. „Was ist mit dem Auto?"

„Vielleicht können wir die Angelegenheit in Ihrer Wohnung besprechen?"

Elvir Pandža schien einen Augenblick zu überlegen, dann gab er den Weg in die Wohnung frei. Er führte Korff in das Wohnzimmer, das – soweit Korff das zu beurteilen in der Lage war – traditionell bosniakisch eingerichtet zu sein schien. Auf dem Fußboden lagen schwere Teppiche, darauf standen niedrige Sitzmöbel. Auch die Wände waren mit kleinen handgewebten Teppichen dekoriert.

Pandža wies auf einen mit Leder bespannten flachen Hocker. Korff setzte sich, nachdem auch Pandža Platz genommen hatte.

„Was ist mit dem Auto?", wiederholte Pandža.

„Wir untersuchen zurzeit alle schwarzen VW-Golfs, auch den Ihres Bruders, weil ein Auto diesen Typs in der Nähe eines Tatortes gesehen worden ist. Hat Sie Ihr Bruder darüber nicht informiert?"

Elvir Pandža schüttelte den Kopf eine Spur zu spät. Korff spürte, dass Pandža log.

„Herr Pandža, wo waren Sie am Abend des 24. August? Das war der Sonntag vor knapp 14 Tagen."

Pandža zuckte mit den Schultern. „Das weiß ich doch jetzt nicht mehr. Ich muss nachdenken, warten Sie." Er schien sich einen Augenblick zu besinnen, dann erklärte er: „Am frühen Abend habe ich meinen Bruder besucht. Sie wissen ja, dass er einen Unfall hatte. Gegen 21 Uhr sind meine Frau und ich wieder nach Hause gefahren."

„Ist Ihre Frau zuhause? Kann ich sie sprechen?"

„Meine Frau ist krank, sie liegt im Bett." Pandžas Antwort war zu entnehmen, dass eine Bitte um ein Gespräch mit der Kranken von ihrem Mann abgelehnt werden würde. Korff verzichtete deshalb darauf, stattdessen erklärte er: „Herr Pandža, wir haben am Tatort einen Daumenabdruck gefunden, der vermutlich von einem der Täter stammt. Darf ich von Ihnen Daumenabdrücke nehmen? Wir könnten damit ausschließen, dass Sie der Täter sind." Er zog die Utensilien aus der Tasche seines Jacketts und legte sie auf den niedrigen Tisch.

Korff hatte Pandža mit dieser Frage zweifellos überrascht. Dieser schien einen Augenblick zu überlegen, dann fragte er: „Bin ich dazu verpflichtet?"

Korff schüttelte den Kopf. „Nicht hier und jetzt. Wir würden Sie und Ihre Frau dann aber nach Bielefeld vorladen, um uns noch eingehender mit Ihnen zu unterhalten."

Pandža knurrte etwas für Korff Unverständliches, dann hielt er Korff seine Hände hin. Seine Augen blickten wütend. Korff blieb unbeeindruckt, nahm die Daumenabdrücke und erhob sich. „Ich würde mir gerne einmal das Auto Ihres Bruders ansehen. Sie haben doch nichts dagegen?"

Pandža säuberte seine Hände mit einem Papiertaschentuch. Er schüttelte den Kopf, griff in seine Hosentasche und zog einen Schlüsselbund hervor. Sein Gesicht spiegelte immer noch Wut und Ablehnung wider. „Der Wagen steht unten an der Straße", sagte er knapp.

Wenig später standen beide Männer vor dem Fahrzeug. Pandža schloss den Wagen auf. Korff setzte sich auf den Fahrersitz und kontrollierte Seitenfächer, Handschuhfach und Sonnenblenden. Die Fächer waren leer, auch zwischen den Sonnenblenden und dem Himmel war nichts zu finden. Korff kam das Fahrzeug sehr sauber vor, so als ob es vor kurzem erst gereinigt worden war. Er stieg wieder aus und öffnete den Kofferraum. Auch der Kofferraum war leer. Der Verbandskasten war noch versiegelt.

Korff wandte sich an Pandža, der die Inspizierung des Autos vom Bürgersteig aus verfolgt hatte: „Vielen Dank für Ihre Mithilfe, das war es vorerst. Falls sich noch weitere Fragen ergeben sollten, melde ich mich bei Ihnen."

Pandža nickte ohne jegliche Gefühlsregung. Er drehte sich um und ging zurück ins Haus.

***

Grohner hatte einen Parkplatz unter einer Birke unweit von Dario Odrims Wohnung gefunden. Von hier aus ließen sich der Hauseingang und die zur Straße gelegenen Fenster der Wohnung des Friedhofgärtners gut einsehen. Grohner schob den Fahrersitz etwas zurück und machte es sich bequem. Er war von seinem Tun nicht richtig überzeugt. Er hasste Observierungen wie diese, weil sie fast immer überaus langweilig waren. In diesem Fall kam noch hinzu, dass sie sich sehr wahrscheinlich auf einer falschen Spur befanden. Sein Freund und Kollege Korff hatte sich offenbar in eine Idee verrannt, die nur wenig Aussicht auf Erfolg versprach.

Es war ziemlich genau 18.30 Uhr, als Grohner seine Beobachterposition eingenommen hatte. In der schmalen Graf-Kanitz-Straße herrschte gerade reger Autoverkehr, da einige Autos den Parkplatz der nahe gelegenen Ernst-Barlach-Sporthalle verließen und in die Straße Im großen Vorwerk abbogen. Offenbar war gerade Trainingsende.

Wenig später wurde es auf der Straße ruhig. Die meisten Menschen waren jetzt zu Hause. In den Wohnungen ging nach und nach die Zimmerbeleuchtung an und man bereitete das Abendessen vor.

Grohner schaltete das Autoradio ein und widmete sich dem Programm des örtlichen Rundfunksenders. Nach einer Stunde spürte er, dass er müde wurde. Er öffnete das Autofenster und ließ frische Luft herein. Auf der Straße war es still. Autos fuhren nur in größeren zeitlichen Abständen vorbei.

Kurz vor 20 Uhr erhielt Dario Odrim Besuch. Ein weißer BMW älteren Baujahrs kam aus der Straße Im großen Vorwerk, fuhr an der Odrim'schen Wohnung vorbei und parkte gut 30 Meter weiter, obgleich direkt vor dem Haus mehrere Parkplätze frei waren. Ein Mann mittleren Alters

– Grohner schätzte ihn auf etwa 40 Jahre – stieg aus dem Wagen und ging den Bürgersteig hinunter. Dario Odrim schien den Mann bereits erwartet zu haben, denn er öffnete ihm die Tür, bevor dieser klingeln konnte. Grohner wollte sich gerade das Autokennzeichen notieren – es handelte sich um ein Fahrzeug aus dem Kreis Lippe –, da bemerkte er, dass Odrims Gast von einem anderen Auto, einem blauen VW-Touran, verfolgt worden war. Der Touran hatte zunächst weiter unten gewartet, fuhr dann aber, nachdem der Besucher ausgestiegen war und das Odrim'sche Haus betreten hatte, weiter an das Haus heran und passierte dabei Grohners Fahrzeug. Der Kriminalbeamte neigte sich zur Seite, riskierte dabei dennoch einen kurzen Blick auf die Insassen des Touran, ohne selbst gesehen zu werden.

Grohner stieß einen leisen Pfiff aus. Die Sache schien ja doch noch interessant zu werden. Den Wagen steuerte Gavrilo Grabež, der engste Vertraute des ermordeten Bojan Pasić. Ihn hatte Grohner zweifelsfrei erkannt, der Mann auf dem Beifahrersitz war möglicherweise Marko Petrović gewesen, ein anderer Mitarbeiter von Bojan Pasić.

Grabež parkte den Wagen in einiger Entfernung von dem weißen BMW. Die Beifahrertür öffnete sich und ein Mann stieg aus, der langsam die Straße hinunterging und dabei – wie zufällig – einen längeren Blick in den Innenraum des weißen BMW warf. Grohner war sich inzwischen sicher, dass es sich bei dem Mann um Marko Petrović handelte.

Die Inaugenscheinnahme des BMW hatte offenbar nichts ergeben. Petrović setzte seinen Weg noch etwa 100 Meter weiter fort, überquerte dann die Straße und ging auf der anderen Straßenseite wieder zu dem Touran zurück.

In den nächsten beiden Stunden passierte nichts. Grabež und Petrović blieben in ihrem Auto sitzen und beobachteten die Odrim'sche Wohnung. Grohner hatte die beiden Autokennzeichen notiert und an die Dienststelle durchgegeben. Er wartete auf Antwort.

Als Grohners Handy vibrierte, glaubte er zunächst, dass man ihm die Namen der beiden Fahrzeughalter mitteilen wollte. Am anderen Ende war aber Korff.

„Klaus hier, wie sieht's aus?"

„Vermutlich etwas interessanter als bei dir." Grohner schilderte kurz die Lage.

Korff gab seinerseits einen kurzen Bericht über den Besuch bei Elvir Pandža. „Ich habe seine Wohnung noch zwei Stunden observiert. Er scheint ins Bett gegangen zu sein. Soll ich auch nach Herford kommen?"

„Wäre nicht schlecht, hier tut sich vielleicht noch was. Du kennst die Örtlichkeiten?"

„Ja, natürlich."

„Ich würde dir empfehlen, direkt auf den Parkplatz der Sporthalle zu fahren, der dürfte jetzt weitgehend leer sein. Grabež und Petrović können dich dann nicht sehen und du bist in meiner unmittelbaren Nähe."

„Gut, bis gleich."

Es dauerte noch einmal eine knappe halbe Stunde, bis Grohner Korffs alten VW Golf zunächst in die Graf-Kanitz-Straße ein- und dann in die Zufahrt zur Turnhalle abbiegen sah. Inzwischen war auch der Anruf aus der Dienststelle eingegangen. Der Touran war auf Gavrilo Grabež zugelassen, Halter des weißen BMW war Mensur Odrim, offenbar ein Verwandter Dario Odrims.

In diesem Augenblick öffnete sich die Tür des Odrim'schen Hauses und Dario und Karin Odrim traten heraus. Sie wurden von Mensur Odrim begleitet, der sich von ihnen verabschiedete. Mensur Odrim ging zu seinem Wagen und fuhr los. Grohner hatte auf den Gang des Mannes geachtet. Wenn man genau hinsah, so konnte man ein leichtes Nachziehen des linken Beines erkennen. Der blaue Touran scherte ebenfalls aus seiner Parklücke aus und folgte dem weißen BMW.

Grohner hatte bereits Korffs Handynummer gewählt, der sich auch sofort meldete. „Mensur Odrim fährt jetzt los. Grabež und Petrović folgen ihm. Ich hänge mich hinter den blauen Touran von Grabež. Wenn du hinter mir bleibst, können wir uns bei der Verfolgung ablösen."

„Einverstanden. Ich bleibe zunächst hinter dir, nach vier bis fünf Kilometern übernehme ich. Wir lassen die Lautsprecher der Handys an."

Die Fahrt führte über die Bismarckstraße, Mindener Straße, Johannisstraße, Rennstraße und Elverdisser Straße auf die B239, wo Korff an Grohner vorbei fuhr und die direkte Verfolgung des blauen Tourans übernahm. Es herrschte wenig Verkehr, die Gefahr, Grabež und Petrović aus den Augen zu verlieren, war gering. In Ahmsen wechselten die Autos auf die Autobahn Richtung Dortmund. An der Abfahrt Ostwestfalenstraße verließen der weiße BMW und in seinem Schlepptau der blaue Touran die Autobahn und fuhren über Schuckenbaum nach Leopoldshöhe. Am Ortseingang Leopoldshöhe wechselte Grohner wieder in die erste Verfolgerposition. Kurz vor einer auf der linken Seite liegenden Kirche bog der blaue Touran nach links in die Jahnstraße ab. Nach etwa 200 Metern endete die Verfolgungsfahrt. Mensur Odrim parkte seinen Wagen in einer der vor den Häusern angelegten Parkbuchten, stieg aus und verschwand in einem Mehrfamilienhaus.

Grabež und Petrović hatten, da sie die Wohnung Odrims offenbar kannten, ihren Wagen in Sichtweite des Hauses geparkt. Während Grohner an ihnen vorbeifuhr und in der Straße Am Moshagen verschwand, wo er auf der Suche nach einem Parkplatz schnell fündig wurde, hatte Korff seinen Golf sofort in eine der Parkbuchten gesteuert und Motor und Licht ausgemacht. Er hatte den blauen Touran gut im Blick.

„Wo bist du?“, fragte Korff.

„Ich bin um den Block gefahren und stehe jetzt auf dem Parkplatz in der Schulstraße, etwa 200 Meter von dir entfernt. Was machen Grabež und Petrović?“

„Zurzeit nichts. Sie stehen da und warten. Ich glaube nicht, dass sie heute Abend noch etwas unternehmen.“

„Dein Wort in Gottes Ohr. Ich werde langsam müde.“ Grohners Stimme war seine Erschöpfung anzuhören.

Grabež und Petrović blieben noch etwa eine halbe Stunde in Sichtweite der Odrim'schen Wohnung stehen, dann entschlossen sie sich offenbar nach Bielefeld zurückzufahren, denn sie starteten den Wagen und fuhren wieder in Richtung Schuckenbaum.

Korff griff zum Handy. „Rolf, es scheint so, dass unsere beiden Freunde die Observierung aufgeben und zurück nach Bielefeld wollen. Vermutlich setzt Grabež Petrović in seiner Wohnung in der Siebenbürger Straße ab.“

Hinter Schuckenbaum bog der blaue Touran auf die L968 ab. Über die Salzufler Straße und den Ostring erreichten die drei Fahrzeuge die Eckendorfer Straße. Korff meldete sich noch einmal bei Grohner: „Rolf, ich habe einen Streifenwagen in die Siebenbürger Straße bestellt. Wir sollten uns dringend mit Grabež und Petrović unterhalten. Vielleicht haben sie wichtige Informationen für uns.“

Als Korff, gefolgt von Grohner, von der Eckendorfer Straße in die Straße Rabenhof und dann in die Siebenbürger Straße einbog, sah er, dass bereits ein Polizeifahrzeug vor dem Mehrfamilienhaus wartete, in dem Petrović seine Wohnung hatte.

Grabež hielt an, die Beifahrertür öffnete sich und Petrović stieg aus. Noch bevor Grabež wieder anfahren konnte, hatte Korff seinen Golf schräg vor den blauen Touran gestellt. Die beiden Streifenwagenbeamten sprangen aus ihrem Fahrzeug und liefen auf die Fahrzeuge zu. Während Petrović, der die beiden Polizisten sofort bemerkt hatte, unschlüssig auf dem Bürgersteig stehen blieb, öffnete Grabež die Fahrertür und stieg aus. Er wollte offenbar den Fahrer des Fahrzeugs zur Rede stellen, der ihn da massiv behinderte. Als er die beiden Polizeibeamten sah, die auf ihn zukamen, blieb auch Grabež stehen.

Inzwischen hatte auch Grohner sein Auto abgestellt und eilte auf die beiden Fahrzeuge zu. Grabež und Petrović schienen völlig überrascht. „Was soll das? Was wollen Sie?" Grabež baute sich vor Korff auf, der ebenfalls ausgestiegen war, und blickte ihn fragend an.

„Allgemeine Fahrzeugkontrolle", sagte einer der beiden Streifenbeamten, der neben Korff getreten war. Korff hatte ihn zuvor angeblickt und dabei leicht genickt.

„Darf ich einmal Ihre Papiere sehen? Führerschein und Fahrzeugschein!"

Gavrilo Grabež nickte, griff vorsichtig in die Innentasche seines Jacketts und zog eine Brieftasche heraus. Er entnahm der Brieftasche die geforderten Papiere. Während der eine der beiden Streifenpolizisten sich mit den Papieren in den Streifenwagen begab, um sie zu überprüfen, öffnete der andere den Touran und untersuchte den Innenraum.

Bereits nach kurzer Zeit war er fündig geworden. Er rief Korff zu sich, während Grohner bei Pasić und Petrović blieb. Korff pfiff durch die Zähne, als der uniformierte Kollege auf zwei Schusswaffen deutete, die er im Handschuhfach gefunden hatte.

Korff winkte die beiden Security-Mitarbeiter heran. Als sie vor ihm standen, wies er auf den Waffenfund: „Sie führen zwei Schusswaffen mit sich. Ich gehe davon aus, dass Sie dafür auch Waffenscheine besitzen. Darf ich Ihre Waffenscheine einmal sehen?“

Grabež schüttelte den Kopf. Er blieb stumm. Auch Petrović äußerte sich nicht.

„Dann sollten wir unser Gespräch im Präsidium fortsetzen.“

Korff wandte sich an die Streifenpolizisten. „Bringen Sie die beiden Personen bitte ins Präsidium. Auch das Fahrzeug muss untersucht werden.“ Die Uniformierten nickten. Einer der beiden forderte einen weiteren Streifenwagen und den Abschleppdienst an, um das Auto der Verdächtigen sicherstellen zu lassen.

Mittlerweile war es kurz vor 24 Uhr.

14. Kapitel

Samstag, den 5. September 2009

„Es gibt doch sicherlich interessantere Freizeitbeschäftigungen als freitagabends durch die Gegend zu fahren und Leute zu observieren, oder?"

Korff saß Gavrilo Grabež im Vernehmungszimmer gegenüber und nippte an einem Becher mit Kaffee.

Grabež schwieg. Er schwieg seit Beginn der Befragung.

Korff blickte auf seine Armbanduhr. Es war kurz nach ein Uhr. Er rieb sich die müden Augen. Dann wandte er sich wieder Grabež zu: „Wir haben in Ihrem Auto zwei Waffen gefunden. Vielleicht können wir heute die Mordfälle Jugović, Pasić und Keller noch abschließen."

„Sie sind auf einer völlig falschen Spur." Es war das erste Mal, dass sich Grabež äußerte.

„Wenn das so ist, dann können Sie uns doch sicherlich dabei unterstützen, auf die richtige Spur zu kommen?"

Grabež zuckte mit den Achseln, um Korff sein Desinteresse an der Angelegenheit zu demonstrieren. „Ich möchte jetzt gehen. Sie haben nichts gegen uns in der Hand, außer der Tatsache, dass wir Waffen mitgeführt haben, für die wir keine Waffenscheine besitzen. Sie können uns deshalb nicht hierbehalten."

Korff schüttelte den Kopf. „Sie glauben doch nicht, dass wir Sie jetzt nach Hause gehen lassen. Es geht um dreifachen Mord."

„Marko und ich, wir haben mit den Morden nichts zu tun."

„Wir lassen zurzeit die beiden Waffen aus Ihrem Auto untersuchen. Jugović, Pasić und Cheline Keller wurden jeweils durch zwei Schüsse aus zwei verschiedenen Waffen getötet. Bis die Waffen untersucht sind, kann einige Zeit vergehen. So lange bleiben Sie bei uns. Es besteht Fluchtgefahr."

Grabež beugte sich nach vorn. „Wenn sich zwei Leute bewaffnen wollen, brauchen sie zwei Waffen, so einfach ist das. Sie dürfen mir glauben, das sind nicht die Waffen, mit denen Bojan und Dragan erschossen worden sind."

Korff lächelte betont freundlich, um Grabež aus der Reserve zu locken. „Das behaupten Sie. Ich glaube das erst, wenn die Untersuchung der Waffen abgeschlossen ist. Und das kann dauern." Er machte eine kurze Pause. „Weshalb mussten Sie sich denn überhaupt bewaffnen?"

„Unsere Sache."

„Waren Sie auf einem Rachefeldzug? Suchen Sie die Mörder Ihres Chefs?"

Grabež schwieg.

„Was wollen Sie machen, wenn Sie sie gefunden haben? Wollen Sie im Sinne des Alten Testaments verfahren: ‚Auge um Auge'? Das galt – wenn überhaupt – vor mehr als 2000 Jahren." Korff blickte Grabež an, der erwiderte mit starren Augen seinen Blick. „Überlegen Sie doch: Wir wissen, dass Sie die beiden Odrims observieren. Wenn einem der beiden etwas zustößt, so fällt der Verdacht seit heute Abend sofort auf Sie. Ihren Rachefeldzug, wenn es sich um einen solchen gehandelt hat, können Sie abblasen."

Es klopfte. Grohner stand in der Tür und machte Korff ein Zeichen.

Korff griff nach seinem Kaffeebecher und wandte sich dann an Grabež: „Augenblick, bin gleich wieder da. Möchten Sie auch einen Kaffee?"

Grabež nickte.

Korff trat auf den Flur, wo Grohner wartete. Sie blieben vor dem Vernehmungszimmer stehen.

„Wie läuft es bei Euch?" Korff sprach in gedämpftem

Tonfall, damit Grabež ihre Unterhaltung nicht mitbekam.

„Es läuft gar nicht. Petrović sagt kein Wort. Grabež ist sein Chef. Wenn der nicht redet, wird Petrović auch nicht reden."

„Ich habe Grabež damit gedroht, ihn so lange hier zu behalten, bis die beiden Waffen untersucht sind. Ich habe ihm gesagt, das könne lange dauern."

„Mit den beiden Waffen, die wir im Auto gefunden haben, sind Jugović und Pasić nicht erschossen worden. Das steht schon fest, das waren andere Kaliber."

„Gut, das muss ich Grabež aber jetzt noch nicht sagen, oder?"

Grohner grinste. „Ein bisschen kannst du ihn noch hinhalten."

„Stopp das Gespräch mit Petrović. Das bringt dann wohl nichts. Versuche alles über Mensur Odrim herauszufinden, was heute Nacht noch möglich ist."

„Gut." Grohner wandte sich zum Gehen.

Korff rief ihm halblaut hinterher: „Rolf, kannst du mir für Grabež einen Kaffee besorgen? Vielleicht komme ich mit ihm doch noch ins Gespräch."

„Ist gut."

Korff wollte das Zimmer betreten, da hatte er noch eine Idee. Er wandte sich um und lief Grohner hinterher, der bereits vor dem Kaffeeautomaten stand.

„Wir sollten die beiden Waffen auch daraufhin überprüfen, ob mit einer von ihnen eventuell der Hund von Küppers erschossen worden ist."

Grohner nickte.

Korff betrat wieder das Vernehmungszimmer. Grabež saß immer noch auf seinem Stuhl und hatte den Kopf in die Hände gestützt. Er schien genauso müde zu sein wie Korff. Als er Korff bemerkte, blickte Grabež auf.

„Der Kaffee kommt gleich." Grabež reagierte mit einem leichten Lächeln.

„Was wissen Sie über die Odrims?"

Gavrilo Grabež schien in der Gesprächspause überlegt zu haben, ob er weiter taktieren sollte. Er hatte sich offenbar für eine Kooperation mit der Polizei entschieden. „Sie haben Recht. Wenn unser Verdacht bezüglich der beiden Odrims zutrifft, müssen wir ohnehin mit der Polizei zusammenarbeiten. Anfangs hatten wir gedacht, die Sache in die eigene Hand zu nehmen."

„Wer ist ‚wir'?"

„Marko Petrović und ich."

„Ist sonst noch jemand an der Aktion beteiligt?"

„Nein."

„Wie sind Sie auf Mensur Odrim aufmerksam geworden?"

„Ich habe an dem Abend, als Bojan ermordet worden ist, auf meinem Nachhauseweg weiter oben in der Lessingstraße einen weißen BMW mit einem Lipper Kennzeichen gesehen, in dem zwei Männer saßen. Ich habe mir an dem Abend nichts dabei gedacht. Mir ist aber das Autokennzeichen im Gedächtnis geblieben, weil die mittleren Buchstaben GG meinen Initialen entsprachen und die drei Zahlen des Kennzeichens mit meinem Geburtsdatum übereinstimmten." Er machte eine Pause und erklärte dann: „Ich habe am 30. September Geburtstag."

Grohner kam herein und stellte wortlos zwei Becher mit Kaffee auf den Tisch. Dann verließ er den Raum wieder. Grabež griff nach einem der Becher und nahm einen vorsichtigen Schluck. Er verzog sofort sein Gesicht. Korff, der ebenfalls zu seinem Becher gegriffen hatte, wunderte sich nicht. Der Kaffee war nur noch mäßig warm und schmeckte bitter. Korff wies auf den Kaffee und machte eine entschuldigende Geste. Dann nahm er den Gesprächsfaden wieder auf: „Haben Sie die Personen, die im Fahrzeug saßen, erkannt?"

„Nein, auf die Personen habe ich nicht geachtet, aber als Bojan ermordet worden war, fiel mir das Autokennzeichen wieder ein und ich habe ein bisschen recherchiert."

„Wie sind Sie an den Namen des Fahrzeughalters gekommen?"

„Pasić Security hat einen Bekannten beim Straßenverkehrsamt, der hilft uns gelegentlich mit Informationen aus. Er hat mir auch in diesem Falle weiterhelfen können und mir als Fahrzeughalter Mensur Odrim genannt."

Korff lächelte. Das klang einleuchtend. „Wie heißt Ihr Bekannter?"

Grabež überhörte die Frage. „Es ist doch sehr wahrscheinlich, dass Mensur Odrim an dem Mord beteiligt war – oder? Deshalb haben wir ihn seit einigen Tagen beobachtet, immer wenn wir Zeit dazu hatten."

Korff nickte. Der weiße BMW und der schwarze Golf, den Dario Odrim fuhr – das konnte zusammenpassen. Beide Fahrzeuge waren an den Tatorten gesehen worden.

„Was haben Sie bislang über Mensur Odrim herausbekommen?"

„Nicht viel. Mensur Odrim stammt aus Bosnien, er ist Muslim. Er lebt erst seit etwa einem Jahr in dieser Gegend, davor hat er in Hamburg gewohnt. Er scheint da oben in Insiderkreisen den Ruf gehabt zu haben, gefährlich zu sein. Jedenfalls behauptet das ein Freund aus Hamburg, der sich dort nach Odrim erkundigt hat. Odrim soll da oben Kontakt zur albanischen Mafia gehabt haben. Er soll aus Hamburg verschwunden sein, weil es dort Probleme gab. Er lebt hier mit einer Nutte zusammen, die hat er aus Hamburg mitgebracht."

Grabež schien wirklich kooperativ zu sein. Anscheinend hatte er eingesehen, dass ein Alleingang wenig Aussicht auf Erfolg versprach, nachdem die Ermittler auf ihn und Petrović aufmerksam geworden waren. Offenbar lag auch Grabež daran, dass die Mörder seines Chefs und Freundes rasch gefasst wurden.

„Was hat die Observierung von Odrim ergeben?"

„Wenig. Mensur Odrim arbeitet als Lagerarbeiter in einer Bielefelder Spedition. Er hat sehr unregelmäßige Arbeitszeiten. Zwischen ihm und seinem Neffen scheint ein enges Verhältnis zu bestehen, immerhin hat er ihn heute Abend das dritte Mal besucht, seitdem wir ihn observieren."

„Woher stammen die Waffen, die wir in Ihrem Auto gefunden haben?"

„Die Pistolen gehörten Bojan. Er hat sie mir zur Aufbewahrung gegeben."

Korff sah Grabež prüfend an. „Sind Sie im Besitz weiterer Waffen? Als Sie in Berlin Ihre Show abgezogen haben, sollen Ihre Leute auch eine Maschinenpistole dabei gehabt haben."

Grabež schüttelte den Kopf. „Bojan hat die Waffen damals wieder eingesammelt."

Korff glaubte ihm kein Wort. Der Sache würde man noch nachgehen müssen. Er erhob sich. „Wenn Ihnen noch einfallen sollte, wo die Waffen lagern, melden Sie sich bitte. Sie können jetzt gehen. Sie dürfen Petrović mitnehmen. Die beiden Waffen werden konfisziert. Eine Anzeige wegen Waffenbesitzes ohne Waffenschein wird Ihnen in den nächsten Tagen zugestellt."

Auch Grabež stand auf. In diesem Augenblick öffnete Grohner die Tür des Vernehmungszimmers und winkte Korff zu sich.

„Volltreffer“, sagte er, wobei er Korff auf den Flur zog. „Der Hund ist mit großer Sicherheit mit einer der beiden Waffen erschossen worden. Eine genauere Untersuchung muss zwar noch stattfinden, wird aber zweifellos das vorläufige Ergebnis bestätigen.“

Korff nickte. Ein leichtes Lächeln überzog sein Gesicht. Er konnte seine Freude über das Untersuchungsergebnis nur schlecht verbergen.

Grohner im Schlepptau wandte sich Korff im Vernehmungszimmer an den wartenden Grabež: „Herr Grabež, ich erfahre soeben, dass mit einer der beiden konfiszierten Waffen der Hund von Arnd Küppers erschossen worden ist. Können Sie mir das erklären?“

Grabež schwieg.

„Herr Grabež, ich verhafte Sie wegen Mordversuchs an Arnd Küppers und Britta Fahlberg. Sie sind in der Nacht vom 25. auf den 26. August zusammen mit einem Komplizen in das Haus von Küppers und Fahlberg in Spenge eingedrungen und haben versucht, die beiden zu erschießen.“

„Mordversuch?“ Grabež lachte unsicher. „Das ist Blödsinn. Wir wollten Küppers und seiner Freundin nur ein bisschen Angst machen.“

„Weshalb?“

„Dragan hatte am Abend vor seiner Ermordung mit Bojan telefoniert und Bojan von dem Streit mit Küppers berichtet.“

„Ja und?“

„Als Dragan ermordet wurde, haben wir zunächst gedacht, dass Küppers dahinterstecken könnte.“

„Und dann sind Pasić und Sie nach Spenge gefahren, sind in das Haus eingedrungen und haben versucht, sich mit Küppers und seiner Freundin gepflegt zu unterhalten?“ Aus Korffs Stimme klang die Ironie deutlich durch.

„Nein, natürlich nicht. Wir wollten Küppers nur ein wenig auf den Zahn fühlen." Grabež schwieg. „Ich glaube, es ist besser, wenn bei unserem weiteren Gespräch mein Anwalt dabei ist", sagte er dann.

„Gut." Korff nickte. „Herr Grabež, Sie werden verstehen, dass wir Sie und Herrn Petrović hierbehalten müssen."

***

Als Korff nachts um halb drei Uhr seine Wohnung betrat, steuerte er sofort die Küche an und angelte sich eine Flasche Bier aus dem Kühlschrank. Er hatte die Flasche gerade geöffnet und an die Lippen gesetzt, da bemerkte er, dass sein Anrufbeantworter blinkte.

Eva hatte versucht ihn zu erreichen, sogar mehrfach, wie er feststellen konnte. „Ich melde mich morgen noch einmal, ich muss mit dir reden", hörte er sie sagen, nachdem er den Wiedergabeknopf gedrückt hatte.

Ein Gespräch war überfällig, ohne Frage. Korff hatte den Eindruck, dass seine Beziehung zu Eva dringend einer Klärung bedurfte. Sie hatten ein paar Mal miteinander geschlafen, wenig miteinander geredet und nichts gemeinsam unternommen. Das war vermutlich keine Basis für eine dauerhafte Beziehung. Eva hatte alle Versuche Korffs abgewehrt, mehr von sich preiszugeben. Korff wusste immer noch nicht, wie Eva zu ihrem Mann stand und welchen Stellenwert er, Korff, in ihrem Leben besaß. Vermutlich keinen sehr großen. Aber war das schlimm? Geringer Stellenwert – geringe Verantwortung. Sie schliefen miteinander, gelegentlich. Konnte es nicht dabei bleiben, zumindest vorerst? Wollte er mehr? War er mit der Situation zufrieden? War er glücklich?

Korff spürte, dass die Müdigkeit immer stärker wurde.

Sie lähmte sein Denken und ließ ihn die sich selbst gestellten Fragen nicht mehr beantworten. Er trank die Flasche leer, dann zog er sich aus und legte sich ins Bett. Er schlief sofort ein.

***

Korff hatte tief und traumlos geschlafen, bis um neun Uhr der Wecker geklingelt hatte. Um kurz vor elf Uhr war Korff wieder in seinem Büro. Wenig später traf auch Grohner ein.

„Ich habe Stress zu Hause. Wir wollten heute eigentlich meinen Schwager besuchen“, verkündete Grohner, als er sich an seinen Schreibtisch setzte. „Jetzt fährt meine Frau mit den Kindern zu ihm – unter Protest.“

Korff nickte, enthielt sich aber jeglichen Kommentars. Stattdessen sagte er: „Glücklicherweise finden an diesem Wochenende keine Bundesligaspiele statt. Wenn der BVB sein nächstes Heimspiel gegen Bayern München heute austragen würde und ich könnte nicht dabei sein …“ Er ließ den Satz unvollendet.

Grohner fuhr seinen PC mit der Bemerkung „Wollen doch mal sehen, ob die Kollegen vom BKA schon geantwortet haben“ hoch. Wenige Augenblicke später gab er seiner Enttäuschung durch lautes Schnalzen Ausdruck. Dann winkte er Korff an seinen Schreibtisch.

„Hier, Dario Odrim scheint ein unbeschriebenes Blatt zu sein, auch über Mensur Odrim gibt es nichts.“ Grohner deutete auf den Bildschirm. „Wenn Grabežs Informationen zutreffend sind, muss sich Mensur Odrim bislang geschickt verhalten haben, um nicht aufzufallen. Gleichwohl scheint er ein gefährlicher Bursche zu sein. Wenn das Puzzle zusammenpassen soll, dann muss der Fingerabdruck, den wir im Jahnplatz-Hotel gefunden haben, von Mensur Odrim stammen."

„Ich glaube nicht, dass uns Odrim freiwillig für einen Abgleich zur Verfügung stehen wird."

„Davon ist auszugehen. Ich rufe Pol Pot an. Bei dem bestehenden Verdacht sollten wir Odrim von einem Mobilen Einsatzkommando vorführen lassen. Ich bin gespannt, ob Pott unsere Verdachtsmomente für ausreichend hält."

Korff stand auf, ging zu seinem Schreibtisch und griff zum Telefonhörer. Er hatte Glück, Pott war zu Hause. Korff schilderte ihm die Situation.

Pott brauchte ein paar Sekunden, bevor er sich äußerte. „Die Beweislage ist reichlich dünn", sagte er und schwieg erneut einige Sekunden. „Wenn ihr danebenliegt, können wir eine Menge Ärger bekommen."

‚Kneif jetzt nicht', dachte Korff. Laut sagte er: „Wir sind uns ziemlich sicher, dass Mensur und Dario Odrim die gesuchten Täter sind. Es passt alles zusammen. Wenn wir Recht haben, wird die Verhaftung aber nicht ohne Widerstand abgehen. Besser, wir lassen die beiden von einem MEK festnehmen."

„Du weißt, dass das eine Menge Aufsehen geben wird. Wenn die Odrims unschuldig sind, wird die Presse über uns herfallen. Wir sollten vorsichtig sein, den Vorwurf der Fremdenfeindlichkeit müssen wir nicht gerade provozieren."

‚Er hat Angst um seine Karriere', dachte Korff. Er blickte auf seine Fingernägel und versuchte dann Pott zu beruhigen: „Paul-Heinrich, der Fall ist klar, wir werden versuchen, so wenig Aufsehen wie möglich zu erregen."

Pott schien mit sich zu ringen. „Gut", sagte er dann. „In Gottes Namen. Ich spreche mit der Staatsanwältin und lasse die Haftbefehle ausstellen. Fordere das MEK an. Wann soll der Einsatz stattfinden?"

„Wenn möglich, noch heute Nachmittag."

„Gut, wir halten Kontakt. Du informierst mich sofort, wenn die Festnahme erfolgt ist."

***

Als die Männer des MEK um 16 Uhr ihre Positionen vor Mensur Odrims Wohnung bezogen hatten, wussten sie, dass sich Odrim auf dem Heimweg befand. Jörg Zeinitz, der Mensur Odrim seit 13 Uhr observiert hatte, war ihm gefolgt, als dieser um kurz vor 14 Uhr das Haus verlassen hatte und nach Bielefeld gefahren war.

Schräg gegenüber der Odrim'schen Wohnung war ein Campingbulli geparkt worden, in dem mehrere Männer des MEK auf ihren Einsatz warteten. Korff saß zusammen mit dem Einsatzleiter und einem weiteren Beamten in einem PKW, der in einiger Entfernung zum Haus abgestellt worden war. In der Straße war es ruhig. Nur gelegentlich rollte ein Fahrzeug mit niedriger Geschwindigkeit durch die Siedlung.

Der Himmel verdunkelte sich zusehends. Immer mehr nahezu schwarze Wolken zogen von Westen auf. Der Wind nahm zu. Dann fielen die ersten Tropfen.

Der Einsatzleiter, ein asketischer Mann mit kurzgeschorenen Haaren, fluchte leise. Die Regenfront machte den bevorstehenden Einsatz nicht gerade leichter.

Wenige Minuten später klingelte Korffs Handy. Zeinitz meldete sich: „Wir treffen gleich ein. Keine weiteren Vorkommnisse."

Korff wandte sich an den Einsatzleiter: „Odrim kommt zurück."

Der Einsatzleiter gab die Information sofort an die Mitglieder seines MEK weiter. Die Männer warteten. Dann sahen sie Odrims weißen BMW mit mäßigem Tempo die Jahnstraße hinauffahren.

Es regnete inzwischen in Strömen. Als Mensur Odrim seinen BMW vor dem Wohnhaus geparkt hatte und die Wagentür öffnete, befahl der Einsatzleiter den Zugriff. Ein schwarzer Mercedes älteren Baujahres, der weiter unten mit laufendem Motor im Waldorfweg gewartet hatte, beschleunigte kurz und stoppte dann schräg hinter dem weißen BMW. Drei vermummte schwarze Gestalten mit kugelsicheren Westen und Schutzhelmen sprangen aus dem Fahrzeug und liefen auf Odrim zu, der seinen Wagen inzwischen verlassen hatte und wegen des Wetters im schnellen Gang auf das Haus zueilte. Weitere vermummte Männer stürmten aus dem Campingbulli.

In diesem Moment kam von vorn ein Renault Espace aus dem nach rechts abzweigenden Fröbelweg. Mensur Odrim hatte die Polizeibeamten gesehen. Er reagierte blitzschnell. Er schlug einen Haken, rannte am Heck seines Autos vorbei auf die Straße, sprang vor das ankommende Auto, das – wie Odrim offenbar erwartet hatte – abbremste, lief dann um den Renault herum und verschwand, indem er das Auto als Deckung benutzte, auf der gegenüberliegenden Straßenseite im Fröbelweg. Korff sah, dass Odrim beim Laufen sein linkes Bein leicht nachzog. Dieses Handicap schien aber keinen Einfluss auf seine Schnelligkeit zu haben. Die Männer des MEK, die keine Schüsse abgegeben hatten, um die Insassen des ankommenden Fahrzeugs nicht zu gefährden, nahmen bei strömendem Regen die Verfolgung auf.

Korff hörte den Einsatzleiter neben sich fluchen. Er wies den Beamten, der hinter dem Steuer saß, an: „Los, um den Block herum. Wir warten auf der anderen Seite. Vielleicht erwischen wir Odrim dort."

Der Fahrer startete den Wagen und lenkte das Fahrzeug nach links. Die Scheibenwischer bewegten sich mit maximaler Taktgeschwindigkeit. Der Einsatzleiter informierte inzwischen seine Männer per Funk: „Wir fahren in den Basedowweg und warten am unteren Ende auf Odrim."

Der Basedowweg war eine Sackgasse. Der Fahrer stoppte das Auto in der Kehre am Ende der Straße. Kaum dass der Wagen stand, riss der Einsatzleiter die Wagentür auf, wies auf das Einfamilienhaus, das den Basedowweg nach unten abschloss, und rief Korff zu: „Los. Wir warten auf Odrim drüben an der Garagenmauer. Vielleicht haben wir Glück. Hast du eine Waffe?"

Korff nickte mechanisch, dann war der Einsatzleiter im Regen verschwunden. Der Fahrer hatte seine Waffe gezogen und den Wagen ebenfalls verlassen, blieb aber hinter dem Fahrzeug in Deckung.

Korff blickte sich um und öffnete seine Autotür. In diesem Augenblick fielen zwei Schüsse. Korff rannte die wenigen Meter Richtung Garagenwand, wo der Einsatzleiter bereits Position bezogen hatte. Schon nach wenigen Metern war Korff vollständig durchnässt.

In diesem Augenblick kam Odrim, der mehrere Gärten durch- und Zäune überquert hatte, aus einer Einfahrt gelaufen, sah Korff und hob die Waffe. Die Distanz zwischen ihnen betrug sieben Meter, so viel wie zwischen dem Schützen und dem Torwart beim Strafwurf im Handballspiel. „Wenn der Schütze nervenstark ist, hat der Torwart keine Chance", kam es Korff in den Sinn. Während er sich über seine Gedanken wunderte, versuchte er verzweifelt seine Dienstwaffe zu ziehen. Es gelang ihm nicht, die Waffe hatte sich offenbar im Holster verhakt. Odrims rechter Zeigefinger krümmte sich.

„Lassen Sie Ihre Waffe fallen." Das war der Einsatzleiter. Odrim wirkte irritiert. Er drehte sich blitzschnell nach rechts um und richtete seine Waffe auf den Einsatzleiter. Völlig zu Recht sah er in dem Einsatzleiter die größere Gefahr. Als Odrim abdrücken wollte, traf ihn der Schuss des Einsatzleiters in die Brust. Odrim brach zusammen, die Waffe glitt aus seiner kraftlos gewordenen Hand und fiel scheppernd auf den Gehsteig.

Es dauerte einen Augenblick, bis Korff realisierte, dass ihm nichts passiert war. Wenige Sekunden später waren die Männer des MEK an Ort und Stelle.

***

Rolf Grohners Handy klingelte. Korffs Stimme klang gepresst. Er beschränkte sich auf die wesentlichen Informationen: „Wir haben Mensur Odrim. Ihr könnt euch jetzt seinen Neffen holen. Seid vorsichtig. Hier hat es einen Schusswechsel gegeben."

„In Ordnung." Grohner steckte das Handy ein und nickte den sechs Männern des MEK zu, die neben ihm in dem Kleinwagen saßen. „Wir können jetzt. Die Aktion in Leopoldshöhe ist abgeschlossen. Wir sollten vorsichtig sein. Mensur Odrim hat offenbar Widerstand geleistet."

Auch in Herford hatte sich der Himmel verdunkelt, es regnete aber noch nicht. Der Einsatzleiter gab die letzten Anweisungen, dann stiegen Grohner und fünf MEK-Männer aus dem Wagen, der etwa 30 Meter unterhalb des Odrim'schen Hauses geparkt worden war. Zwei der vermummten Männer eilten um das Haus herum und postierten sich auf der Rückseite, um Dario Odrim den Fluchtweg zu versperren.

Grohner ging die wenigen Meter zur Eingangstür, die drei anderen MEK-Männer schoben sich gleichzeitig eng an der Hauswand entlang zur Tür, so dass sie von Dario Odrim und seiner Familie nicht gesehen werden konnten.

Grohner klingelte. Als Dario Odrim öffnete, sprangen zwei der Vermummten vor und drückten Odrim zunächst an die Wand des Flures und brachten ihn dann zu Boden. Odrim lag bäuchlings auf den Fliesen, als die beiden MEK-Männer seine Hände mit Plastikfesseln fixierten. Odrim wehrte sich nicht. Er trug keine Waffe und war vollkommen überrascht.

Der dritte MEK-Mann hatte sich inzwischen in der Wohnung umgesehen. Er meldete seinem Einsatzleiter: „Die Wohnung ist leer, Frau und Kinder sind nicht anwesend."

Grohner wandte sich an den Gefesselten, der immer noch auf dem Boden lag. „Herr Odrim, ich verhafte Sie wegen des Mordes an Dragan Jugović, Cheline Keller und Bojan Pasić. Wo ist Ihre Frau?"

Dario Odrim schwieg. Erst bei der zweiten Wiederholung der Frage krächzte er: „Bei ihren Eltern."

Grohner wählte die Nummer seines Kollegen und Freundes. „Aktion beendet. Zielperson unverletzt." Dann verständigte Grohner die Spurensicherung.

***

Dario Odrim saß Korff und Grohner im Vernehmungszimmer gegenüber und wich den Blicken der beiden Kriminalbeamten aus. Der nur spärlich möblierte Raum besaß keine Fenster und wurde deshalb künstlich beleuchtet. Auf dem Tisch vor Odrim stand ein Aufnahmegerät. Die Wanduhr zeigte 19.30 Uhr.

Korff wartete eine Weile, bevor er das Gespräch eröffnete. Er sprach langsam und eindringlich. „Herr Odrim,

Ihr Onkel ist tot. Er hat sich seiner Verhaftung widersetzt und einen Beamten mit einer Waffe bedroht. Ihr Onkel wurde dabei erschossen."

Korff sah, dass Dario Odrim in sich zusammensackte. Er saß wie ein Häuflein Elend vor den beiden Kriminalbeamten. Korff zögerte noch. Als Grohner zu einer Frage ansetzte, bedeutete ihm Korff ebenfalls noch zu warten.

Nach drei langen Minuten wandte sich Korff erneut an Dario Odrim. „Sie hatten zu Ihrem Onkel eine enge Beziehung?"

Odrim blickte auf. Nach kurzem Zögern sagte er leise: „Er ist der Einzige aus meiner Familie, der noch lebt." Während er den Satz aussprach, schien er gemerkt zu haben, dass diese Aussage nicht mehr der Wahrheit entsprach. Er leckte über seine Unterlippe und setzte erneut an: „Ich meine, er war … Sie wissen, was ich meine."

Korff und Grohner nickten. Korff schaltete das Aufnahmegerät ein. „Weshalb haben Ihr Onkel und Sie Dragan Jugović umgebracht?"

Odrims Augen sprühten vor Hass, seine Antwort erfolgte spontan. „Jugović war ein Mörder. Er hat meine Brüder und meinen Vater erschossen. Er hat nur seine gerechte Strafe bekommen."

„Wie sind Sie auf Dragan Jugović aufmerksam geworden?"

Es dauerte wieder eine Weile, bis Dario Odrim antwortete. „In der Zeitung gab es vor ein paar Wochen einen Artikel über Jugović, weil er in Spenge Handball spielen wollte. Ich habe ihn auf dem Foto sofort wiedererkannt. Er hatte so eine graue Strähne in seinem Haar. Die hat er damals auch schon gehabt. Ich bin dann mit meinem Onkel zu einem Freundschaftsspiel des TuS Spenge gefahren, um ihn zu sehen." Er machte eine Pause und leckte wieder über seine Unterlippe. „Da gab es keinen Zweifel, auch wenn fast 15 Jahre seit den Morden vergangen sind. Er war der serbische Soldat, der meinen Vater und meine Brüder erschossen hat."

„Was ist damals geschehen?"

Dario Odrim schüttelte den Kopf, dann blickte er zur Seite. Offenbar war er nicht bereit, über die traumatischen Erlebnisse aus seiner Jugendzeit zu reden.

„Ich möchte mit einem Anwalt sprechen. Das Recht habe ich."

„Natürlich." Korff beugte sich leicht nach vorn und erkundigte sich: „Kennen Sie einen Anwalt?"

„Nein, meine Frau soll sich darum kümmern."

„Gut, ich werde Ihre Frau informieren. Wollen Sie uns nicht doch kurz berichten, was damals geschehen ist?"

Odrim schüttelte erneut den Kopf. Da er auf alle weiteren Fragen die Antwort verweigerte, stellte Korff das Aufnahmegerät aus.

***

Nachdem Odrim von zwei Polizeibeamten abgeholt und wieder in seine Zelle gebracht worden war, blieben Grohner und Korff noch eine Zeitlang in dem Vernehmungszimmer sitzen.

„Das war ein Geständnis, zumindest ein Teilgeständnis."

Korff nickte. „Odrim muss uns aber noch einiges erklären. Ich fürchte, die Angelegenheit wird uns noch etwas beschäftigen." Er lehnte sich zurück und streckte sich, indem er die angewinkelten Arme nach hinten drückte.

Grohner schnaufte zustimmend. „Vielleicht sollten wir einen Psychotherapeuten hinzuziehen. Die Erlebnisse von damals scheinen Odrim immer noch schwer zuzusetzen."

„Das können wir immer noch tun. Wir haben ..."

Der Satz blieb unvollendet, denn die Tür ging auf und Pott kam herein. „Was ist? Habt ihr ein Geständnis?", fragte er ohne Umschweife. Pott schien auf sein Abendbrot verzichtet zu haben, um sich erste Informationen über die Festnahme zu verschaffen.

Grohner berichtete in knappen Worten.

„Gute Arbeit. Glückwunsch! Dann sind Mensur und Dario Odrim also die gesuchten Mörder?"

„Es scheint so."

Pott nickte zufrieden. „Es wird Zeit für eine Pressekonferenz. Die Öffentlichkeit muss Montagvormittag informiert werden. Ich werde Staatsanwältin Kasper anrufen." Noch bevor Korff oder Grohner ihre Meinungen zur Pressekonferenz abgeben konnten, war Pott verschwunden.

Korff fasste sich wie unabsichtlich an die Stirn, verdrehte die Augen und schüttelte den Kopf. Auch Grohner konnte sich ein Grinsen nicht verkneifen.

Korff fasste sich als Erster. „Was haben wir eigentlich an handfesten Beweisen?"

„Noch nicht sehr viel. Wir müssen den Bericht der Spurensicherung abwarten. Wir haben bei Dario Odrim vorhin lediglich einige Zeitungsartikel über Dragan Jugović gefunden, was – für sich allein genommen – noch nichts beweist. Die Spurensicherung stellt zurzeit seine Wohnung auf den Kopf. Bislang ist die Mordwaffe aber nicht entdeckt worden."

„Hm, das sieht ja sehr bescheiden aus. Vielleicht sollte Pott mit der Pressekonferenz noch etwas warten. Wenn Odrim seine Aussage widerruft und einen guten Anwalt findet, zerpflückt der unsere Indizien im Handumdrehen." Korff spitzte unschlüssig seine Lippen und rieb mit dem linken Zeigefinger über sein Kinn. „Vielleicht wäre es besser, auf die vollständigen Ergebnisse der Spurensicherung zu warten."

„Tja, du kennst Pol Pot doch besser als ich. Glaubst du, dass er sich noch bremsen lässt?"

„Eher nicht. Jede Pressekonferenz, auf der er eine Erfolgsmeldung verkünden kann, ist für ihn ein weiterer Schritt auf seiner Karriereleiter."

Grohner griff zum Telefon. „Ich rufe mal bei der Spurensicherung an. Vielleicht haben die ja schon weitere Informationen für uns."

Es dauerte eine Weile, bis am anderen Ende abgehoben wurde. Hermann Dreyer war am Apparat. Grohner sagte: „Rolf Grohner hier. Hermann, habt ihr schon etwas für uns?"

Korff hörte von Grohner mehrfach ein zustimmendes „Ja" und dann: „Pott will morgen Vormittag eine Pressekonferenz abhalten und benötigt dafür handfeste Fakten." Grohner schwieg dann eine Zeitlang, während er sich Notizen machte. Schließlich sagte Grohner: „Gut, bis dann, Hermann. Und vielen Dank!" Dann legte er auf.

„Was haben die Kollegen für uns?" Korff blickte Grohner neugierig an.

Grohner war guter Laune. „Es sieht nicht schlecht aus. Der Daumenabdruck aus dem Jahnplatz-Hotel stammt von Mensur Odrim. Damit dürfte Pott morgen bei der Pressekonferenz auf der sicheren Seite sein. Die Waffe, mit der Mensur Odrim auf unsere Kollegen geschossen hat, könnte eine der beiden Tatwaffen sein, genauere Abgleiche stehen aber noch aus. Eine zweite Waffe hat Dreyer in Odrims BMW gefunden. Auch hier fehlt noch eine genaue Untersuchung. Hermann schickt uns den ausführlichen Bericht morgen zu."

„Gut, dann wird Pott morgen Vormittag also das erfolgreiche Ergebnis unserer Ermittlungen verkünden. Dass wir in der kommenden Woche noch hinreichend mit den Kleinarbeiten befasst sind, wird er verschweigen, ebenso, dass er von unserem Ermittlungsansatz nichts gehalten hat."

„So ist das eben."

Korff erhob sich. „Ich rufe Odrims Frau an und richte ihr aus, dass sie für ihren Mann einen Anwalt besorgen soll, danach fahre ich nach Hause. Ich bin hundemüde. Vielleicht ist Odrim morgen etwas auskunftsfreudiger. Zeinitz kann die Stellung allein halten."

Auch Grohner stand auf. „Ich komme mit. Ich glaube, ich sollte mich auch mal wieder zu Hause sehen lassen."

***

Als Korff die Tür zu seiner Wohnung aufschloss, klingelte gerade das Telefon. Er beschleunigte seine Schritte und fand das Telefon auf der Küchenanrichte.

„Klaus Korff."

„Hallo, Klaus? Hier ist Eva." Ihre Stimme klang reserviert.

„Schön, dass du dich mal wieder meldest. Möchtest du vorbeikommen? Ich bin heute Abend zu Hause." Während er sprach, griff Korff nach der halbvollen Mineralwasserflasche, die auf der Anrichte stand, drehte den Verschluss vorsichtig mit zwei Fingern ab und goss etwas Wasser in ein Glas.

„Nein." Eva machte eine Pause, so als suche sie nach Worten. „Entschuldige, wenn ich jetzt mit der Tür ins Haus falle, aber ich wollte dir nur sagen, dass wir uns nicht mehr sehen können."

Korff sog die Luft hörbar ein und ließ sie durch seine

Nasenlöcher entweichen. Mit dieser Eröffnung hatte er nicht gerechnet.

„Gibt es einen Grund dafür?“, fragte er mit leicht belegter Stimme.

„Ich möchte mich meinem Mann nicht weiter entfremden. Wir wollen es noch einmal miteinander versuchen.“

Korff suchte nach einem kommentierenden Antwortsatz, schließlich fiel ihm nur ein zu fragen: „Hast du mit deinem Mann über uns gesprochen?“ Kaum hatte er die Frage ausgesprochen, da hätte er sich dafür ohrfeigen können. Diese Frage sprach nicht gerade für eine abgeklärte Haltung.

„Nicht speziell über dich“, antwortete Eva ruhig. „Ich hatte in den letzten Monaten noch eine weitere Beziehung. Die Einzelheiten haben meinen Mann nicht interessiert.“

Korff holte noch einmal tief Luft. Er begriff. Er war gerade abserviert worden. Er hatte in Evas Leben keine zentrale Rolle gespielt, zu keiner Zeit. Sie hatte sich in den letzten Monaten einige Freiheiten genommen, vielleicht, weil sie ihr Eheleben langweilte, vielleicht, weil auch ihr Mann außerhäusige Beziehungen pflegte und sie ihm Gleiches mit Gleichem vergelten wollte. Als Person hatte er, Korff, sie wohl nur wenig oder gar nicht interessiert.

„Hat dir unsere Beziehung etwas bedeutet?“, fragte er ins Telefon.

Sie wich einer Antwort aus und fragte stattdessen: „Wie war es bei dir?“

Korff zögerte. „Ich weiß es nicht genau“, sagte er schließlich ohne Begeisterung. „Eigentlich kenne ich dich ja gar nicht.“

„Bei mir ist es ähnlich.“

„Tja“, sagte Korff dann langsam, ohne zu wissen, wie er den angefangenen Satz beenden sollte. „Gut, wenn du nicht mehr möchtest …“ Er machte eine kurze Pause. „Ich denke, ich habe kein Recht, Forderungen zu stellen.“

„Nein, hast du nicht.“

„Dann sollten wir uns in Freundschaft voneinander verabschieden. Viel geredet haben wir ja ohnehin nicht miteinander. Mach's gut.“

„Ja, du auch.“

Damit hatte Eva das Gespräch beendet. Korff legte das Telefon zur Seite und atmete tief durch. Dann ging er zum Kühlschrank, entnahm ihm eine Flasche Bier, öffnete sie und nahm einen tiefen Zug. Halblaut kommentierte er: „Der Mohr hat damit seine Schuldigkeit getan.“ Er wartete auf ein Gefühl von Traurigkeit. Es stellte sich aber nicht ein.

15. Kapitel

Sonntag, den 6. September 2009

Als die beiden Polizeibeamten Dario Odrim um 11 Uhr in das Vernehmungszimmer führten, wurde er von seinem Anwalt begleitet. Rechtsanwalt Kuhlmann hatte sich mit Odrim zuvor zwei Stunden lang beraten.

Korff wies den beiden Männern zwei Stühle auf der anderen Seite des Tisches zu. Noch bevor Korff das Gespräch eröffnen konnte, stellte sich der Anwalt vor: „Mein Name ist Kuhlmann. Mein Mandant möchte, dass ich bei der Vernehmung zugegen bin." Kuhlmann, ein untersetzter Mann mit schütterem blondem Haar, das er, wohl um die beginnende Glatze zu kaschieren, von links nach rechts über den Kopf gekämmt hatte, machte auf Korff keinen schlechten Eindruck. Er schien nicht zu diesen lauten und forschen Anwälten zu gehören, die viel Wind machten, letztlich aber nur wenig bewirken konnten.

Korff nickte. Grohner schaltete das Aufnahmegerät ein.

Kuhlmann setzte sich. Er entnahm seiner Aktentasche einen Notizblock und lehnte die Aktentasche dann an ein Tischbein.

„Ihr Mandant hat gestern bei seiner ersten Vernehmung zugegeben, dass er den Mord an Dragan Jugović gemeinsam mit seinem Onkel Mensur Odrim begangen hat. Bleibt er bei seiner Aussage?"

Der Anwalt blätterte kurz in seinem Notizblock, in welchem er offenbar die wesentlichen Inhalte seines Gespräches mit Odrim festgehalten hatte. Dann blickte er Korff an, ohne dabei die ihm gestellte Frage sofort zu beantworten: „Herr Odrim möchte den gesamten Sachverhalt im Zusammenhang darstellen. Er wird dabei auch auf sein Verhältnis zu seinem Onkel eingehen."

„Gut." Korff sah Odrim auffordernd an. Dario Odrim zögerte. Er hatte den Kopf gesenkt und blickte auf seine Finger. Erst als Kuhlmann sich an Odrim wandte und ihm auffordernd zunickte, begann dieser stockend zu berichten: „Mein Onkel Mensur war der jüngste Bruder meines Vaters. Ich hatte schon als Kind ein besonders enges Verhältnis zu ihm." Er machte eine Pause, so als hole er sich verschiedene Bilder aus seiner Kindheit wieder vor Augen. „Als der Krieg begann, verschwand mein Onkel aus unserem Dorf. Wie ich später erfahren habe, hat er sich auf Umwegen Naser Orić angeschlossen, dem Befehlshaber der Enklave Srebrenica."

„Von welchem Krieg sprechen Sie?"

„Ich spreche vom Bosnienkrieg und dem Überfall der Serben auf unsere Heimat. Mein Onkel hatte sich entschlossen zu kämpfen. Ich habe ihn erst später in Deutschland wiedergesehen."

Korff wandte sich an Odrim: „Die von Ihnen verübten Morde haben etwas mit dem zu tun, was seinerzeit im Krieg geschehen ist?"

Odrim nickte. „Ja", sagte er dann, „meine Familie ist umgebracht worden ... mein Vater und meine beiden Brüder. Ich bin dann mit meiner Mutter nach Deutschland gekommen. Sie war krank und hatte keinen Lebensmut mehr. Sie ist auch bald gestorben." Die letzten Wörter brachte Odrim nur stockend heraus. Korff und Grohner spürten, dass er die Geschehnisse vor seinem geistigen Auge wieder erlebte.

„Was genau ist geschehen?"

Es dauerte wieder einen Augenblick, bis Dario Odrim zu reden begann. Er sprach leise und monoton. „Im März 1994 kamen serbische Soldaten in unser Dorf. Sie haben zunächst einige Männer erschossen, die Widerstand geleistet hatten. Mein Vater, meine beiden Brüder und ich wurden zusammen mit den anderen Männern und Jugendlichen aus dem Dorf getrieben. Wir wurden dabei von Soldaten begleitet, die mit Maschinenpistolen bewaffnet waren. Ich habe überhaupt nicht verstanden, was da passierte, ich war erst 12 Jahre alt.“ Odrim machte wieder eine Pause. Korff und Grohner warteten geduldig, bis Odrim seine Fassung wiedergewonnen hatte.

„Wir wurden zu einem Wäldchen unten am Fluss gebracht, wo wir Jungen im Sommer immer spielten. Mein Vater schien geahnt zu haben, was da unten geschehen sollte.“ Dario Odrim ballte seine Hände zu Fäusten, dann sprach er stockend weiter: „Jedenfalls, als wir an der steinernen Brücke ankamen, die über den Fluss führte, und vor dem kleinen Wäldchen standen, raunte unser Vater mir und meinen beiden Brüdern zu: ‚Lauft und versteckt euch, wenn ich das Zeichen gebe. Kümmert euch nicht um mich.‘“

„Was ist dann passiert?“ Korff ahnte in etwa, was geschehen war.

„Mein Vater rief ‚Jetzt‘, dann stürzte er sich auf den Soldaten, der neben uns stand, und versuchte ihm die Maschinenpistole zu entreißen. Es gelang ihm aber nicht. Meine Brüder und ich liefen los. Als ich Schüsse hörte, habe ich mich kurz umgedreht. Ich sah, dass mein Vater am Boden lag und zwei Soldaten auf ihn schossen. Dann drehten sie sich um und feuerten auf meine beiden Brüder und mich.“ Dario Odrim stockte erneut. Schließlich fuhr er fort: „Wir hatten inzwischen das Wäldchen fast erreicht, da wurde einer meiner Brüder von einer Kugel getroffen. Er fiel einfach um und gab keinen Ton mehr von sich. Mein anderer Bruder blieb stehen und wollte sich um ihn kümmern, da haben sie auch ihn erschossen. Ich hatte Angst, schreckli-

che Angst. Ich habe meine Brüder im Stich gelassen und bin einfach weitergerannt. Ich wusste, dass sich neben dem vorderen Brückenpfeiler ein Hohlraum befand, der durch ein Gebüsch verborgen war. Den Hohlraum hatte das jährliche Frühlingshochwasser ausgewaschen. Ich hatte das Versteck ein Jahr zuvor beim Spielen entdeckt. Ich habe mich dann dort versteckt. Wenige Sekunden später waren drei Soldaten da. Sie sind am Brückenpfeiler vorbeigelaufen und haben das Wäldchen durchsucht. Einer der drei Soldaten war der Mann, dem mein Vater versucht hatte die Waffe zu entreißen und der ihn dann erschossen hat."
Odrim schwieg.

„Und bei diesem Mann handelte es sich um ..."

Noch bevor Korff den Satz beendet hatte, wurde er von Odrim unterbrochen. Seine Stimme klang wie am Vorabend hasserfüllt: „Es war Dragan Jugović. Ich habe mir das Gesicht gemerkt, er hatte eine graue Strähne im Haar und eine Narbe am Kinn. Sein Gesicht hat mich in meinen Träumen verfolgt."

„Sie sind damals unentdeckt geblieben?"

„Ja, sonst säße ich ja nicht hier. Die serbischen Soldaten haben dann die Männer und Jugendlichen aus unserem Dorf an den Fluss geführt, ganz in die Nähe meines Verstecks. Alle wurden erschossen. Keiner konnte entkommen. Auch Dragan Jugović hat sich daran beteiligt. Ich konnte nichts tun."

Dario Odrim saß auf seinem Stuhl und blickte vor sich auf den Tisch. Tränen standen in seinen Augen. Korff vermutete, dass Odrim unter Schuldgefühlen litt, weil er als Einziger das Massaker überlebt und seine Brüder ihrem Schicksal überlassen hatte. Korff wartete einen Augenblick, bevor er fragte: „Wie ging Ihre Geschichte weiter?"

„Ich bin so lange in meinem Versteck geblieben, bis die

Frauen kamen, um nach ihren Männern zu suchen. Das war, nachdem die serbischen Soldaten verschwunden waren."

„Sie werden es gemerkt haben, mein Mandant ist traumatisiert." Rechtsanwalt Kuhlmann hatte sich nach vorn gebeugt und blickte die beiden Kriminalbeamten an.

Korff nickte dem Rechtsanwalt freundlich zu und sagte: „Darüber sollten wir später sprechen." Dann wandte er sich wieder an Odrim und fragte: „Wie haben Sie Dragan Jugović ausfindig gemacht?"

Odrim zuckte mit den Schultern. „Das war Zufall. Ich bin dann nach Deutschland gekommen und habe seit meinem 13. Lebensjahr bei einer deutschen Pflegefamilie in Herford gewohnt. Irgendwann bekam ich Kontakt zu meinem Onkel, der damals in Hamburg lebte. Wir haben uns aber trotzdem oft gesehen. Als Jugović einen Vertrag beim TuS Spenge erhielt, habe ich sein Foto in der Zeitung gesehen und ihn sofort wiedererkannt. Ich bin dann mit meinem Onkel zu einem Freundschaftsspiel der Spenger Mannschaft gefahren. Danach war ich mir ganz sicher."

„Wie kam es zur Ermordung von Jugović?"

„Wir haben Jugović eine Zeitlang beobachtet, haben seine Freunde gesehen und dabei ist mir Pasić aufgefallen. Pasić war auch an dem Mord an meinem Vater und meinen Brüdern beteiligt. Ich habe auch ihn wiedererkannt." Odrim machte eine weitere Pause, dann fuhr er fort: „Für meinen Onkel und auch für mich war es klar, dass Jugović und Pasić sterben mussten. Sie waren Mörder und sollten ihre gerechte Strafe erhalten."

Grohner schüttelte den Kopf. Er konnte die Logik dieses Handelns nicht akzeptieren. „Herr Odrim, weshalb haben Sie sich nicht an die deutsche Justiz gewandt?"

Odrim blickte kurz auf, schüttelte den Kopf, sagte aber nichts.

Korff sah Odrim schweigend an. Der erwiderte seinen Blick, offenbar verwundert darüber, dass Korff nichts sagte. Der schwieg noch einen weiteren Augenblick, dann fragte er mit eindringlicher Stimme: „Sie sind verheiratet, Sie haben eine Frau und zwei Kinder. Weshalb haben Sie sich auf diese Rachegeschichte eingelassen?"

Odrim blickte zur Seite, er schüttelte den Kopf. „Ich weiß es nicht. Ich konnte nicht anders. Ich wollte nicht auch noch meinen Onkel im Stich lassen. Er hat schließlich im Krieg sein Leben für uns riskiert."

„Ihr Onkel wusste, wie man Menschen tötet?"

Odrim nickte. „Er hatte gegen die Serben gekämpft. Er ist von ihnen beinahe getötet worden und hat deswegen alle Serben gehasst. Ich hasse sie auch, weil sie meine Familie umgebracht haben."

„Woher stammen die Tatwaffen?"

„Die gehören meinem Onkel."

„Wie haben Sie die beiden Morde durchgeführt?"

„Wir hatten in der Zeitung gelesen, dass der TuS Spenge am 23. August ein Freundschaftsspiel in Minden hatte. Wir haben abends vor Jugovićs Wohnung gewartet und sind dann zusammen mit ihm in seine Wohnung gegangen. Wir haben ihn gefesselt und ihn verhört, so lange, bis er die Morde zugegeben hat."

Grohner erkundigte sich: „Hat er Sie freiwillig mit in seine Wohnung genommen?"

Odrim schüttelte den Kopf. „Natürlich nicht, Onkel Mensur hat ihn mit einer Waffe dazu gezwungen."

Korff interessierte ein anderer Aspekt. „Jugović war an dem Abend allein in der Wohnung. Was hätten Sie gemacht, wenn seine Freundin anwesend gewesen wäre?"

„Die wäre dann drei oder vier Tage eher gestorben."

Schockiert über die Emotionslosigkeit, mit der Odrim

geantwortet hatte, fragte Grohner: „Sie hätten Cheline Keller also bereits am 23. August umgebracht?"

Odrim zuckte mit den Achseln. „Sie war nicht da. Wir hatten an diesem Abend die Notwendigkeit sie zu töten noch nicht erkannt. Erst als wir aus der Zeitung erfuhren, dass sie von Jugović schwanger war, haben wir beschlossen auch sie und das Baby zu töten. Von Jugović sollte nichts mehr übrigbleiben."

Korff nickte. Diese Motivlage hatten sie bei dem Mord an Cheline Keller vermutet.

„Wer hat bei den Morden zuerst geschossen?"

„Mein Onkel. Ich war viel zu nervös. Ich habe meine Schüsse erst abgegeben, als Jugović und Pasić schon auf der Erde lagen." Nach einer kurzen Pause sagte Odrim: „Mir ist das schwergefallen. Aber es musste sein." Er wischte sich über seine Augen.

Korff glaubte ihm. Ganz offensichtlich war Mensur Odrim die aktivere Kraft der beiden gewesen.

„Wie sind Sie bei der Ermordung von Pasić vorgegangen?"

„Wir haben ihn draußen auf der Straße abgefangen, als er das Haus verließ. Wir sind zusammen mit ihm in sein Büro gegangen. Den Rest kennen Sie."

„Sie haben auch Pasić gefoltert?"

„Wir haben ihn befragt. Wir wollten auch von ihm ein Geständnis. Er sollte wissen, weshalb er sterben musste."

Rechtsanwalt Kuhlmann schaltete sich ein: „Die treibende Kraft bei den Morden war zweifellos Mensur Odrim. Mein Mandant war von ihm in hohem Maße abhängig."

Korff nickte. „Vermutlich. Aber das wird das Gericht zu klären haben." Er wandte sich wieder an Odrim: „Sie haben Jugovićs Laptop mitgenommen?"

„Ja, wir wollten Beweise dafür finden, dass Pasić auch zu den Mördern gehörte. Diese Beweise gibt es."

„Ich weiß." Korff nickte.

„Weshalb haben Sie das Handy von Cheline Keller und den PC von Pasić mitgenommen?"

„Mein Onkel glaubte, dass wir eventuell noch weitere Mörder aufspüren und zur Rechenschaft ziehen könnten."

Korff schüttelte ungläubig seinen Kopf. „Sie hätten Ihre Racheaktion also fortgesetzt, wenn Sie fündig geworden wären?"

Odrim zog die Schultern hoch. „Vielleicht. Mensur war voller Hass. Ich glaube, er wollte den Krieg hier fortsetzen. Es war ja auch relativ einfach, Jugović und Pasić zu erschießen."

Grohner wandte sich noch einmal an Odrim: „Ihre Frau hat behauptet, dass Sie an dem Abend, als Jugović erschossen worden ist, zu Hause waren. Wusste Ihre Frau von den Morden?"

Odrim schüttelte heftig den Kopf. „Nein, nach Ihrem Besuch hat sie aber geahnt, worum es ging. Immer wenn mein Onkel mich abholte, hat er meiner Frau eingeschärft, dass sie, falls man sie fragen würde, sagen sollte, dass ich an dem betreffenden Abend zuhause gewesen sei. Meine Frau hatte sehr viel Respekt vor meinem Onkel. Ich habe meiner Frau nie erzählt, wo wir gewesen sind."

„Hat sie das nicht wissen wollen?"

„Doch, schon, aber ich habe ihr nichts gesagt. Wir haben uns deshalb auch gestritten. Sie ist zu ihren Eltern gezogen."

***

„Das war's." Korff schob seine handschriftlichen Notizen zusammen, nahm die Kassette aus dem Aufzeichnungsgerät und erhob sich. Dann verließ er – Grohner im Gefolge – den Vernehmungsraum, während zwei uniformierte Kollegen eintraten, um Dario Odrim wieder in seine Zelle zu bringen. Kuhlmann, der offenbar noch einige Dinge mit seinem Mandanten zu besprechen hatte, verabschiedete sich kurz von den beiden Kommissaren. Er wandte sich dann wieder Odrim zu. Die Polizisten, die Odrim abführen sollten, warteten geduldig.

Die beiden Kriminalbeamten blieben noch einen Augenblick vor dem Vernehmungsraum stehen. Die Sonne, die in das Fenster am Ende des Ganges fiel, tauchte den Flur in ein diffuses Licht.

„Mann, ist der bescheuert, lässt Frau und Kinder im Stich, um seine Eltern und Geschwister zu rächen. Jetzt hat er seine eigene Familie auch noch zerstört. Für seine Frau und seine beiden Kinder werden schwere Zeiten anbrechen."

Korff merkte, dass Grohner aufgewühlt war. „Tja. Ich glaube nicht, dass wir uns auch nur eine vage Vorstellung davon machen können, was in Odrims Kopf vorgegangen ist, als er Jugović wiedergesehen hat. Nachdem er seinen Onkel darüber informiert hatte, wird ihm der sicherlich keine Wahl gelassen haben."

„Vermutlich. Für Mensur Odrim war das wohl eine Frage der Ehre oder der Pflicht, mit den Mördern seines Bruders und seiner Neffen abzurechnen."

Einen Augenblick schwiegen beide. Dann sahen sie, dass Odrim gemeinsam mit den Polizeibeamten auf den Flur trat. Die Beamten hatten Odrim Handschellen angelegt. Kuhlmann verabschiedete sich von seinem Mandanten und ging die Treppe hinunter.

Korff und Grohner setzten sich in Bewegung und steuerten das gemeinsame Büro an. „Wie läuft's mit deiner Bekanntschaft aus der Brauerei?" Es war Grohner, der auf den letzten Metern vor dem Büro das Gespräch wieder in Gang brachte.

Korff blieb stehen. „Die Sache ist zu Ende", sagte er ohne Emotionen. „Eva hat mich gestern Abend angerufen und mir gesagt, dass sie es noch einmal mit ihrem Mann versuchen will." Er machte eine kurze Pause. „Außerdem hat sie mich darüber informiert, dass sie neben mir noch eine weitere Affäre hatte."

„Oha!" Grohner gab einen kurzen Pfiff von sich. „Da hast du ja einen richtigen Vamp kennen gelernt."

Korff grinste dünn. „So außergewöhnlich war sie auch nicht. Geredet haben wir ohnehin nicht viel miteinander."

Grohner lachte leise. „Mach dir nichts daraus. Eine solche Art von Beziehung kann vermutlich nur so enden. Du solltest dir darüber klar werden, was du wirklich willst – eine Beziehung fürs Bett oder eine fürs Herz? In deinem Alter würde ich dir langsam zur zweiten Alternative raten."

Korff sah seinen Kollegen mit gespielter Empörung an, dann grinste auch er und sagte: „Wahrscheinlich hast du Recht. Ich bin auch nicht sonderlich deprimiert darüber, dass die Sache aus ist. Aber … ein bisschen Bett sollte es schon noch sein."

Der tote Hitlerjunge

von Norbert Sahrhage

Krimi, Originalausgabe, 3. Auflage
248 Seiten, Paperback, Euro 9,95
ISBN 978-3-86532-197-8

Ein tiefgründiger Krimi um vermeintliche Schuld und späte Rache!

Da staunen die Bauarbeiter in der ostwestfälischen Kleinstadt Spenge nicht schlecht, als sie in ihrer Baugrube einen Toten finden. Laut Befund der Gerichtsmedizin ruht der Leichnam schon seit über 60 Jahren dort. Das Ermittler-Team um Hauptkommissar Klaus Korff findet heraus, dass es sich dabei wahrscheinlich um einen kurz vor Kriegsende verschwundenen Hitlerjungen handelt. Nur wenig später wird ein Rentner ermordet, der seinerzeit ebenfalls ein Mitglied der HJ war. Korff wittert einen Zusammenhang zwischen den beiden Fällen. Doch er kommt dem Täter nicht näher. Als ein Anschlag auf den Bruder des ermordeten Rentners verübt wird, beginnt ein spannender Wettlauf mit der Zeit. Soll eine offene Rechnung beglichen werden?

www.pendragon.de